小路 父娘捕物帖

黄泉からの声

高城実枝子

時代小説

二見時代小説文庫

目次

浮世小路 父娘《おやこ》捕物帖——黄泉《よみ》からの声

第一話　恩返し

一

路上の人並みをかき分けて、いま、お麻《あさ》の眼の前を棒組の掛け声も勇ましい辻駕籠《つじかご》が突っ走って行った。

ここは浮世小路《うきよこうじ》——小路といっても、日本橋室町《にほんばしむろまち》三丁目の大通りから東へ入った人通りも多い道である。

何事ッ！

見れば、駕籠を追いかけて息せき切っている女がいる。〝赤倉屋《あかくらや》〟の女中おか、い、よだ。

思わず、お麻は声を張り上げた。

「おかよさぁん、おかよさぁん、いったいどうしたっていうのさッ」

丸っこい体《からだ》の裾《すそ》を片はしょりして、あられもなく白い二布《ふたの》（下着の腰巻き）を蹴散《けち》らしながら、前を行く駕籠を指さして、

「坊っちゃまが――坊っちゃまが――」

息が切れて、おかよはそれ以上つづけられない。

「おっ母さん、ちょいと行って来る」

商い中の店の中へ、お麻は声を放った。

「お待ち――ッ」

甲走《こうばし》ったお初《はつ》の声が飛んで来たが、そのときはもう、お麻はおかよを追って走り出していた。

おかよが『坊っちゃま』と呼ぶのは、赤倉屋の一子、四歳になる一太郎《いちたろう》である。

その一太郎に何か異変があったからこそ、おかよは血相を変えていたのだろう。

いまにして思えば、垂《た》れの上がった四ッ手駕籠に乗っていたのは、赤倉屋の主人の清衛門《せいえもん》だったような気がする。

赤倉屋は、通《とおり》室町《むろまち》三丁目の雪駄《せった》、草履《ぞうり》問屋である。間口《まぐち》八間の大店《おおだな》は、堂々とした土蔵造りだ。

お麻は、赤倉屋の裏木戸を走りこんだ。

日本橋の目抜通りには商家がびっしりと建てこんでいる。なにしろ、表間口一間当たりの沽券金高《こけんきんだか》（地価）が四百両、五百両という高値であるから、大店といえども遊ばせている地面はほとんどない。赤倉屋も木戸を入れれば、眼と鼻の先がもう勝手口だ。

その台所の土間に、おかよはいた。両手で膝をつかみ、ぜいぜいと肩で息をついでいる。そのおかよを横眼に、お麻は耳をすませて奥を窺《うかが》った。

けれども妙に静かだ。それが不審感を呼ぶ。全力走行の駕籠とそれを追うおかよの、最前の状況とどうもそぐわないのだ。

「坊やにいったい何があったの？」

そう問うお麻を上眼に見ながら、

「一太坊っちゃまが、川に落ちなすった」

飛びあがるほどの内容なのに、おかよの物言《ものい》いはさほど緊迫したものではなかった。

「何ですって！　それで坊やは――？」

「大丈夫、大丈夫。ただ、風邪《かぜ》を引かせたら大変、と旦那さまがびしょ濡れの坊っちゃまを抱いて駕籠を急がせたってわけでございますよ」

さぞかしたっぷりと酒手《さかて》をはずみ、駕籠舁《か》きを働かせたのだろう。

「ああ、よかった。川に落ちたと聞けば、てっきり溺《おぼ》れちまったかと思うじゃないの」

安堵して、お麻は板の間の上がり框《がまち》に腰をおろし、大きく息をついた。

「やはりお麻さんか、心配して来てくれたんだね、ありがとう」

しばらくすると、赤倉屋の主人清衛門が奥から現われて、板の上に膝をそろえて座った。

清衛門は赤倉屋の二代目で四十歳。眉の濃い顎《あご》の張った相貌で、お麻に対してすら正座するような生真面目《きまじめ》な性格である。

「だって見過ごしにはできない様子だったじゃありませんか」

「さっき、〝子《ね》の竹《たけ》〟の前を駕籠で走り抜けたとき、お麻さんの姿がちらと眼の端《はし》に入ったからね、きっと心配をさせてしまっただろう、と思っておりましたよ」

〝子の竹〟というのは、お麻の母親のお初が営んでいる料理屋である。朝昼の時分どきには、お定《き》まりの食事を商《あきな》うし、夕刻には美味《おい》しい肴《さかな》で酒も呑ませる。庶民相手の商売ではあるが、煮売茶屋ほどくだけていない。料理茶屋ほどきどっていない。

清衛門とお初は幼馴染《おさななじみ》であった。赤倉屋が通町へ進出する前は、本石町《ほんごくちょう》四丁目の横店で商いをしていて、子供の頃のお初は同じ町内の裏長屋に住んでいた。

「でも川に落ちるなんて、とんだ災難でしたね。どこの川ですか？」

「浜町堀《はまちょう》が大川《おおかわ》に落ちこむ川口橋《かわぐち》の際《きわ》で眼の前が三又《みつまた》だよ」

「そちらに御用がおありだったので？」

「松平《まつだいら》さまのお屋敷へご挨拶に伺いましてね。ときどき花散らしの風が吹くが、うらうらとした陽気に誘われて、一太郎を連れ出した。供《とも》は小僧の良二《りょうじ》とこのおかよだよ。この二人に一太郎のお守《も》りをしっかりと言いつけて、わたしだけお屋敷内へ入った。それなのに——」

そう言って清衛門は顔をこわばらせた。

「申し訳ございません」

その場に土下座したおかよは、声をふるわせた。

「まったくだッ、さいわいかすり傷一つ負わなかったが、あの子にもしもの事があったら、おまえたち二人、八つ裂きにしても飽き足らないところだ」

平素は仏のように穏やかな清衛門らしからぬ、激しい言葉だ。

無理もない、とお麻は思った。

今年三十二歳になる女房のおくみと夫婦になって十年目に、やっと授《さず》かった一子なのだ。眼に入れても痛くないどころか、子のためなら喜んで命を投げ出すほどの情愛をかけている。

清衛門は物事を生真面目に感じ、考える男だ。女房にも誠実で優しく接している。

――ご新造は石女《うまずめ》かもしれない。赤倉屋さんともなれば、妾《めかけ》の一人や二人いたとして何の不都合があろう。外で子をつくるのも手でございますよ。

などとけしかける者もいたが、清衛門は耳を貸さなかった。じつに物堅い男なのだ。

尊大ぶる大店の当主の多い中、むしろ謙虚ですらある清衛門は、お麻の眼にほのぼのと好ましく映る。

「それで……」

と、お麻は先をうながした。

松平家の用人《ようにん》に「いつもお引き立てにあずかりまして――」と礼を述べ、手土産を渡してから、通用門を出たとたんだった。

おかよの叫び声が耳をつんざいた。

土手道に一太郎と良二の姿がなく、おかよが身を乗り出して川をのぞきこんでいる。

「どうしたッ?」

駆け寄った清衛門はおかよの指さす先に、川面《かわも》を浮き沈みする我が子の頭を見た。

清衛門の全身に戦慄が走り抜けた。

坊が、落ちたッ！

手足をばたつかせる一太郎に向かって、抜き手を切る良二が見えた。ところがどうした事か、良二の体があらぬほうへ流されて行くではないか。

前後のみさかいもなく、清衛門は土手をすべり下り、川に飛びこんだ。

水中に沈み、いったんは水面に顔を出せたが、まるで地獄の底へ引きずりこまれるように、体が没していく。身にまとった衣類が水を吸って、その重さは死と同義のように思えた。

――わたしは泳げないのだッ。

であろうと、死んでなるものかッ。

清衛門は我武者羅《がむしゃら》に手足を動かした。手応えのない水を蹴《け》り、体をひねり、もがきにもがいた。

すると、片手が何かに触った。固いものだ。十本の手指にぐっと力をこめ、しがみついた。その勢いで、ふっと水面に頭が出た。

しがみついたのは、小さな岩礁だった。

したたかに水を呑み、胸はふいごとなってあえいでいるが、気は失っていない。

頭は乱酔したごとく不明瞭で、眼はチカチカと陽の光を明滅させているが、必死に一太郎の姿を探した。

だめだッ、どこにもいないッ、ああ、ついに――。

声にならない絶望の呻《うめ》きをもらした清衛門の虚《うつ》ろな眼が、土手道のほうに向いた。

いましも土手を這《は》い上がろうとしている男がいる。その腕に一太郎がかかえられていた。しかも男の首にしっかりと両腕を巻きつけている。

助かったッ。

咳《せ》きこみながらも、清衛門は歓喜の声を上げた。

その男によって、清衛門も助け上げられた。どうにか危機を脱した良二も、無事に駆けもどって来た。

濡れた着物を脱がされた一太郎は、おかよの羽織にくるまれて、しっかりとその腕にかかえられながら、むせびあげている。

清衛門は辻駕籠を呼びに、良二を走らせた。

「旦那、どうやら金槌《かなづち》のようですな」

着物の裾をしぼりながら、男は苦《にが》みばしった笑みを浮かべた。

「この子は、わが家にとってかけがえのない跡《あと》取《と》りでございます。その命に関わる事でございますから、もう無我夢中でございました」

「水を甘く見てはいけません」

「おっしゃるとおりで。じつは、子供の頃、わたしは溺れた事がありましてね、それで泳げなくなってしまいました」

「先に小僧さんが飛びこんだようですが、ここは水の流れがふた手に分かれているので、坊やのところへ泳ぎつかなかったのでしょう」

大川の流れは、三又のところで出島《でじま》にぶつかり、本流とは別に日本橋川にそそぐ水路があるのだ。

「まことに何とお礼を申し上げたらよろしいか。いかがでしょう、これから当方までお運び願えませんか」

「いや、いや、そんなたいした事じゃありませんよ。たまたま通りかかったまでの事。気になさらないでください」

「とんでもない。わたしにとってはこれまでの人生の中でいちばん大きな借りでございます。きっちりとご恩返しをさせていただきたい。これ、このとおりでございます」

清衛門は、道の上に両手をついた。

「固っ苦しい事は苦手でね。どうか忘れてください」

男の歳は三十半ば。細身ながらしっかりとした体つき。眼鼻立ちは整っているが、それだけにかえって特徴のない顔貌になっている。弁慶格子《べんけいごうし》の木綿《もめん》ものを着て、ぐずぐずにゆるんだ角帯《かくおび》をしめなおしている。

「あなたさまはそうでも、こちらはそうは参りません」

「あ、駕籠が来た。わたしは行かせてもらいますよ」

清衛門のしつこさに嫌気がさしたように、男は背を向けた。

「せめてお住まいとお名前だけでもー」

その背に、清衛門の声が追いすがる。

「……元三《げんぞう》といいます」

そう言って歩き出した男のうしろ姿に、

「わたしは室町三丁目の赤倉屋と申します。どうぞお気の向いたときにお寄りください。いつでもけっこうでございます」

清衛門は深々と頭をさげる。感謝と安堵と幼な子へのいとおしさを胸にあふれさせて。

二

江戸の町には三百ほどの自身番《じしんばん》がある。

南町奉行所の定町廻《じょうまちまわ》り同心、古手川与八郎《こてがわよはちろう》は日本橋白銀町《しろがねまち》の自身番屋をのぞいた。小者の弥一《やいち》がうしろについている。

定廻りは背中に緋《ひび》を切らして町から町へ、ずんずん歩き廻り、変事のあるなしを確かめるのが仕事である。

自身番の前を通りかかると番人に声をかけ、何事もなければ、そのまま行きすぎる。

「これは古手川さま、お待ち申しておりますよ」

詰の番の家主が心得顔で、横に眼をやった。

「御用だそうで――」

三畳間の片隅に、手先《てさき》の治助《じすけ》がかしこまっている。

「外へ出よう」

と、古手川は顎をしゃくった。他聞を気にしたようだ。人の流れを避けて、道の端へ治助を引っ張って行く。

治助は〝子の竹〟のお初の亭主である。

町方《まちかた》の手先は、悪事を働いた者が便利に使われるのが通例である。悪事の同類を密告して捕縛に協力すれば、訴人した者はその罪を免じられるのだ。代わって手先になる事を求められる。なにしろ、悪党仲間の人相風体《ふうてい》、その手口に精通しているから、町《まち》役人にとっては大いに役立つのである。

むろん、何事にも例外はある。

三年前、治助が古手川の手についで手札《てふだ》をもらうようになったきっかけは、こうだ。あるとき、両国の盛り場での出来事――。

商家の若女房らしき女が、掏摸《すり》に遭《あ》った。反射的に気づいた女が悲鳴を上げた。女から財布を掠《かす》めとった若い男が、だっと逃げ出す。その男を追ったのが、たまたまその場に居合わせた治助だった。

青白い顔をして軟弱そうな若者の足に、じき四十になる治助は負けていなかった。たちまち追いつかれた若者の手に匕首《あいくち》がにぎられていた。が、治助はひるまなかった。背丈は並でも、屈強な体をした治助の比ではない、と誰の眼にもあきらかだった。

若者はなんなく組み伏せられていた。

治助の身体能力の高さと勇気に瞠目《どうもく》したのが、市中見廻り中に居合わせた古手川与八郎だったのである。

　とかく悪評の多い手先だが、治助のような正義感の強い者こそ、手先として理想なのだと、古手川は思った。

　同心の手先は幕府公認ではないので、給金は出ない。ついている同心から小遣《こづかい》が渡されるが、微々《びび》たるものだ。それでは生活できないから、自然、女房の稼ぎを当てにする。手先の女房の多くは、湯屋《ゆうや》とか居酒屋とかいろいろな稼業をしているのだ。

〝子の竹〟は、しっかり者のお初が万端とりしきっているので、治助が抜けても支障ないくらい商いは安定している。

　十二年間の振売《ふりう》り稼業では、さまざまな物を売って歩いた。

　漬物売り、油売り、煙草《たばこ》売り、冬には炭団《たどん》、春には白酒、夏に金魚に黒渋《くろしぶ》屋（塗料屋）と、お初とともに何でも売った。それだけに江戸市中の隅々まで精通しているのも、手先としては非常に強味なのである。

「おまえさん、やりたいのならおやりよ。ただし、町衆から白い眼で見られるようにはならないでおくれ。おまえさんの事だから、そんな心配はないだろうけどね」

　二の足を踏んでいる治助の尻を、そう言ってお初は押してやった。

　町方の同心には、目明《めあか》しという手の者がいた。彼らの多くがお上《かみ》のご威光をちらつかせ、商家の弱味につけこんでゆすり、たかりは数知れずといった連中だ。

　そこで幕府は、目明しを使ってはならぬ、とたびたび禁令を出したのだが、二百八十人ほどの同心に対し、江戸の町人の人口は百万人と多い。これでは町の治安は守れない。

　やむなく制度は黙殺された。しかし悪習は変わらない。禁令が出てはやがて元に戻るのだが、名称も岡《おか》っ引《ぴき》、御用聞《ごようき》き、手先などといろいろ呼ばれるようになった。

　いまでも岡っ引と呼ぶ者がいるが、文政《ぶんせい》八年（一八二五）のこの頃になると、手先と呼称される事も多くなっている。

「呼び出したのはほかでもねえ、ちょいと探ってもれえてえ事が起きた」

　古手川は、治助より三つ下の四十歳。十年前に父親の跡を継いでいる。歯切れのいい江戸弁の声が大きい。

「へい――」

　と、治助は長身でいかつい体つきをした同心を見あげるようにした。

「おめえ、みみずくの丈吉《たつきち》という名前を聞いた事ねえかい、ねえだろうなあ、あれは五年も前《めえ》の事件だからな」

「瓦版で目にしたような憶《おぼ》えがあります。あれはたしか――」

「そうよ、江戸で三回の押し込みをやって、まんまとずらかりやがった、その盗人《ぬすっと》が、丈吉よ」

「いくつくらいの野郎です？」

与八郎は、奉行所に保管されている人相書きの写しを懐《ふところ》から取り出し、

「読めるかえ？」

治助に訊《き》いた。

「へえ、何とか。これでも手習所では四角い文字まで習っております」

治助は二つに折った紙を開けた。

無宿みみずく丈吉――
一、丈《たけ》五尺二寸。
一、歳三十五歳ほどに見ゆ。
一、肉付き並にて色黒く、三白眼《さんぱくがん》。
一、右頬に一カ所方二寸ほどの火傷《やけど》のひきつれ在《あり》候。
「押し入るのは丈吉と同類二人、都合三人だ。柿色の盗っ人装束で、手口が柔らかい。

まず一人が晩入《ばんい》りする。何、晩入りを知らねえか」

晩入りというのは、まだ陽のあるうちに狙った家の奥底にもぐりこむ。そして縁の下や植え込みに潜んで夜を待つ。

やがて江戸じゅうが寝静まった深夜、板塀の外でホウ、ホウというふくろうに似た鳴き声がする。三件の押し込みにおいて、その声を聞いた者がいるのだ。もっとも夜鳥の啼き声として聞き流していたそうだが。

鳥の声を合図に、内側から木戸口が開けられる。

一味はじつに静かな盗《はたら》きをする。雨戸をくるのも、台所の上げ板を押し開けるのもほとんど音を立てない。

江戸の商家は、一階が表店《おもてだな》と内所《ないしよ》、住み込みの男の使用人は二階というのが通り相場だ。下女や女中は一階台所の脇の部屋で、主人夫婦の寝間とは離れていて、まず気づかない。

押し入った賊は、深く眠っている主人夫婦に、いきなりさるぐつわを嚙《か》ませ、手足を縛りあげる。喉元にぴたりと当てられた匕首の冷たさは抵抗する気力を奪い去るのだ。

しかし、これまで一味が残虐非道を働いた例は一件もない。襲う商家は中どころで、奪い取る金子《きんす》も、二百両とかせいぜい三、四百両といったところである。

「その丈吉が江戸に入ったのではないか、と甲府《こうふ》の代官から伝達が来たそうだ」

古手川は細い眼を鋭く光らせて、腕を組んだ。

「と、申されますのは——？」

「やつは甲府で一仕事やっつけて、その手口から丈吉一味ではないか、と目星をつけたんだとよ」

「ほかの二人の歳がわからねえ、と言うのは、人相風体《ふうてい》など、とてもでございますね」

「目当てはからっきしねえのさ。だがな、やつらが動き出せば必ずわかる。な、おめえの勘にひびいて来るものがきっとある。だから、闇雲にうろついているようでも、けっして無駄にはならねえんだよ」

「お江戸は広うございますね」

その隅々をしらみつぶしに探りを入れるのだ。

——さあ、忙しくなるぞ。

治助はちょっと体温が上がったように思った。

三

「ただいま――」

縞《しま》木綿の小袖を蝶のようにはためかして〝子の竹〟に戻ったお麻に、

「ご機嫌でよござんすね」

帳場からお初の皮肉が返って来た。

「まだ昼めし刻《どき》には半刻（一時間）もあるじゃないの」

「わたしが言ってるのは、他人《ひと》さまの事に首を突っこむのは、お父つぁんだけで沢山《たくさん》だって事だよ」

「そのお父つぁんの娘《こ》ですからね。世のため人のため、わたしは苦労を惜しまない」

「それが余計だって言うの」

「そうかしら」

「おまえさん、いくつになる？」

「自分の娘の歳を忘れたの？」

「二十三にもなって、少しは落ち着きなさい」

毎度ながら呆れ顔に腕を組んだ。

この〝子の竹〟は浮世小路の瀬戸物《せともの》町側にある。間口三間、奥行五間、三坪の板場をのぞいて、表店は十二坪だ。三列に並んだ飯台と入れこみで、およそ三十人ほどの客を一時《いちどき》にさばく事ができる。

おりしも開けっ放った戸口の脇で、焼き方の玄助《げんすけ》が炭火で魚を焼いていて、その香ばしい匂いが客の足を誘いこむ。

朝の六つ（六時）から夜の四つ（十時）まで客のとぎれる事はないが、正午の鐘が鳴れば、たちまち店内は満座状態になる。

「へえ、いらっしゃい」

「まいど！」

店番のてつと文平《ぶんぺい》の掛け声や食器のふれあう音、客同士の話し声が沸き立ち、店じゅうに豊饒《ほうじょう》なほどのいい匂いが立ちこめる。

その多忙な朝と昼、夕食刻の一時《いっとき》だけ、お麻は店番として駆り出されるのだ。母親のお初、父親の治助とお麻の住まいはお店《たな》の二階である。

商いをとりしきるお初に代わって、掃除、洗濯などの内所の仕事をお麻が受け持っているのだ。

「それで、どこへ行っていたのさ」

入れこみの奥隅に、格子の結界《けっかい》で囲んだ帳場があり、そこから店内には隅々まで眼が届いても、道を行く駕籠の中までは見通せない。

手短に、お麻は一太郎の顚末《てんまつ》を話した。

「そりゃあ良かった。無事で何よりだ」

「わたしが駆けつけるとじきに、旦那も着替えをすませて顔を見せたし、一太郎はおくみさんの腕の中ですやすやお寝《やす》みだってさ。とまあ、騒動は一件落着ってとこでした」

お初の顔に安堵の表情が広がり、眼にはお麻をいたわるような色が差した。

その瞬間、お麻はうつむいた。母娘共通の胸の痛みから眼をそらしたのだ。

お麻は、いわゆる出戻りである。十八歳で、三ノ輪《みのわ》町の青物問屋の倅《せがれ》に嫁した。

だが、優しそうだと思った男は、見かけによらなかった。横暴で我《が》の強い性格や、ときにはかっとなって手をあげる夫に耐えきれず、お麻は婚家を出た。

そのとき、生後一年足らずの多助《たすけ》という男の子を、泣く泣く置いて来ている。

むろん、この子だけは、と必死に懇願したのだが、相手方は頑《がん》として手離さなかった。それが離縁の条件でもあったのだ。

それから三年、一日たりと忘れたことのない我が子である。

お初は、娘が一太郎の上に多助の面差しを重ね合わせているいじらしさに胸をつまらせているが、お互いにその事には触れないようにしているのだ。触れれば、お麻の悲嘆をさらにえぐり出す、と恐れてもいた。

「それにしても、世の中には奇特な人もいるもんだね。春とはいえ、まだ冷たい川に飛びこんで子供を助けて、赤倉屋さんの礼を断わるなんてさ」

お初は、もそもそと尻を動かして座りなおした。今年四十一になるお初は、男まさりで明朗な女だ。商売の才覚にも富んでいる。胸元や腰回りに逞《たくま》しいほど豊かな肉付きを見せている。顔が浅黒いのは、長年陽《ひ》に晒《さら》して灼《や》けたからである。お初と治助が所帯を持ったとき、二人には大きな目標があった。いまは無一文でも、いずれは人を使うほどのお店を持とう、と誓い合ったのだ。

二人は人の数倍も働いた。手始めの商いが振売りで、およそ十二年。生まれて間《ま》もなかったお麻を、お初の背にくくりつけてまで頑張った。

小金もたまり、小体《こてい》ながら町はずれで煮売茶屋を商ったのが五年ほど前。やがて幸運にも、日本橋にこの〝子の竹〟を開けてから六年になろうか。

「おや、お帰りなさい」

戸口の玄助の声で、母と娘は振り向いた。治助が入って来るところだった。

治助は、紺木綿の着物の裾をはしょり、ふくらはぎの逞しく張った脚に、黄土色《おうどいろ》の股引《ももひき》をはいている。白い鼻緒《はなお》の雪駄に紺足袋《こんたび》の足元、誰が見ても町方《まちかた》の手先だが、手先稼業にしてはずいぶんと柔和な表情をしている。

「今日の飯は何だい？」

鼻をくんくんさせながら、桶師の源太《げんた》が入ってきた。治助を見るなり、

「よ、親分、いま時分お店にいるようじゃ、天下は泰平ってところだね」

気安く話しかけられる雰囲気が治助にはある。

「どうだい景気は？」

治助と源太は飯台に並んで腰をかけた。

「たいした風も吹かねえからな」

気楽そうに源太は笑った。

「何にする？」

二人のそばに立って、お麻は注文取りである。

「だから、何だよ」

その時季や仕入れの都合もあるので、お定まり《き》（定食）の内容は、毎日同じという

訳ではなかった。

「鰯《いわし》の味噌煮が三十八文、鯵《あじ》の塩焼きが四十二文――」

「高えなあ」

「ご飯は桜めしだし、人参と精進《しょうじん》揚げ、それに嫁菜《よめな》のおひたしとあさりの味噌汁つきだよ」

「ここのは何喰っても美味《うめ》えさ。だがよ、ちょっと高い」

「何言ってんだい」

帳場からお初の声が飛んで来た。

「源さんよ、ここをどこだとお思いか。天下の日本橋は浮世小路だよ。店賃《たなちん》聞いて驚くな。そんなに安いもんが喰いたけりゃ、四文《しもん》屋へお行き、四文屋へさ」

顔は笑っているが、お初の物言いは口上《こうじょう》張って威勢がいい。四文屋というのは、何でも四文で食べさせる屋台見世の事である。

「おれは鰯の味噌煮にしよう」

飯代を払うわけではない治助だが、源太に足並みをそろえている。

日本橋の大通りから浮世小路に入ると、およそ三十間（約五四メートル）で伊勢町《いせちょう》堀《ぼり》の堀留《ほりどめ》にぶつかり、道はここで二手に分かれるがいずれも伊勢町の米河岸《こめがし》に出る。

この伊勢町堀や東側の堀留町は、いまや日本橋をしのいで江戸一番の沽券金の高さを誇っている。

〝子の竹〟があるのは、堀留より少し手前になるのだが、いずれにせよ、なぜこのようなだいそれた地に店を構えることができたのか——それは天から降って湧いた幸運としか言いようがない縁あっての事だ。

〝子の竹〟の地主は、樽屋藤左衛門《たるやとうざえもん》と言い、泣く子も黙る町年寄《まちどしより》の一人である。

江戸の町政の最高責任者が町年寄で、これは世襲であり、三家ある。いずれも家康《いえやす》に従ってきた由緒ある家柄であった。

樽屋の屋敷は本町一丁目にあり、他に幕府から賜った街屋敷が目抜きの地に数カ所あり、その地代や他にも収入があり、年収六百両という話だ。

その樽屋に振売り時代の治助が出入りを許されていた。

一つ稼業では身入りはたかが知れている。寝る間《ま》を惜しんで稼ぐには、朝昼晩と別種の荷をかつぐのだ。

季節によって売り物がちがうので、夏には黒渋《くろしぶ》を仕入れる時期もある。

天秤棒の前後に黒渋を入れた桶をかついで町に出る。新築や火事のあとの家などで用を聞き、要望があればその家の板塀、腰板、板庇《いたびさし》に黒渋を塗るのである。夏の仕事なのは、乾きが早く、渋が抜けないからだ。

毎度顔を出す得意先も何軒かあり、そのうちの一軒が樽屋であった。

樽屋のような大きな屋敷となると、一人の手ではとうてい間に合わない。したがって毎年、同じような顔ぶれの黒渋屋がそろって仕事にとりかかる。

町年寄の仕事は諸事繁忙であるから、屋敷内の役宅には手代などが幾人か働いている。金銭の出納《すいとう》にたずさわったり、書類作りや帳付けを担当する。その者たちを束ねるのが手代頭《がしら》の仁右衛門《じんえもん》である。

当代の藤左衛門は四十歳で三十六歳になる妻のまき女《じょ》がいる。仁右衛門はそのまき女の叔父である。

誠実に丁寧な仕事をする治助を仁右衛門はすっかり気に入って、気さくで温かな好意を見せてくれている。

娘のお麻が十四になると、樽屋の敷地内にある仁右衛門の小ぢんまりした屋敷へ、行儀見習いとして奉公にあがった。三ノ輪の青物問屋の倅への嫁入りが決まるまで、仁右衛門の妻さわ女《じょ》には、やさしくも厳しい仕付《しつ》けを受けたものだ。

六十歳になって、仁右衛門は隠居した。二年前のことである。

四

話は六年前にさかのぼる。

芝《しば》の北新網《きたしんあみ》で、漁師やその日暮らしの職人相手の煮売り茶屋を商っていた治助とお初のもとへ、仁右衛門がひょっこり顔を出した。

「旦那、このようなむさ苦しい場所においでになってはいけません」

驚いたり、喜んだりする治助夫婦の内心では、不安感が影を落としていた。奉公に出したお麻が何か不始末でもしでかしたのではないか。

「お麻はよくやっているよ。あの娘は明るくてよく気ばたらきのできる子だ。心配するな」

ほっと胸を撫でる治助とお初に、仁右衛門は思いがけない事を言った。

「じつはな、浮世小路のお店が一軒空《あ》いたのだよ。どうだ二人でやってみないか」

「めっそうもない。いまのあっしらにはこれくらいの商売が分相応ってとこですよ。あのような一等地では、わっしらの手に負えるもんじゃありませんや。きっと失敗《しくじ》るにちがいねえ」

治助は鼻先で大きく手を振った。

「おや、案外と弱気なんだね」

仁右衛門の声にかすかな笑いが含まれている。

「いまはまだこんなしがねえ煮売り屋だが、いずれはもっとましな店を持とうと頑張っておりやす。ですがね、一足飛びに浮世小路と聞きゃ震えが来ますよ」

「それに、とうてい元手が足りません」

お初の口ぶりには残念そうなひびきがこめられていた。

「確かに店賃《たなちん》は少々値が張るさ。しかし、場所柄を考えてごらんよ、繁盛まちがいなしだ」

「しかし、懐に余裕のあるお客人となると、舌の肥《こ》えた人ばかりなんでございましょう」

自分でも器用に包丁を使う治助だが、いかにも自信なさげに言った
「腕のいい料理人を世話しますよ。敷金《しきがね》は百両なんだが、五年の年払でよい事にしましょう。お前さんたち二人の人柄を見込んだんだ、利《り》はつけないよ」

好条件にも決断しかねている治助をさしおいて、お初が身を乗り出した。

「やらせていただきます。こんないい話は私らの一生に二度とはありません。今その

運に乗らなくてどうしましょう。おまえさん、いままでだって他人《ひと》の幾層倍も働いてきたんだ。敷金の百両ごとき、わたしゃびくともしませんよ」

千載一遇《せんざいいちぐう》の好機に対して、お初は度胸のよさを発揮した。それでも固い決意に身がすくむのか、陽に灼《や》けたふっくりした顔がひきつっていた。

あれから六年、仁右衛門の予言どおり〝子の竹〟は繁盛した。場所柄のよさもさることながら、板場をとりしきる料理人の藤太《とうた》を筆頭に、いまでは五人の使用人を使うまでになっている。

藤太の作る料理は、素材を生《い》かした味を基本にしていて、気どりはないがめりはりのある味つけで、江戸っ子の舌を喜ばしている。値段の設定も少々高くしてあるので、客種も悪くない。

お店を持つに当たって借財した敷金の百両も、五年をまたず三年で返済していた。

店番のてつと文平が殺気立つほど立て混んでいた店内も八つさがり（午《ひる》二時すぎ）になるとだいぶ空《す》いて来た。

「お麻、帳場を頼むよ、私はひと眠りしてくるからさ」

早朝から働きづめのお初は、客足の遠のく時刻を見はからって、住まいになっている二階でしばしの午睡《ひるね》をむさぼるのだ。

「てつにやらせてよ」

「何を考えているのかい。ほんとにおまえはお父つぁん似だね。顔や声が似ているばかりじゃない。他人の出来事にすぐ首を突っこむ」

古手川同心の手についてからの治助は、事あるごとに市中を飛び回っている。昔から手がけた事柄はとことんやりとおす性分なので、手先の仕事も手抜きをしない。

二百数十人いると言われている手先は、いまでも諜者として人から疎《うと》まれる傾向がある。

そんな世間で、治助が好意的に受け容《い》れられているのは、自分から袖の下を要求しないし、人情家として温和な顔を持っているからだろう。

――あの人は手先の仕事が好きなのかもしれない。

お初はにこやかな気持ちでそう思うのだ。

「一太坊のところへ行って来る。そろそろ元気になった頃合だろうから」

川に落ちた恐怖と衝撃で、四歳の幼児はやはり元気をなくしたのである。あれから八日、その間、一太郎会いたさにうずうずしていたお麻を知っているだけに、お初もあまり強くは言えなかった。

「おや、時宜《じぎ》よく現われましたな」

赤倉屋の勝手口を訪ねたお麻を、折りしも清衛門と女房のおくみが迎える格好になった。

「一太坊は――？」

訊ねるお麻に、

「おかげさまですっかり元気になりましたよ」

おくみは骨の細い体つきで、声まで細く静かな女だった。化粧けのない面長《おもなが》で地味な面差《おもざ》しのせいか、三十二歳という歳よりいくぶん老《ふ》けて見える。

「それでね、陽気もよいから、坊を連れ出して浅草寺《せんそうじ》へお参りしようと思うのですよ。坊が助かったのも観音さまのおかげですからね」

浅草寺の観音像は、宮戸《みやと》川（大川の吾妻橋《あづまばし》より上流）から引き揚げられた、という伝説があり、浅草寺の御本尊である。

「おくみさんもご一緒に――？」

「ええ――」

と、おくみは小さく笑った。

「あら――、よございますね」

「そうか、お麻さんも行くかね」

「はい」

なまじ遠慮しないのがお麻らしい。

そこへ女中のおかよに手を引かれた一太郎が、足を弾《はず》ませながらやって来た。

「あ、おばちゃん――」

はにかみながらも笑みくずれる幼児のあどけなさに、お麻の胸の裡《うち》がほのぼのと湿ってくる。

「おかよ、良二に駕籠を三挺にするように言っておくれ」

室町三丁目から浅草寺までおよそ三十五丁（約三・五キロメートル）ある。四歳の子供に歩ける道のりではないので駕籠を用意した。そこにお麻のための一挺を追加してくれたのだ。

三挺の駕籠は、本石町から東の道を辿り、神田川にかかる浅草御門に向かう。この道は大伝馬町《おおでんまちょう》、横山町の大問屋街の大通りと並行していて、江戸の中枢を東西に貫通する主要な経路である。

晩春の陽射しは暖かく、行きかう人々の四肢はのびのびと躍動している。

浅草御門をすぎて、御米蔵のある大通りを真っ通ぐ進めば、道は雷門《かみなりもん》に行き当たる。

浅草寺の境内は、重層する群衆の熱気と声音がうず巻いていた。

仲見世《なかみせ》の両側には二十軒ほどの茶屋が、黒い屋根を接してつづいている。そのうしろには多くの支院が並び、直線の道の先に仁王門が見える。さらにその奥が本堂である。

好天もあって、仲見世通りはことのほかの混雑だった。一太郎を真ん中にして、大人三人はゆっくり歩いて行った。

左手の伝法院《でんぽういん》をすぎたところで、清衛門の足がふいに止まった。無意識ながら、何かに引きつけられたように、お麻には見えた。

おもむろに右側の茶屋に顔を向けた清衛門が、

「おお、あなたは――」

人が振り向くほどの声を発した。

五

清衛門の声に、緋毛氈《ひもうせん》の長床几《ながしょうぎ》で茶をすすっていた男が、

「これは、これは――」

　まぶしそうに眼を細めた。

「あ、やっぱり元三さんだ。よいところでお会いできた。これも観音さまのお引き合わせだ」

　感激のあまり走り寄り、清衛門は元三の手を握った。その手をそっと離し、

「坊や、元気そうだね」

　元三は一太郎に向かって小さく頷いた。

「おかげさまでございます。あなたさまには何とお礼を申し上げたらよいか、と毎日の明け暮れに主人と話し合っておりました」

　我が子の命の恩人を前にしてか、珍しくおくみは声を張らせた。

「いや、いや、もうようございますよ。どうか忘れておくんなさい」

　照れ隠しか、元三は眉宇《びう》をくもらせた。

「そうは参りません。何としてでもお礼をさせていただきたい。そうでないと、私ども夫婦は一生借りを背負ってゆかなくてはなりません。なあ――」

と、清衛門はおくみと一太郎を見やった。

「弱りましたな」

善行でありながら、元三は自分のとった行動を悔《く》いているように見えた。

「お勤めの途中でございましたか」

地味な紺木綿に角帯という元三は、どこから見てもお店者然《たなもの》としている。出先の途中に茶店で一服といった風情《ふぜい》なのである。

「そのとおりで――」

「お店はどちらで――？」

「言っても仕方ありません。じつは近々、店じまいする事になっておりますのでね」

「それは大変だ。店じまいとなると、元三さんはどうされます？」

「どうって……？」

「次のご奉公先はあるのでしょうか」

「いまのところは決まっておりません。故郷に帰ろうか、とも考えているのですがね」

ほとんど熱意のない口調だった。

「身の振り方については、わたしどもにご相談いただきたい」

赤倉屋にとって奉公人が一人や二人ふえても生計《たつき》に影響はない。何より元三の謙虚な人柄は得がたい、と清衛門は思うのだ。

「ええ、まあ……」

気乗り薄に言ってから、

「たとえ吹けば飛ぶよな商いでも、店じまいとなれば、いろいろ細かい雑用があります。その始末が済んだら、まあ、考えてみましょう」

急に用件を思い出したような言い方で、元三はつけ加えた。

「そういうご事情では無理にとは申しません。しかし、落ち着かれたら、ぜひにも当方へお越しいただきたい。改めて申します。室町三丁目の赤倉屋でございます。きっと、きっとおいでください。お待ち申しておりますよ」

元三が奉公先を教えないのは、店じまい、という負の事情あっての事と、そんなと き商売に関わりのない人間は嬉しくない訪問者なのかもしれない、と清衛門は引き下がる事にしたのだった。

「坊、このおじさんが川に落ちたおまえを助けてくれたお方だ。さあ、きちんとお礼をお言い」

そのとたん、一太郎の顔色が変わった。つぶらな眼をいっぱいに見開いて元三の顔を見るや、わあっと泣き叫びつつ、おくみの身体にしがみついた。

幼児の脳裡に、あのときの恐怖が蘇《よみがえ》ったのであろう。

母親に抱きしめられて、全身でむせびあげる子供を見ながら、

「こんな頑是《がんぜ》ない子が、あれだけ怖い思いをしたんだ。わたしの顔を見て、それを思い出してしまったのでしょうな」

元三は体のどこかが痛むかのように、わずかに表情をくもらせた。

だが、一太郎はすぐに泣きやんだ。しかも、可愛い小さな手を元三に差し伸べた。さらに、その顔には晴れやかな輝くような笑みを漲《みなぎ》らせている。

驚きつつも、お麻は胸を衝《つ》かれていた。

おそらく元三が自分にとってかけがえのない味方であると一太郎の幼い本能が感じ取ったのではないだろうか。

命を助けてくれた元三は、思い出した恐怖をしのぐほど、一太郎にとって大切な人間になったのだ。

元三もまた幼心に呼応して、ある種の感動を覚えたのだろう。しごく神妙な表情で、

「小さな子には、ついほだされてしまいますな。わたしは郷里《くに》を出るとき、この坊と同じ年頃の子供を残していますのでね」

不用意な事を口走ってしまった、とばかりに、元三は慌てたように腰をあげた。

立ち去る元三のうしろ背を見つめている清衛門に、

「わたし、ちょいと用事を思い出しました。ここで失礼いたしますよ。一太坊、またあとでね」

そういうお麻の眼は、人混みに見え隠れする元三の姿を追っている。

元三は雷門を出た。そのうしろ姿を跟《つ》けるお麻の姿があった。

元三は身許を明かさぬまま清衛門夫婦と別れている。元三の態度がかたくなではあったが、清衛門はいかにも押しが弱かった。恩人の気分を損《そこ》なわないように気をつかったのかもしれなかったし、元三の来訪を信じていたようでもあった。

しかし、お麻の胸の中でかすかに動くものがあった。それは疑惑という小さな芽、その根は清衛門と元三の間に交《か》わされた会話だ。どこか不自然でぎこちなく感じたのである。

どこにお住まいか、お店はどちらで——という単純な問いに、率直に答えられないのはなぜか。

その考えが、頭の中にするりと入りこみ、こびりついてしまったのだ。何事もはっきりさせないと気のすまぬ気質《たち》のお麻である。

元三は広小路の先の田原《たわら》町を曲がって、新寺《しんてら》町に出た。地名の示すとおり道の左右は寺ばかりで、ぐっと人通りも少なくなる。

健脚の元三はぐんぐん足を伸ばす。負けじとお麻も駒下駄をすりへらす勢いで跡を追った。

上野の山下《やました》へ出た。その南には下谷《したや》広小路をはさんで寛永寺《かんえいじ》の門前町が開けている。ここも浅草に劣らず人々がごった返していた。

広小路にかかる三橋《みつはし》を渡った元三は、ためらわずに池之端仲町《いけのはたなかちょう》の池よりの道を進んで行く。道の北端には不忍池《しのばずのいけ》の水が迫っている。

お麻もつづいた。

池を渡るそよ風はさわやかだが、中天にある夏のような陽射しがふりそそぎ、花には早い蓮の葉の緑を、幾千万もの鏡のようにきらめかしている。

茅《かや》町のところで脇道にそれた元三は、湯島《ゆしま》の切り通しにかかった。この道を直進すれば、春日《かすが》通りとなり、本郷《ほんごう》の四丁目に出るはずである。

お麻の予測は当たった。

本郷通りに出た元三は追分《おいわけ》の方向へ道をとった。

三丁目に「かねやす」という漬物屋がある。本郷も「かねやす」までが江戸の内——という川柳《せんりゅう》があるが、それもそのはず、その辺りから北へ向かう道の両側は大名屋敷や寺ばかりがつづくのである。中仙道《なかせんどう》へつづく街道でもあるのだが、道通りはぐっと寂しくなる。

元三の足は六丁目へと向かい、町屋が切れる手前の道を左へ曲がった。入ったところが菊坂台《きくさかだい》町で、坂道はのぼりになっている。ほとんど人通りのない町通りだ。

元三は坂道がきわまったところの一軒の店に入って行った。

さりげなく、お麻はその店の前を通り過ぎた。素早く店の様子を窺った。

間口二間、奥行は四間ほどの建屋である。

店そのものの広さは、せいぜい六畳ほど。あとは住まいであろう。

軒《のき》に吊るした看板に扇子《せんす》の絵があり、京屋《きょうや》という文字が読みとれた。つまり、京扇子を商っているのだ。広げた扇子の華やかな色彩が眼につく店内に人の影はなかった。

京屋の先隣は二軒の民家があり、さらにその隣が小体《こてい》な小間物問屋になっている。道の反対側は、幕府中間方の大縄地《おおなわち》（旗本の組屋敷）である。

その先辺りから道はくだりになっている。かなりの急坂が片町《かたまち》方向に伸びているのだ。

お麻は躊躇《ちゅうちょ》なく、小間物屋へ入って行った。

店内に客の姿はなく、形ばかりの狭い帳場で、中年の男が算盤《そろばん》をはじいている。ひやかし客と思ったのか、お麻を見ても店の男は声をかけて来ない。店内には楊枝《ようじ》、歯磨粉のほかに化粧の品々、櫛《くし》、元結《もっとい》などがきれいに並べられている。

お麻は紅《べに》の入った蛤《はまぐり》の貝殻を手に、帳場の前に立った。

「これをいただこうかしら」

「はい、どうもありがとうございます。四十四文でございます」

店主らしい男は丁寧な言葉づかいで、貝殻を薄紙に包みはじめた。

「この先の京屋さん？　古くからのお店でしょうか？」

お麻の問いに、店主は気さくに答えた。

「さようでございますね。ここ四年ばかりでしょうか」

「四年ですか？」

四年という年数をどう解釈したらいいのか、お麻にはわからなかった。

「何か」

お麻の軽い戸惑いが眼の色に出たのだろう。店主は逆に訊いて来た。

「いえね、さっき京屋の番頭さんか手代さんらしい人を見かけたんですが、わたしの知り人に似ていたものですから」

店主に質問する前から、こう言おうときめていたのだ。

「なるほど――」

「元三さんというお人なんですけれど」

「さて、あちらとはほとんど付き合いがありませんので、どのお人が元三さんかわかりかねますね」

「ご主人はおわかりになります？」

「おそらく五十すぎの白髪頭のお人でしょう。元三という人は幾つぐらいのお人で――？」

「三十半ばですね」

「ああ、あのお人かな。あちらはご主人とその中年のお人と小僧さんの三人きりで商いをやっているようです。その元三さんらしきお人は、京へ品物を仕入れに行くらしく、お店のほうは留守がちらしゅうございますね」

「江戸にいない事のほうが多い――」

「小人数のお店では、そういう事もありましょう」

「こう言っては何ですが、ここはあまり商いには向いていないのでは？」

店主の眼が笑った。それから、

「それが違うのですね。なぜならお客さまのほとんどがお武家なのですよ。奥向きの女性の方々は、気楽に町へ出られません。ですからわたしどもが品を持って、お屋敷に伺うのです」

「御用達《ごようたし》、という訳ですね」

「京屋さんも同じではないでしょうか。扇子を使われるのは主に、お武家とお寺さんでございますからね」

そう言えば、本郷通りが中央を貫く小石川《こいしかわ》の谷中《やなか》地域は、侍屋敷と寺のみが広がっている。

「商売になっているのなら、京屋さんも店じまいする事ないのに――」

「京屋さんが店じまいですって――！」

店主は一瞬、眼を丸くしたが、その表情はすぐに無関心さに変わっていた。近所付き合いのないごく薄い縁なのだろう。

六

本郷からの帰り道、神田今川《いまがわ》橋をすぎると、日本橋大通りは歩を進めるごとに混雑は増して来る。

やや傾いた西日を受けて輝く表店の甍《いらか》の連なりはまさに富の象徴を争うようである。道幅十間の広い通りには、買い物客が行き交う。米俵を運ぶ大八車に材木を積んだ牛車が通る。武家駕籠も辻駕籠も、馬上の武士も見える。

種々の振売りや行商人が、たくみに人混みを縫《ぬ》って行く。菓子や餅の立売りや、屋台の茶屋や寿司屋では、つい足を止めたくなる美味しそうな匂いを発散させている。

お麻の足どりが弾んで来る。この活気に満ち、一日に千両万両の金が動くという華々しい町が大好きである。自分たちには無縁である豪奢な世界だが、この町の空気に触れているだけで、優雅な気分になれるのである。

室町三丁目を左へ入れば浮世小路だが、その反対側に赤倉屋の表店がある。建物は黒塗り壁の土蔵造り。紺暖簾にあかくらと白抜きしてあり、店頭の下げ看板の板には

「雪駄《せった》、草履《ぞうり》品々」と書かれている。

裏木戸へは廻らず、お麻は表店をのぞいてみた。清衛門は内所ではなくこっちだろうと思ったのだ。

店内には見本の商品が整然と並べられている。竹皮草履の裏に牛皮を張りつけた雪駄のほかに、武家の婦女子用の重ね草履、絹草履、お廊下草履があり、竹の皮を二十枚重ねにした遊女草履なんてものもある。

美しいそれらの履物には、お麻は眼もくれなかった。春夏秋冬、下駄なのだからそれも当然だろう。

お麻を見つけた清衛門のほうから声をかけて来た。

番頭や手代が客を相手に商談中なので、清衛門はお麻をうながして外へ出た。隣接する紙問屋側の軒のはしに寄ると、

「すみません、出すぎた事をしました」

いきなり、お麻は頭をさげた。

「どうしなすった、え、お麻さん」

清衛門は、いたずらが見つかって謝る子供を見るような優しげな眼差《まなざ》しになった。

「あの元三さんなんですが——」

かくかくしかじか、と菊坂台町の小間物屋で聞きこんだ京屋についての情報を、清衛門に話した。

「これは驚いた、お麻さんが治助さんの真似をするとはね」

「何で身許を明かせないのかって、勘ぐりました。うしろ暗い事でもあるのかしらって——」

「しかし、いまの話からでは何ら不審を感じませんね」

「はい、怪しいところはなさそうでした」

「しばらく様子を見て、元三さんが訪ねて来なかったら、そのときこそ、わたしのほうから出向きましょう。わたしとしてはこのまま知らん顔はできない。恩知らずにはなりたくありませんからね」

ある意味で赤倉屋さんも頑固者なのだ、とお麻は可笑《おか》しかった。

浮世小路の〝子の竹〟は、今宵も商売繁昌で賑わっている。八間という丸型の大きな吊し行灯《あんどん》二つと、四隅の壁には燭台が灯《とも》っていて、かなり明るく客の顔を照らしている。

壁の一方には書き出し（メニュー）の木札がぶらさがっている。

まだい刺身、百文。

しまあじ刺身、百二十文。

しろぎす焼もの、三十文。

めばる焼もの、四十文。

しらうおのたまごとじ、二十八文。

なのはなのからし和《あ》え、二十文。

あなごとしばえびの衣がけ（天ぷら）五十二文。

てんぷら（さつま揚げ）二十四文。


など、書き出しの内容は日によって異なるが、どれもその日江戸湾で漁《と》れた活《い》きのいい魚貝を日本橋の魚市場で仕入れて来る。野菜のたぐいは神田須田町《すだちょう》の青物市場に江戸近郊の名産野菜が並ぶ。

板場では料理人の藤太、玄助、平作《へいさく》の三人が見事な包丁さばきで、美味い料理に仕上げてゆくのである。

さけ一合、二十四文。

これは地廻り物（江戸近郊の酒）で、庶民向けだが、このところは関東地廻り物でももっと上等な酒も出廻りはじめている。

上々、諸白《もろはく》、六十四文。

これは、上々の出来の意だが、注文が少ないのはやはり高価だから仕方ない。

酒が入れば、あちらこちらで会話が盛りあがる。そんなむんむんする熱気の中で、ひときわ高くくしゃみの音が破裂した。連発だ。

「正《しょう》さぁん、おつもりにしなさいよ」

お初が飯台にいる客に向かって声を飛ばす。正一《しょういち》は酒の酔いが限界になると、くしゃみが止まらなくなるという、奇癖の持ち主である。その合図を無視して呑みつづけると、これはもうぐでぐでの泥酔となってしまうのだ。

「わかったよ」

正一は素直に立ちあがり、よろよろと帳場まで歩いて来た。手に木札が四枚あり、それを差し出しながら

「おれ、女将《おかみ》さんには弱いからな」

いささか怪しい呂律《ろれつ》でにたりと笑う。

「何をお言いだい。一番恐いのは自分の上《かみ》さんだろうよ」

「何でえ、あんなおかちめんこ――」

白眼を向いて見せた。注文のたびに、料金を記した木札を客に渡すのがこの〝子の竹〟のやり方なのだ。

「何だい、付き出しだけで酒四合も呑んだのかい」

この頃は、銚子ではなく燗徳利がはやっている。昨日の残り物に一手間かけた付き出しは無償で出されるのだ。

「悪いか。めしはうちで喰うのさ」

「それはよござんしたね。それでは九十六文いただきますよ」

くしゃみをしながら、正一は帰って行った。店番のてつと文平に助っ人のお麻の三人が、目まぐるしく立ち働くうちに、江戸の町はとっぷりと暮れていた。大戸を閉めて静まり返った商家に代わって、通町《とおり》には昼とちがう賑わいが生まれる。飲食の出店に人々がむらがり、その波動が浮世小路まで伝わって来る。

〝子の竹〟の隣は金物問屋と乾物問屋だからとっくに大戸をおろしているが、浮世小路にはほかにも灯《とも》りを点した店がある。数軒の喰い物屋がまだ客を入れていて、むしろ通町より明るい道筋になっている。

石町《こくちょう》の鐘が初更《しょこう》（午後八時）を打ってしばらくすると、店の内はわりと空《す》いて来た。残っているのは十七、八人の客だ。

そこへ、治助が戻って来た。

早朝、定町廻り同心の古手川与八郎の使いで、小者の弥一がやって来て、その弥一と同行して出たきりだったのだ。

ちょうど帳場の前の飯台が丸々空いている。三人連れが二組、帰ったばかりなのである。

治助はその飯台にやって来て、酒樽に茅《かや》で編《あ》んだ円座をしいた腰掛けに、どしりと腰をすえた。

四十三歳にして壮健な男だが、疲労の色は隠せない。

「お父《とっ》つぁん、お疲れのようだけど一本つけましょうか」

そばに来たお麻が、労《いたわ》りの、言葉をかけた。

「そうしておくれ、肴は何でもいい、見つくろってくれと藤太に言ってな」

「古手川さまの御用とはいえ、無理をしなさんなよ、おまえさん」

お初は亭主の身を案じた。

「いまさら何を言う。無理をしないでおれたちの稼業がつとまるかい」

身を粉《こ》にして働いても、代償の少ないつとめなのだが、治助はさほど苦にしている様子はなかった。

「はい、お待ちどうさま」

お麻は、徳利二本に盃も二つ、刺身の皿と魚の衣がけの皿を載せた盆を、飯台の上に置き、自分も治助の横に坐った。

父娘で差しつ差されつしたところで、

「どんな御用だったの？」

お麻の瞳がきらりと光ったのは、興味津々《しんしん》の証《あかし》だった。

「みみずくの丈吉らしいのが現われた」

「押し込み――？」

父娘は額を寄せた。

「南京橋の弓町の薬種問屋。といってもご多聞にもれず、砂糖の専門商いで、小売りもする中どころの店だ」

「手口は……？」

「晩入りだ。主人夫婦はぐっすり寝込んでいて、気がついたら縛りあげられていたという早業だ。盗《と》られた金子《きんす》は二百両」

「盗みはすれど非道はせず――？」

「きれい事を言うんじゃねえ。盗っ人は盗っ人だ。そこをまちがえるなよ」

「別に盗っ人の肩を持とうってんじゃないわよ。ただ血を見ずにすんだのはせめてもだ、と思っただけ」

そうとりつくろってはみたものの、なぜそんな事を言ったのか、お麻にも自分の気持ちがわからなかった。

「江戸へ舞い戻ったみみずくの丈吉の、これが手始めの盗《つと》めだろう。そしてやつらはまたきっと動く。古手川さまはそう睨んでおいでだ。これから当分の間、気が抜けねえ日がつづく。とにかく江戸じゅう、しらみつぶしに、聞き込みの捜査《さぐり》に歩き廻る事になりそうだぜ」

「押し入った賊は何人だったの？」

「三人。歳も人相も皆目《かいもく》わかっていない。なんせ柿色の盗っ人装束に履面までしていたってえんだから」

「難しい捜査《さぐり》だねえ」

帳場からお初の溜息が聞こえて来た。

う。

七

神田堀竜閑橋《りゅうかんばし》のそばに鎌倉町《かまくらちょう》がある。神田橋御門に向かう堀沿いを鎌倉河岸《がし》という。

そこに代々酒屋を営む豊島屋《としまや》がある。店が大きく、客種も馬方に駕籠かきに中間《ちゅうげん》、それに船頭から野菜の引き売りをする者まで、雑多な稼業の客が呑みに来る。安価だからである。

大名家からの御用には、時に馬を使ってでも積み出した。新川の酒問屋でも金廻りの悪いときは、元値を割ってでも豊島屋へ納めるようになっている。

この繁昌店が夜盗にやられた、と町名主から南町奉行所に訴えがあった。

さっそく出張《でば》ったのは、廻り方同心の古手川与八郎である。供は小者の弥一に、手先の治助、治助の下っ引きの伝吉《でんきち》である。

朝日がのぼったばかりなのに、もう客の姿がちらほら路上に見える。店の開くのを待ちかねているのだ。

「散った、散った、まだ商いは始まらねえんだ」

ここぞとばかりに伝吉が声を張り上げる。伝吉は出商いの古傘買いをしている。古傘を一本四文から十二文ほどで買い、その古骨を再生する職人におろすのだから、たいした稼ぎにはならない。呑気《のんき》な性格もあって、三十にもなるのにいまだ独り身《ひとりみ》である。

ちょっとしたきっかけで治助の下っ引きになった男だが、すっかり親分の治助になついてしまい、〝子の竹〟の板場にもぐりこんで飯を喰い、酒を呑む。根は気のいい男である。

伝吉を店の前で張らしておいて、古手川は治助と弥一を伴って店内に入った。

芳醇とは言いがたい、柱や板壁に浸みこんだ強烈な酒の残り香が店内の空気を支配している。

店の半分は酒を呑ませる造りだ。荒けずりの板を飯台にして、腰かけは丸太を土間に打ちこんだもの。数にして三、四十人は座れそうだ。立ち呑みのできる場所もある。あとの半分は、豆腐作りと簡単なつまみを作る作業場になっている。

店の中に主だった者が集められた。

「こちらが店主の広左衛門《こうざえもん》さんでございます」

と、町名主が付き添う恰好で言った。

「お手数をかけます」

声もやわらかく、やり手の商人としては広左衛門はなよっとした五十男だ。

「それぞれ、名を申せ」

古手川が声を響かせた。

「通い番頭の喜三郎《きさぶろう》でございます」

「手代の〜でございます」

「同じく手代の〜でございます」

「豆腐職人の〜でございます」

「店番の〜でございます」

「よし、押し込みが打ち入ったのに気づいた者は前に出ろ」

広左衛門が進み出た。

「おそらく、わたしと女房のおすみだけではないでしょうか」

「どのようにして気づいたか？」

「眠っている間にいきなり口を塞がれまして、あれよ、と思う間もあらばこそ、電光石火に両手両足を縛られてしまいました」

「賊は何人いた？」

「見たのは三人だけでございます」

「それで――？」

「わたしどもの金蔵は、寝間つづきの座敷蔵でございます。そこに多いときは千両からの金子を積んでございますが、昨夜はわずか三十両だけでございました。何せ、仕入れ先への支払いをすませたばかりでしたので――」

与八郎は長い腕を胸の前で組んだ。

「その事を賊は知らなかったか」

「へえ、それでも刃物をちらつかせられては、有りったけの金を、渡さざるをえません。あまりの少なさに、賊たちが殺気立ったように思いましたが、幸いにも諦めたようです」

さすがに大店の主人である。肝《きも》の据《す》わった冷静な観察をしている。

「どこから押し入った？」

「壊された入口はございません。表店から内所へとつづく廊下には戸閉りの引き戸がありますが、これはごく簡単な掛け金ですので、針金でも差しこめばあっさり外れてしまいましょう。大戸はしっかり鍵をかけておりますので、あまり心配はなかったのです」

「晩入りだな」

鋭く光る眼を治助に向けて、与八郎は言った。

「古手川さま、お旗本屋敷にたとえますれば――」

「うむ――」

長い顎を何度も頷《うなず》かせた。

「主人《あるじ》、表店に厠《かわや》はあるか?」

「へえ、何せ、大勢のお客さまですからね。二つ用意してございます」

酒は尿意をうながす。

「うむ――、そこだな」

「新吉原《なか》のおはぐろどぶのようなわけには参りません。ご近所から苦情の嵐になりましょうから」

吉原田圃《たんぼ》の遊郭内の羅生門河岸《らしようもんがし》には、いちばん低級な女郎屋の切店《きりみせ》がある。そこの女郎たちは客とりをすませるごとに、店の前へしゃがんで用を足すのだ、という。他人眼《ひとめ》をはばかっていたのでは、切店女郎はつとまらない。

そこと比べれば、ずっと衛生的な設備を整えてあると言いたいらしい。

旗本屋敷の中間部屋は、しばしば無頼な者たちの溜まり場となる。夜な夜な博打《ばくち》が開帳されている。出たり入ったりする胡乱《うろん》な奴らにまじって、盗みを目的とする者もいる。そいつは屋敷じゅうが寝静まるのを厠に隠れて待ち、犯行に及ぶのだ。

治助はその事を言ったのだ。

「店を閉めるのは何刻《なんどき》だ？」

与八郎の叱りつけるような大声の問いに、

「へえ、五つ半（午後九時）にはすべてのお客にお引取りねがっております」

番頭の喜三郎が、腰を屈めながら前に進み出た。

「大戸の閉め際、店の中はきっちり調べるんだろうな」

「むろんでございます。火の始末、酔いつぶれた者の追い出しなど、手抜かりはございません」

「昨夜、厠の中をのぞいたか？」

「……はずでございますが――」

「見落としたってえ事はねえか？」

使用人一同、ざわざわとなったが、――わたしらが見届けました――と名乗り出る者はいなかった。

与八郎は治助たちをうながして外へ出た。

陽は高くのぼって、初夏のような陽気になっている。路上には穴子《あなご》寿司を売る縁台や屋台が商いを始めており、緑がかった堀川の水をかいて茶船が行き交うのは、近くの三河町の魚河岸へ荷を運ぶからである。

「古手川さま、やはり――」

治助に次まで言わせず、

「うむ、みみずくの丈吉じゃねえか、とおれは睨んだがな」

与八郎は細い眼をさらに鋭くさせて、長い顎をさすった。

「押し入ってたったの三十両じゃ、盗人の面《つら》よごしでござんすね」

「盗人によごす面があんのかい」

じろり、と与八郎は治助を見た。だが片唇が笑っている。

「また、やりますね」

「薬種問屋と豊島屋の二つだけじゃ、江戸での盗《つと》めじまいにはなるめえな。しかし、どうにも捉えどころがねえ。丈吉がどこに潜んでいるのか、悪党仲間なら知っているやつがいるかもしれぬ。だが、そんな差し口もねえんだよ」

「わたしには地道に足で稼ぐしか能がありません。なにしろ、ほかの親分さん方とちがって、その道にはほとんど暗うございますので――」

「おまえさんはそれでいいんだよ。だからこそおれは安心していられるんだ」

自分に向けられた与八郎の信頼を、治助は心嬉しく思ったのだった。

八

「ここは美味《うめ》えけど、値が張るんだよなあ、値がよ」

桶師の源太が毎度同じ愚痴をひとくさり吐き出し、左官屋の正一がくさめをしながら帰っていくと〝子の竹〟の店内は急に白けたように静かになった。

料理屋の商いには一日の中でも波がある。どっと客が溢れるかと思えば、汐が引くように客足がへり、がらんとしてしまう間合がある。

そんな合間を見計らったように、赤倉屋の女中のおかよが駆けこんで来た。

「ちょいと、お麻さん」

帳場のお初に会釈してから、折しも板場にかかる中暖簾をかきわけて顔を出したお麻を手招いた。

「どうしなすった？」

商家の女中が外出《そとで》をする刻限ではない。

「旦那さまのお使いさ」

ふっくらとした頬の上の、眼尻のさがった瞳をおかよはきらきらさせている。

「どんなご用……？」

「おいでになったんだよ」

三十女が身をよじるようにした。

「どなたが来なすったんだよ」

「あの元三さんが、今日の夕方になって顔を出しなすったのさ」

「へえ、それは驚いたこと。あんなに身許を明かさなかったお人が、どうして気が変わったんだろうね」

「お店の前を通ったとき、ご挨拶しようと思ったそうよ。旦那さまは大喜びで、客間へ元三さんをお上げになり、二人でしばらく話をしておられた。そして元三さんが帰られたあと、みんなを台所へ集めてこうおっしゃった。明日から元三さんがこの赤倉屋で働くようになった。住まいもほかの男衆《おとこし》と一緒の二階だって――」

にっこりと笑んで、おかよは頬を紅潮させた。

「ずいぶん急な話なのね」

もっとも、清衛門にとってはとっぴな着想ではなく、以前からそのような期待と心づもりがあっての事のようだ。

「命がけで他人の子供を助けるような男に悪人はいない。それに商人としても年季が入っている。そういう頼りがいのある男だから、まずは手代としてつとめてもらう事にした。そうおっしゃるのよ」

お麻は浅草寺で会った元三を思い出していた。

歳の頃は三十半ば、無駄な肉のないすらりとした体軀。静かにととのった目鼻立ち。赤倉屋の礼を辞退する謙虚な口ぶり。どれをとっても好ましい印象だ。

赤倉屋に住み込むというのなら、どうやら江戸に女房子はいないという事情のようだ。

一度は嫁《か》したことのあるおかよだが、また三十。元三の出現に胸をときめかせているのは一目瞭然だ。そのおかよの、いきいきと生気を漲らせるその貌《かお》は、女ざかりの官能に輝いている。

「それで知らせに来てくれたのね」

「お麻さんにもひとかたならぬ心配をかけてしまった。何はともあれお知らせするようにって――」

何事もきっかりと片づけなければ気のすまない清衛門なのである。

さりげないふうを装って、お麻は赤倉屋の店先をゆっくりと通りすぎた。眼の端に、番頭から品物についての手ほどきを受けているらしい元三の姿がかすめた。元三が赤倉屋に入って三日目だ。

紺木綿に角帯をきりっと締めた前垂れ姿も板についていて、どこから見ても腕の確かそうな商人だ。

すぐに踵《きびす》を返したお麻は、日本橋から神田の通町を北に進んだ。江戸繁昌の中枢を担うこの大通りは、種々雑多な人々のうねりを運ぶ大河のようでもある。

やがて八辻ヶ原《やつじがはら》の広小路に突き当たる。ここへは八方から道が入っているのでそう呼ばれている。一は昌平《しょうへい》橋へ、二は芋洗《いもあらい》坂へ、三は駿河台《するがだい》へ、四は三河町《みかわちょう》筋へ、五は連雀《れんじゃく》町へ、六は須田《すだ》町へ、七は柳原《やなぎはら》へ、八は筋違《すじかい》御門へ通行という具合である。

お麻は神田川にかかる昌平橋を対岸に渡った。

そう、向かうは本郷六丁目の菊坂台《きくざかだい》町である。そこに京屋がある。

赤倉屋清衛門が、子供の命の恩人に対し、言葉では言いつくせぬ感謝をしている心情は、お麻にもよくわかる。

恩義にむくいる機会が来たのだ。元三の雇い主が商売を閉めるという。

ならばぜひひとも赤倉屋で働いてもらいたい。使用人であっても格別の優遇をもって、せめてもの借りを返す心づもりなのだろう。

しかしお麻は、その選択が清衛門らしくない、と感じている。

清衛門は、生き馬の眼を抜くこの江戸の、日本橋大通りに大店をかまえる歴《れき》とした店主である。ここまで来るには、慎重に、大胆に、忍耐と努力を重ね、人一倍の思考を働かせて来たはずだ。ならばおのずと人を見る眼も養われているだろう。

そういう男にしては、いささか軽率のような気がする。

もしかすると清衛門は、自分の内に住みついた、恩返しという呪縛《じゅばく》にからめとられているのではないだろうか。

京屋へ行く前に、お麻は菊坂台町入口にある自身番に立ち寄った。

黒い袖垣を入ると、捕り物に使う恐ろしげな三つ道具が眼に入ったが、父親が手先をしているせいか、お麻の気持ちに動じるものはなかった。

腰高障子の内側は、三畳の畳敷きの部屋があって、当番の家主と書役《かきやく》の二人がいて、お麻を見ておやっという表情をした。

「見かけぬ顔だが、どんな用かな?」

年配の家主が軽くあしらった。

「ちょいとお教え願いたい事がありまして――」

胸元から、小さくたたんだ紙片を引き出し、たたみの上にすべらせた。

一読した家主は、

「どのような事でもお訊きください」

丁重な態度に変わった。

今朝、家を出てからお麻がまず向かったのは、本町二丁目の仁右衛門の屋敷である。仁右衛門に赤倉屋と元三の経緯《ゆくたて》を話した。そして元三に対する清衛門の信頼を確かなものにするために、元三の身状（日頃の行ない）を知っておくべきだ、とお麻は自分の考えをつけ加えた。

そこで仁右衛門に頼み入れたのは、元三の人別帳についての問いに答えるよう、一筆したためてもらう事だった。

江戸の町政を担当する上席の町役人《ちようやくにん》を〝町年寄〟と称する。奈良屋市右衛門《ならやいちえもん》、樽屋藤左衛門、喜多村弥兵衛《きたむらやへえ》の三家が世襲、月番制でつとめる。

その下に二百五十余人の町名主がおり、さらにその下に二万人の家主がいて町の運営にあたるのである。

町役人の筆頭である町年寄には、権威もあれば特権もある。

樽屋の元手代頭という仁右衛門の肩書きに、自身番の当番人はひたすら恐れ入ったのだった。

「京屋さんでございますか。でしたら人別帳を見るまでもなく、細かく承知しておりますよ。はい、お店を出されたのが四年ほど前。主人の儀平《ぎへい》さんは京から下られたお人で、今年五十一になりますか。奉公人の元三さんは信濃《しなの》の出で三十五歳になると思います。小僧さんは一也《かずや》でまだ十五の子供です。この子は奉公に出てまだ一年足らずでしょう」

年配の町役はすらすらと口にした。

「お商いはどんな案配でしょう」

「得意先はかぎりがあるようですが、地道にやっているようです」

「奉公人がたった二人でもこなせるご商売なんですね。それに仕入れには京まで上られるのでしょう」

「何せ、扱う品が扇子ですから、たくさんの人手はいらんのでしょうな。わたしどもが見るかぎり、物堅い商いをしていると思いますね」

「元三さんて、どんなお人ですか」

「主人が言うには、真面目な人柄とのこと。そりゃ男盛りですから、多少の遊びは大目に見てやっている、そう言っておりましたね」

「悪い遊びはしない――?」

「年に一、二度、姿の見えなくなるときがありますが、それは京へ荷を仕入れに行くのだそうです」

どうやら疑義をさしはさむ余地はなさそうだ。

「京屋さんは、近くお店を閉めるとか、そう耳にいたしましたが――」

「まだはっきりとは決めかねているようです。何でも、京には病身の弟妹がいて、その世話のために戻ろうかどうするか、迷いに迷っているところだ、と儀平さんは困惑の体《てい》でしたよ」

お麻は番人に礼を言って腰をあげた。

自身番を出たお麻は京屋へ向かった。美しい京扇子を見てみたい、という軽い気持ちだった。いままで扇子など手にした事はない。暑い盛りに風を送るのは、渋団扇《しぶうちわ》だった。町屋ではそれがごく当然なのだ。

「おいでやす」

店の奥から、男が出て来た。

平屋で南に向いた間口だから、三坪ほどの店内は明るすぎるほど陽が入っている。

内との仕切は四、五枚の襖で区切られているのだが、いまは四枚とも片側に寄せられていて、奥の台所と板の間が見えている。さらにその奥が座敷になっているようだ。男は主人の儀平らしい。歳のわりには皺ばんだ浅黒い肌で、全体が痩せ枯れたように見える。

めったに客も来ないらしく、そのためについ襖を閉め忘れていた、という言い訳のように、儀平はぱたぱたと襖を閉め切った。

「手頃な扇子があったら、一本いただこうかしら」

お麻は本気でそう思った。

本気で欲しい、と思わせる美しい扇子が並んでいるのだ。

あでやかな色彩と文様の王朝風、黒檀《こくたん》に漆加工した骨組に重厚な絵柄、など繊細で洗練された扇子の数々は、思わずお麻の心を捉えていたのだ。

「なんて綺麗なんでしょ。でも、どれも値が張りそうね」

懐勘定すれば二の足を踏む。

「そうどすな、何と申しましても、京の下りものだす。やすうというわけにはいきしまへん」

「これはおいくら――？」

扇面に、霧にかすんだ桜花があふれ、いまにもしずくのしたたりそうな幽玄な一本を手にした。

「こちらは名だたる名人の作で、二分いたします」

とても手が出ない。

「では、こちらのは——？」

薄茶色のよろけ柄はいかにも粋だ。

「お歳にしては渋好みどすな。これは櫨《しどみ》という草で染めたもので、殿方用のもおます」

「おいくら……？」

「そうどすな——」

しばし思案のあと、

「よろしおす。ほんまは一分どすが、こないな美しい女子《おなご》はんの持ち物になるのやし、思いきって七百文に負けときまひょ」

「ま、ありがとう」

と言ったお麻の耳に、家の奥から耳障りな音が聞こえて来た。

「これ一也、お客さんがおいでやすのに、大きな音を立てんときッ」

儀平は襖ごしの奥へ声を投げた。

「おれじゃありません」

声とともに襖が開き、前髪立ちの少年が顔を出した。小僧のようだ。

「天井裏のねずみですよ。朝から騒いでましたから」

「ねずみにしては大きおすな。いたちでも入りこんだのとちゃうか」

儀平は扇子を納めた箱を紙にくるんで、お麻に渡しながら、

「すんまへんなあ、気色《きしょく》の悪いもんお耳に入れてしもて――」

苦笑とともに頭をさげた。

京屋を出て、本郷通りに戻った。そこでお麻はついと足を止めた。

京扇子に浮かれて、元三の事をわすれていたわけではなかったが、自身番屋でも、元三を怪しむものはなにも出なかったのだ。

儀平に訊ねたとしても、元三の多少の欠点くらいは耳にしたかもしれない。だとしても、清衛門が警戒しなければならないような話は出ないだろう。あるとすれば、法に触れかねない内容になり、それこそお父つぁんの出番と言う見込みもある。

まずそれはない、とお麻は思うのである。なぜなら、雇人が悪事を働けば、その雇主も咎を受ける羽目になるからだ。

町の番人ともいうべき町役人なら、冷静な眼でもって町内を見ているはずだから、

あれで充分なのだ、と自分に言い聞かせて、お麻は歩き出した。

九

春の嵐が、浮世小路を吹き抜けていく。

〝子の竹〟のぐっしょり濡れた暖簾《のれん》がいまにも吹き飛ばされそうだ。

「てつ、暖簾を入れちまいな」

帳場から土間におりて来たお初に言いつけられ、

「いいんですかい」

言って、てつはにんまりした。早じまいが嬉しいのだ。

「この天気じゃ、もう客は来まいよ。いまいるお客たちが帰ったら、板場の火も落としておしまい」

時刻は五つ（八時）をすぎたところ。残っているのは十人ほどの客だ。降りこめられた、というより、甘い顔を見せたら朝まで居座りそうな、近場が住まいの常連客ばかりだ。

そこへ治助が走りこんで来た。

「おや、お父つぁん、ずぶ濡れじゃないのさ」

前垂れにはさんでおいた手拭を、父親の治助に渡しながら、

「早く着替えないと風邪を背負いこむよ」

着替えを手伝ったら、と促すようにお初に言葉をかけた。

「ほんと、大変だ」

お初と治助が板場へ消えた。板場の隅に二階への梯子段《はしごだん》がかけられているのだ。

「何でぇ、もう看板かよ」

「源さん、早くお帰りになったほうがよござんしょ。この風じゃああんたのように懐の軽いお人は、どこまでも吹きあげられちゃうよ」

「莫迦《ばか》言え、風が吹けば桶屋が儲かるって知らねえのか」

「何でさ」

「何でって――おれも知らねぇ」

「桶師のくせに――莫迦はおまえさんだねえ」

「ちっ、口の悪いのは母親ゆずりってか。せっかくの器量が泣くぜ」

未練たらしく源太は、逆さにした空の徳利を盃の上で二、三度振ってから、また舌を打った。

お初と治助が戻ってきた。治助はござっぱりとした木綿の棒縞に着替えている。

「熱いのを二、三本つけておくれ。わたしもいただくからさ」

治助と並んで座ったお初が、板場へ声をかけた。

盆の上に徳利三本と盃三つ、それに蛤《はまぐり》串焼に鰯のカピタン漬け、野菜の五目煮を載せて、お麻が板場から運んで来た。父母の前に座る。

「今日な、京屋を見て来たよ」

くっと呷《あお》った盃を飯台に置いて、治助がお麻に向かって言った。

「この前、おまえの話を聞いてから、ちょっと気になっていた」

あれから十日経つ。

「どんな事？」

「京屋の天井裏で大きな音がしたって言ってたろ。それで本郷のほうへ行ったついでに菊坂台町の番屋へ寄ってみた」

「でも、あれはいたちか何かが入りこんだらしい、って主人が言ってたのよ」

「お麻、他人《ひと》さまの事件《こと》に深入りするんじゃないよ。何度言ったらわかるんだい、ほんと、困った娘《こ》だ」

半分諦め顔で言うお初の叱言である、そのお初は手酌で呑んでいる。治助に酌をし

てやってから、お麻は、

「千代田のお城には狸や狐がうようよいるそうだもの、あの辺にいたちがいたって不思議はないと思う」

治助の勘どころにどのようなものが触れたのか、と父親の顔をじっと凝視した。

「番屋で訊いたら、確かにいたちはねずみを捕って食べるそうだが、あの辺りでは、人の住んでいる家の屋根裏に忍びこんだ、という話は聞かない、という返事だった。まあ、絶対にないとは言えんだろうがね。それと、いよいよ京屋は店じまいに入るらしい。小僧に暇を出したそうだから」

「ところで、みみずくの丈吉のほうはどんな按配《あんばい》なの？」

「本郷方面に行ったのも、その探索だが、何一つ手がかりは摑めない」

「もうお江戸にはいないんじゃないかしら」

「いや尻尾を出さないだけだ。どこかでじっと息を潜めて、時機を窺っているにちげえねえんだ」

治助は悔しそうに唇を嚙んだ。

親子三人、ひそひそ話をしている間に、客は一人減り、二人減りしてとうとう全員がいなくなっていた。板場も火を落とした。

ところが、叩きつける戸板の板戸を開けて一人飛びこんで来た者がいる。

「まあ、赤倉屋さんじゃありませんか。いったいどうなすったんですか」

いつもなら恰幅《かっぷく》の良い清衛門の体が、まるで空気を抜かれた紙風船のようにしぼんでいる。顔は青ざめ、眼が血走っている。

雫《しずく》のたれるすぼめた番傘を投げ捨てるように置き、三人のほうに歩いて来る。足取りに乱れはないが、体全体が緊張に固まっているようである。

「親分――」

清衛門は悲痛な声を出した。

「何があったのです？」

「私は、私にとって大切な者を裏切ることになりました。それがどれほど苦しい決心であったか――」

「わかるように話してください」

太く長い吐息《といき》をつくと、清衛門は腰掛けに腰をおろした。それで幾分落ち着きをとりもどしたようだ。

「今日わたしは手代の庄二郎《しょうじろう》を連れて外出いたしました。女房のおくみも下女のおみつを供にして買い物に出ました。聞くところによれば、おくみが戻ったのは、午《ひる》の八つ半（三時）頃で、一刻（二時間）ほど家を空けていたわけです。わたしども夫婦の寝間には、座敷蔵がつづいていています。わずか三畳ほどの狭いものではありますが、大切な物がしまってあります。むろん、金箱も入っています。したがって、その部屋には番頭と女中のおかよのほかには入れません。使用人にはそうきつく申しつけております」

ここまでいっきに話すと、清衛門の口調はなめらかになって来た。

「戻ったおくみが寝間に入ったときです。何とそこに元三の姿を見つけたのです。何をしているのか、と問い質《ただ》すと、なれない内所の事で、おみつに頼み事をしようと思い、部屋をまちがえた、と答えたそうです」

「お大身《たいしん》のお武家の屋敷じゃあるめえし、まちげえるほど部屋数はござんせんでがしょ」

「人を疑う事のない大人しい女房ですが、さすがに顔色を変えておりました」

「これは見逃せねえ話ですぜ」

ぐいと身を乗り出した治助の眼が鋭く光った。

「いくら恩儀のある元三とはいえ、私もそこまで甘くはございません。もっとも胸の裡《うち》では、本当にまちがいであってほしい、と思わないではありませんでした。何せ、一太郎の命を救ってくれた大恩人ですからね。それに一太郎が元三にすっかりなついてしまって、元三のほうも、まとわりつく坊に眼を細める始末です。まるであの男のほうが父親みたいだ。ですからあの男を疑いたくないのがわたしの本心です」

「律儀《りちぎ》な赤倉屋さんのことだ。さぞかし迷いに迷ったあげく、心を決したのだろう、とお察しいたしやす」

「親分、わかってくださるか、お店に戻ったわたしはおくみからその話を聞くと一計を案じる事にしました。あの大人しげな元三の顔の裏に隠された悪だくみがあるのなら、それを暴いてやろう、と」

「どんな計らい事で――？」

「元三に小僧をつけて、使いに出す事にしたのです。私の言いつけた用事は半刻ほどですむものですが、それで充分なのです。元三が店を出た直後、私は二階に駆け上がりました。元三の部屋の押入れから、あれが持って来た荷物を取り出しました。何、風呂敷包み一つです。わずかな着替えの間に、元三が隠し持っていたのは、いわゆる九寸五分の匕首《あいくち》でした」

「まっとうな商人の持ち物ではねえな」

「元三は、礼をしなければならない、という私の気持ちにつけ入って、赤倉屋の金を狙った悪計としか思えません」

清衛門はがっくりと肩を落とした。まるで可愛がっていた不肖の息子が犯した大罪に、絶望しつくした父親の姿にも似ていた。

「どうやら京屋につながるな」

治助の声は確信に満ちていた。

強い雨足と吹きすさぶ風の音は一向《いっこう》に衰えず、不安な夜は闇を濃くしていく。

十

「いま、元三はどうしているのかね」

相手の動きにいち早く反応しなければならない、と治助は訊いた。

「店におります」

「今夜のような荒れた天気は、盗賊にとってはもっけの幸いなのだ。盗《つと》めがやりやすい。隣近所への物音が消されるし、人眼など探したってありゃしやせんからね」

「そこのところを考えまして男たちは寝ずの番で嵐にそなえろ、と申し付けてあります」

心得顔の清衛門だ。

「そりゃ上出来だ。家じゅうが灯りをともして起きてりゃ、やりたくてもできやしねえだろう」

本来なら、この嵐をついてでも八丁堀の古手川同心の役宅へ注進するところなのだが、元三がいわば足止めを喰っている状態なのだ。動きたくとも動けずに、明日の朝を迎える事になる。

「元三には同類がいるのでしょうか」

「独りばたらきではない、とおれは睨んだ。さっき京屋つながりだ、と言ったのは、あそこが盗っ人宿ではないか、と考えたからだ。おそらく元三が手引きして、同類を赤倉屋へ忍びこませる手筈だろう。ただし、日限はいつにする、とはまだ決めていない。それを決めた元三が、京屋で待っている同類へ連絡《つなぎ》をつける。そして決行だ」

「いつの事でしょう」

清衛門の顔に憂いの色が濃く広がった。

「元三は主人の寝間にいるところを、お内儀《ないぎ》に見つかっている。その場を上手《うま》くきりぬけたつもりでいるだろうが、そうぐずぐずはしていられない。おれの考えでは、明晩かその次の晩てとこだろうな」

「恐ろしゅうございますな。しかし、いくら恐ろしゅうても、毎晩起きてはいられません」

「古手川さまには、今夜じゅうにお報《し》らせしてお指図をあおぐが、おれに一つ考えがある。聞いてくれるか」

「むろんでございますよ」

「そっちの得意先に、本郷とか湯島辺りの客筋はありませんかね。なるべく京屋の近くがいい」

「おられますとも」

「よし、それなら明日、元三を一人でその客のところへ使いに出してくれ。元三は渡りに船とばかりに京屋へ行くはずだ。なに、心配いらねえ、おれと伝吉で元三のあとをつける。古手川さまもほかの手先を率いて、つづいてくださる」

「では京屋に入ったところで御用となさるのですね」

「そうとも、そうすりゃ、おめえさんたちも恐い思いをしなくてすむってわけだ」

　前夜の嵐がうそのように、江戸の町には温かく煌く陽射しがふりそそいでいる。いつもより大通りに人出が多いのは、篠《しの》突く雨に出足を止められた反動で急がせる足取りも軽く、いきいきとした表情をしている。

「伝吉、気づかれるなよ」

「へい」

下っ引きの伝吉をしたがえて、治助は十間ほど先を行く元三の背に、ピタリと抜かりない視線をあてている。間合いをつめすぎないように歩を運びながら、無意識に右手で懐をおさえた。そこに袱紗《ふくさ》にくるんだ十手を納めている。

同心から手札をいただく身でも、めったやたらに十手をちらつかせていいという法はない。本来なら、同心と同行でなければ、手先が十手を持ち歩く事は許されていないのだ。

元三と治助たちの間には、道を横切る者、早足で追い抜く者、と大勢の不規則な人の流れがあるが、黒っぽい木綿の元三のうしろ姿を見失わず、無事に昌平橋《しょうへいばし》を渡った。

小さな風呂敷包みを手に、元三は湯島通りを進んで行く。人通りはまばらになり、治助は少し間合いを開けた。左側に聖堂《せいどう》が見えて来た。深い木立の中に学問所である壮重な大成殿《だいせいでん》が建っている。

その前を通り過ぎ、湯島三丁目に来た。元三は聖堂前の大名屋敷の門で足を止め、番人に何事か言っている。

どうやらそこが赤倉屋に言いつけられた使い先のようである。

門内に入った元三は、しばらくして再び姿を見せた。手にした風呂敷包みはなかった。

普通に考えれば元三はそこから引き返すはずである。

だが、案の定、元三は本郷方面へ道をとった。驚く事に、その足の速さだ。心持ち腰を据え、上半身を安定させて足を急がせる。走るのではなく速歩だ。

瞬くうちに双方の間が開いた。焦って走り出そうとする伝吉に、

「走るなッ」

治助は声を抑えて叱った。

熟練した盗っ人なら、全身を眼にし耳にしている。不用意に走ったりすれば、追ってくる者の気配を察知するはずなのだ。

治助は慌てなかった。

ここまで来れば、本郷六丁目はじきだ。目指す京屋は、もうおれの手の中だ。

京屋の表戸口は板戸が閉まっていた。両隣の家の間は、人一人がやっと通れる細い小路だ。江戸っ子はそこを猫道という。

足音をしのばせ、家の裏手に回ってみた。そこは雑草のはえた少し広い場所になっていた。そこに向かって京屋の裏口がある。

治助はまだ動かない。

古手川同心を待っている。

待つほどなく、手先や下っ引き総勢六人を引きつれて、与八郎の長身が悠然と現われた。

手先や下っ引きは、手に手に突棒《つくぼう》、刺股《さすまた》、梯子《はしご》をかまえている。

「どうせ袋の鼠だ、とっ捕まえるに苦労はねえ」

与八郎が自信たっぷりに言って、治助にうなずいてみせた。

その治助は、お麻から京屋の天井裏で大きな音がした、と聞いた事から、この家を盗人宿と睨んだのであった。

大方のところ、盗人宿は隠し部屋を作っている。屋根裏だったり、隠し押入れだったりで、その狭い場所に、同類や徒党が隠れているのだ。

この家の場合、表戸口と裏口、それに屋根の上を制圧《おさえ》てしまえば、まさに袋の鼠なのである。

ともあれ、怪しい奴はしょっ引く、という建前だから、強引に事を進められるのだ。

与八郎の合図で、表と裏の戸口がいっせいに叩きこわされた。

店を入れて十坪ほどの家だ。家捜しするまでもなく、どこが天井裏へ通じる抜け口か目星がついた。

四畳半の座敷の天井板が不自然にずれている。そこから梯子をおろし出入するのだ。

「てめえら、ここが観念のしどころだ、大人しくとっととおりて来いッ」

与八郎の大音声《だいおんじょう》に、微かな気配のあった天井裏が、手にとるようにしんと静まり返った。

「厭《いや》ならいやで上等だぜッ、天井板を突きくずしゃ、おめえら厭でも奈落《ならく》の底へ逆もどりってざまだッ」

やはり古手川の手の吉次《きちじ》が胴間声《どうまごえ》を張り上げる。

「おうい、竈《かまど》のほうが焦げくせえぞ、あっ、台所《でえどころ》が火の海だ。てめえら、天井裏で丸焼けになりてえか」

これは治助が機転をきかせた作り事だが、天井裏がわずかにきしみ出した。

梯子を掛けて天井裏へ躍りこむのはわけないが、一人ずつおりて来るところを組み伏せるほうが無駄のない捕り口ではある。

捕り手一同の見上げるところで、天井板が一枚ずらされ、梯子がおりてきた。

まず、二十代後半の男がおりてきた。つづいて四十歳ほどの男。その右頰には、方二寸ほどの茶色くひきつれた傷跡があった。男がお差し名（指名手配）どおり、みみずくの丈吉である、とその傷が明白に語っている。

「おい元三、さっさとおりて来ねえかッ」

天井に向かって古手川が吠えた。

「あいつはいねえよ」

丈吉が吐き捨てた。

「そんなはずはねえ。元三がこの家に入ったのをおれはこの目で見ているんだぜッ」

思わず、治助は叫んでいた。

「おれたちゃ、あいつの連絡《つなぎ》を待っていたんだが、来やがらねえ」

「そうか、尾行をさとった元三は、家へは入らず裏から抜けたんだな」

じろりと治助を見やって、古手川は不機嫌になった。その目が、ドジを踏んだな、と言っている。

「ちくしょう、元三め、自分だけずらかりやがったッ」

ぎりぎりと丈吉は歯がみした。

儀平の姿はどこにもなかった。

盗人宿のおやじは、盗みはしない、というのが定法であるから、いち早く儀平を逃がしたのであろう。

それほど赤倉屋を襲うという一味の計画は切迫したものだったようだ。

浮かぬ顔の清衛門がお麻を前にしてうなだれている。

「親分やお麻さんにすっかり世話になってしまったよ。ありがたい事だが、大きな借りができてしまったのもまちがいない。ところが私は元三に借りを返すどころか、恩を仇《あだ》で返してしまった」

「反対ですよ、反対――」

捕り物の始末を治助から聞かされて、お麻は元三の行動を訝《いぶか》しく思っていた。

「何がですか？」

「元三のほうが、赤倉屋さんに恩返しをしたんですよ」

「まさか！」

「あの男は、自分が捨ててきた子と一太坊を重ね合わせていた。おそらく矢も楯もたまらず子に会いたくなった。そして盗人から足を洗おうと心に決めた」

「うむ――」

と頷いて、清衛門は先をうながした。

「だから、まっとうな人間にならねば、と気づかせてくれた、一太坊に恩返しをしたんだと、わたしは思いますね」

半信半疑に清衛門は首をひねっている。

「よく考えてみれば、主人夫婦の部屋でこそこそしていたなんて、見えすいていますよ。わざと怪しませるためですよ。風呂敷包みの中に匕首を忍ばせていたのも、しかりでしょう」

「なぜそのような真似《まね》を――？」

「一太坊のいる赤倉屋で盗《つと》めはしたくなかったから。でも、それは仲間を裏切る事になる。盗人仲間への裏切りは、掟破《おきて》りだそうだから、いずれは仕返しに殺される」

「そうか、仲間が捕まってしまえば、自分のみは安全というわけか」

「赤倉屋さんが元三を疑えば、必ず奉行所へ訴え出る、と踏んだ。そして、そのとおりになりましたね」

「そこまで読んでいたのか」

「この事件《こと》の大手柄は一太坊ですよ」

「しかし、わたしはこれから先、坊の顔を見るたびに、元三を思い出さなけりゃならない。恩返しをしてないって事をね」

「誰にでも、多少の貸し借りはあるものです」

いくぶんなごやかな顔つきになった清衛門に、

「今夜、一刻ほどでいいのですけれど、おかよさんを貸していただけませんか」

「おかよ、をでしょうか。かまいませんが、またどうして……？」

「いろいろ、女同士で話したい事もあるのですよ」

元三の正体を知ったおかよが、丸っこい体から空気が抜けたようにしょんぼりしている。

律儀なだけにやぼ堅い清衛門には、思いもよらぬおかよの女心なのだ。

その夜〝子の竹〟の入れ込みの隅で、お麻とおかよが盃を傾けていた。膳の上にはもう徳利が四本横になっている。

「元気を出しておくれな、おかよさん」

「てやんでえ男の一人や二人、こちとら江戸っ子よ。腐った魚はごめんだね」

威勢のいい言葉とは裏腹に、笑おうか泣こうか決めかねたように、おかよは顔を歪ませた。

「お麻、明日は衣替えだよ、支度はできているのかい」

横の帳場からお初の声が飛んで来た。

五つを知らせる石町の鐘の音が、変わらぬ明日が巡って来る、と告げているようだった。

第二話　流され人《びと》

空き地の草むらを踏み伏して、お糸《いと》が倒れていた。

水色の着物、桃色の二布の裾《すそ》が腰までたくしあげられ、眼を覆《おお》うばかりのあさましい惨状がくりひろげられている。

真夏の陽がぎらぎらと乙女の太腿《ふともも》を晒《さ》らし、そのあまりの白さが、まるで狂暴な光の箭《や》のようになって、十六歳の新七《しんしち》の眼を灼いた。

鼻息をあらげる安五郎《やすごろう》の血走った眼が、新七を見た。にやりと歯をむいたその満足げな顔が、お糸にしてのけた歪《ゆが》んだ欲望のすべてを物語っていた。

どこかで人の叫び声がし、新七の中で渦巻《うずま》いていた怒りの衝動がいっきに堰《せき》を切った。

一

龍天に昇る彼岸《ひがん》の中日《ちゅうにち》、鉄砲洲《てっぽうず》の沖合はゆったりと凪《な》いで、汐風《しおかぜ》が光っている。

お糸が島会所から出て来た事に、お麻はひどく驚いた。

この鉄砲洲の島会所に出入りする人々は、ある意味で特別な思いを抱えている、といってもいい。

ここは、幕府が支配する物産販売の取扱所である。正式名は伊豆七島産売捌《うりさばき》所だ。

伊豆七島を経巡《へめぐ》る交易船は、春夏秋の三回、島々を巡って物資を積みこみ、江戸湊《みなと》にやって来る。

主な物産は、八丈島《はちじょうじま》の絹織物、御蔵島《みくらじま》の黄楊《つげ》、三宅島《みやけじま》の鰹節、大島《おおしま》、利島《としま》の椿油や薪炭《しんたん》などである。

これらを専売した売り上げで、米や麦などの食料や生活物資を調達し、島民の困窮を救うのが目的とされている。

また、この五百石積みの交易船は春秋の二回、流人《るにん》船となるのだ。船底に長さ三間、横幅六尺、高さ四尺の船牢が造られており、流罪《るざい》を申し渡された者を島へと送る役目になっている。

反対に、晴れて赦免《しゃめん》となった者を江戸へ送りとどけて来ることもある。

その流人船が立ち寄る島会所には、流人の縁故者から見屈物《みとどけもの》という金品を預かって、船に載せる仕事がある。

お糸は新橋近くの内山《うちやま》町で、〝布屋《きれや》〟という小さな古手《ふるて》屋を女手一つでやっている。古着ばかりではなく、お糸手作りの袋物を並べていて、その美しさは女客の人気を呼んでいる。

お麻もその一人だった。あるときふらりと店に入り、それ以来、暇をみつけては布屋へ足を向けるのだった。

お糸の歳は二十五だが、みずみずしい清らかさを身にまとっていて、実際の歳より若く見えるばかりでなく、その魅力が、お麻を引きつけるのかもしれない。

流人船が出るのは、永代橋《えいたいばし》か霊岸島《れいがんじま》である。そして、戻って来る者がいれば、同じ船番所で身柄を引き受けるのだ。

いずれにしても、何用あってお糸は島会所へ――？

その疑問はお麻の気持ちをふと翳《かげ》らせた。

それぞれの人生には、それぞれの重たい荷物があって、その人の心を縛っている。人は無傷では生きられないのだろう。

お麻は気を取り直して、島会所のほうへ視線を戻した。

もうお糸の姿は見えなかった。おそらく明石《あかし》橋を渡ってその先へ行ってしまったようだ。

鉄砲洲は南北に八丁（約八〇〇メートル）の長さがあり、ゆるやかに湾曲している。堤防の上には海に面して島会所のある十軒町《じつけんちょう》のほかに、本湊《ほんみなと》町、船松《ふなまつ》町、明石町とある。

十軒町の南隣が明石町。そこに叔母のおいくが亭主のひでと住んでいる。ひでは大型船から荷を受け取り、注文主に届けるためのはしけ乗りである。

先夜、町年寄樽屋の元手代頭の仁右衛門が、珍しく〝子の竹〟へやって来た。普通、大店の主人や、町人でも格式のある立場の人たちは、こうした料理屋では飲食をしない。

その点、隠居後の仁右衛門は気さくな振舞いをする男だった。ほんのたまにではあるが、一人で〝子の竹〟へふらりとやって来る。たった一合の酒で顔を朱《しゅ》に染めるのだが、それで気分転換がかなうようである。

その仁右衛門が帰りしな、

「少しばっかりだが、いただきものだ。ご賞味あれ」

と、手土産を帳場のお初に置いていってくれた。

紙包みの中は、貴石のようにきらめく虹色の金平糖《こんぺいとう》だ。むろんいまでも高値《こうじき》である。

そのまたお裾分けを妹のおいくにとどけるよう、お麻の母親から言いつかって来たのだ。

〝子の竹〟のある日本橋室町三丁目から明石町までけっこうな道程《みちのり》だが、お麻は苦にせず歩きとおした。

どうしてもおいくやその二人の子供に、金平糖を味わわせてやりたい、というお初の気持ちを察《さっ》すればこそである。

おいくは姉のお初より四つ下の三十七歳だが、肉の薄いしんとした顔立ちのせいか、歳より老《ふ》けて見える。

ひではしがないはしけ乗りだが、無類の働き者だった。親方にも眼をかけられ、仲間うちでも一番の手間取りである。

それもあって、いくらかましな長屋に住んでいる。九尺二間の長屋に親子四人暮らしなど、この辺りではざらなのだが、おいくのところは三畳と六畳の二間がある。

「おや、お麻ちゃんじゃないの」

膝の上に子供の着物らしいのを広げて、繕いものをしていた手を止めて、おいくは高い声を上げた。

「おっ母さんが、ご無沙汰ばかりで、と言ってました」

「お互いさまさ。それよりお麻ちゃん、またきれいになったね。いい男《ひと》でもできたかい」

「叔母さん、その、ちゃんというのはやめてよ。わたしもう二十三の年増《としま》ですよ。誰も相手にしてくれやしません」

そう謙遜するお麻の眼裏《まなうら》には、栄吉《えいきち》の面影が鮮明に映じていた。

栄吉は〝子の竹〟の客である。

歳の頃は二十七、八。この店に顔を出すようになって、まだ一月《ひとつき》といったところ。それほど親しげに口をきいたことはないのだが、当人の話では出商いの小間物屋稼業をしているそうである。

五尺四寸ほどのすらりとした背丈に、小ざっぱりな身装《みなり》である。きらりと光る切長な双眸が、頭の聡《さと》さを感じさせる。形のよい鼻に、きりっと引き締まった唇はどこから見ても美男だが、甘くだれたような様子は見受けられなかった。

その栄吉を見たとたん、お麻の胸が早鐘を打った。かつてない経験だった。

それ以来、栄吉を思うとお麻の気持ちは上《うわ》の空《そら》になる。

「へえ、これが金平糖というものか。食べるのもったいないほどきれいだね」

おいくはうっとりした顔になっている。

「ところで、流人船はもうお江戸に着いたのかしら?」

お麻はふと訊いてみた。

どうしてもお糸の行動が気になるのだ。

「今年はまだ来ていないね。外海が荒れているのかもしれない」

おいくの長屋から海は見えないが、汐の香が強く匂っている。

二

京橋川には、竹を積んだ船が何艘も見える。竹河岸といわれる川沿いは、柳並木が東西に伸びていて、春特有のつむじ風が息まくと、新緑の枝葉を眩《まぶ》しくきらめかせ、強靱でしなやかな乱舞を見せている。

弥生《やよい》三月に入ったばかり、処々《ところどころ》に見る桜の蕾《つぼみ》はもうほどけて、枝々は薄紅色をほっこりと刷《は》いていた。

京橋からさらに新橋への道を往《ゆ》く。この日本橋から延長する大通りをはさんで、東は三十間堀、西はお城の外濠に囲まれて、広い町屋がつづいている。

当然、さまざまな商舗《みせ》が口を開けていて、お麻にとっては素通りのできかねる町並である。

それでもこの日は、どこにも眼をくれず歩いた。やはりいささか、お糸の事が気がかりであったからだ。

新橋の手前で、道を右へ折れる。一本道を入っただけで、大通りの喧騒がうそのような落ち着いた感じになる。それでも表通りには商店がひしめいている。糸屋、歯磨店、鼻緒《はなお》問屋、書物問屋、茶問屋などそれぞれに活気づいた人の出入りがある。

さらに道を曲がった内山町で布屋《きれ》は商いをしている。間口二間、奥行五間の小さなお店である。その戸口に「古着、布屋」の板看板がぶらさがっている。墨書がかすれて消えかかっていた。

いかにもうらぶれた感のある小店《こだな》だが、案に相違して客の入りは多かった。ほとんどが女客で、十人ほどが古着のぶらさがる店内にひしめいている。その人々の向こうに、お糸の姿がちらと見える。忙しげに客の応対をしているので、ひとくぎりつくまで、お麻は戸口の辺りで待つ事にした。

生きるに必要なあらゆるものを人は手で作る。特に布づくりは手間がかかる。したがって貴重品であるから、くりかえし洗い張りをし、仕立直しをして身につけた。

以前は、庶民の着物は麻布《あさぬの》で作られた。木綿《もめん》が普及しはじめたのが、元文《げんぶん》をすぎた頃からだろうから、ここ百年足らずの事である。

だがしかし、新品は高価なので、庶民は古着屋を利用するのがもっぱらであった。まず大人が着て、やがてすり切れたりすれば、子供用に作りなおす。その着古しはまた売りに出される。

もはや着物として用をなさなくなったボロ布は、おむつ、雑巾、下駄の鼻緒などに再生された。

さらに使い古されれば燃されて、灰になる。その灰は肥料、洗剤、紙作り、陶器のうわ薬として使われ、徹頭徹尾ムダを出さないのである。

こうして古着屋は盛況をきわめるのだが、布屋に来る女客たちの、目当ては、ほかにあった。

お糸の作る小物類が人気を呼び、いつしか布屋の名が知られるようになっていた。

女物の煙管《キセル》入れや、袂落《たもと》とし、煙草入れ、紙挟みや鼻紙袋、お守《まもり》や金銭を入れる撫《さす》り袋などを、羅紗《らしゃ》、天鵞絨《ビロード》、錦《にしき》、緞子《どんす》といった端切《はぎ》れできらびやかに美しく仕上げてある。

戸口の外でお麻が待つ間にも、客の入れ替わりがあったものの、いつしか布屋の内はいっときの静けさを広げていた。

もっとも、まだ三人ほど客は残っていた。女同士の二人連れと男客が一人。その女たちも去り、中年の男客一人は、

「また、来《く》らあ」

と、何も買わずに出て行った。

「ご繁昌で何より――」

「お麻さんのおいでなのはわかっていたのだけど……」

店奥の長四畳に座っているお糸は、さわやかな声でそう言って軽く頭をさげた。

お糸の歳は二十五だから、普通なら子の一人や二人いる年齢だが、いまだ独り身で、商いもお糸一人でまかなっている。

骨組みの細い体はすらりと伸びやかで、その貌《かお》は胸を衝《つ》かれるほど美しい。紅《べに》も白いものも刷《は》かぬ肌は雪のようで、上瞼の肉の薄い、切れ長でいて黒目がちの双眸は、

きらきらとうるんでいる。描いたようにくっきりした眉が、みずみずしい清らかさをたたえて、静かだ。

框に腰かけて、

「先日、十軒町でお糸さんを見かけましたよ」

お麻は詮索がましくないようにさりげなく言った。

「あら、声をかけていただきたかったわ。わたしは島方会所の御船手役人にお伺いをしに行きましたの」

「………？」

予期せぬ応《いら》えに、お麻の眼が丸くなる。

「今年の流人船はいつ江戸に着くのか、訊きに参りました」

「えッ！」

二度目の驚きだった。

「理由《わけ》あって流罪を申し渡された身内がおります」

澄んだお糸の眼にいたましげな色が沈んだ。

「まあ、それはご苦労なことでー」

言うべき言葉をお麻は知らなかった。

どれほどの犯罪をなしたのか、流罪《るざい》とはただごとではない。八代様（吉宗《よしむね》）の改革で、親殺し、主殺しはのぞいて、町人においては連座の罪を許されるようになった。それでも流人を出した家族の辛苦《しんく》には、余人にははかり知れないものがあろう。

当の流人だが、その生活の悲惨さには想像を絶するものがある。住むのは村近くの木立ちの間や崖の陰などにかけた草葺《ぶ》きの掘っ立て小屋。ヒエやアワなどが口に入ればましなほうで、慢性の飢えに苦しみながら、やがて訪れる野垂れ死を待っている。

流される島々には厳しい掟《おきて》があるが、流人とはいえ、国許の親族から見届物と呼ばれる生活物資を送ってもらえる者もいる。

関ヶ原の合戦で敗れた宇喜多《うきた》中納言秀家《ひでいえ》。彼は豊臣秀吉《とよとみひでよし》の養子である。涼しげな美童の頃から秀吉に愛《め》でられ、五十七万余石を領する大大名だった。

敗者秀家は、江戸南方百二十里の洋上にある八丈島に流された。ほそぼそと露命をつなぐ秀家の口癖は『死ぬまでに、一度、米の飯を喰いたい』だった。それが江戸にきこえ、数俵の米が送られて来た、という。

流罪に刑期はない。が、思わぬ時期に赦免《しゃめん》の知らせが届くことがある。将軍家の日光御参詣や芝、上野の廟所での法要、将軍宣下《せんげ》のお祝いなどでしばしば赦令が出ることがあるのだ。

流人にとって島で生きのびるために必要なのは、絶望の裏にはりついた、あえかなその希望だろう。

「あなたからの見届物はその方にとって、天恵の光にもひとしいものでしょうね」

お糸はちょっとはにかんで、

「せめてひもじい思いだけはさせたくない、とそればかりを念じております。鳥もかよわぬ遠くのお人に、わたしのできる事といったら、年二回、米や麦、醤油や味噌を届ける事くらいのものでございます」

それでも熱い思いが伝わって来る。

絶海の孤島で苛酷に暮らす人とは、親か兄弟、姉妹か、それとも恋人だろうか、とお麻は想像をめぐらせた。

考えるまでもなく、お糸について何も知らない事に、お麻はいまさらながら気づいた。きっかけは、布屋の前を通りかかったお麻の眼を、花園のごとき美麗な色彩のかたまりがとらえた事に始まる。

およそ古着屋の店内ほど雑然と品物のあふれているお店は、ほかにないだろう。

客の眼を引くように、派手な打掛けや着物のたぐいが、隙間なくぶらさがっている。緋色や水色の襦袢もあけすけな艶《あでや》かしさで風にゆれ、金襴緞子《きんらんどんす》の帯もぶらさがる。すり切れる寸前の、袖たたみされた木綿物が山と積まれ、古手拭から褌《ふんどし》まで、布であればあらゆるものが積みあげられている。あげくに客が見ちらかすから、所せまいのはおびただしい。

けれども、布屋はちがった。

店主であるお糸の、商いに対する考え方なのだろう。さほど品数は多くないが、わりと良質なものを置き、整然としている。

踏みこみの三坪の土間には、左右の壁ぎわに絹物がぶらさがり、中央に小物類をのせた台がある。その色彩がお麻の眼を引いたのだった。

あれから一年近くなる。

「お糸さんの生国《しょうごく》はどちらでございます？」

失敗《しま》った、とお麻は自分の詮索癖にほぞをかんだ。

お糸の身内に流人がいる、と聞いた直後である。根ほり葉ほり身をのりだすなんて、慎《つつ》しむべきなのだ。

「このお江戸でございますよ」

あっさり、とお糸はこたえた。その表情は静かだった。

「どうりで、垢抜けている。そんな地味な着物が、かえってしっとりと女っぷりをあげているもの。そこら辺のお俠《きゃん》の地味づくりなんざ、お糸さんの足元にもおよばない」

　くすりとお糸が笑った。

　お麻はほっと胸を撫でおろした。お糸にうとましく思われたくなかったのだ。だがどうやら、最前のお麻の問いを意に介していないようである。

「身にまとうものは、暑さ寒さをしのげればそれで充分。いま着ているこれも祖母から母へ、そしてわたしへのおさがりなの。もう数えきれないほど水をくぐっているけど、さすが結城《ゆうき》ね。裾口のすりきれさえ気にしなければ、軽くて丈夫このうえないもの」

　言われてみて、お麻は初めて気がついた。

　お糸の身装《こしら》えは、きわめて簡素なのだ。髪飾りも拓殖の櫛《つげ》に銀の平打ちのみ。それでいてみすぼらしい印象を与えないのは、お糸の美貌と優雅な挙措のほうがきわだっていて、対する者に一種の目くらましの作用をするのかもしれなかった。

「そうだ、わたし、煙草入れを注文しに来たんだっけ」

「はい、お作りしますよ」

　お糸は身をねじって、帳場をかねている片隅の小箪笥から小布れの束を取り出した。

「これにしよう」

お麻は古渡り唐桟《とうざん》の小布れに手を伸ばした。

「殿方へ……？」

「ええ、まあ……」

女客がどやどやと入って来たのをしおに、お麻は布屋を出た。

出たところで、斜め前の笠屋から男が一人ふらりと出て来たのを見た。

あ——。

さっき、布屋にいたひやかし客ふうの町人だった。歳の頃は三十ほどで、木綿の着流しに小倉帯はお店者にも見えるが、とりたてて特長のない風貌である。

しかし、お店者にしてはいささか場ちがいな感じがする。昼日中、商いにいそんでいるお店者が、長々とのんきにぶらついているのは訝しい。

もっとも、主人側から買物を命じられる、というのも奉公人の仕事ではある。

愚にもつかない詮索に己れ自身で呆れはて、お麻は帰路の足を急がせた。

三

百六十坪あるという町年寄の屋敷だが、実際に使えるのはかなり狭くなっている。

なぜなら、江戸の一等地の角屋敷である。表通りの地面は、地代をとるために人に貸してあるのだ。

そうとなれば仁右衛門の住む家が、地所の一隅につましく建っているのも当然である。

役宅のある町年寄の母屋には、式台付の玄関があるが、仁右衛門の家はごくありきたりの町屋造りである。

お麻は水屋口から訪《おとな》いを入れた。床の雑巾がけをしていた女中のおみちが立って行き、内儀《おかみ》のさわ女《じょ》にとりついでくれた。

「わたしにではなく、旦那さまにご用なの？　旦那さまはいまお客来《きゃくらい》なんだけど」

このさわ女から、お麻は三年ばかり行儀見習いの仕付けを受けている。

五十五歳という年齢から来る落ち着きと、仁右衛門同様、気さくで明朗な人柄の女《にょ》性《しょう》である。

「金平糖をいただいたお礼を、と思いまして。お裾分けした叔母も店の者も、たいそう喜んでおりました。ありがとうございました。これおっ母さんから言《こと》づかって来ました。今朝あがった真鯛を〝子の竹〟の名人が姿焼《すがたやき》にしたものです。お口汚しですが、どうぞ召しあがってください」

かなり持ち重りのする、経木《きょうぎ》と紙でつつんだものを差し出した。

「まあ、美事な鯛だけど、お初さんに言っておいてくださいまし。いつもとびきり美味なお菜《さい》をいただくけど宅は夫と二人世帯ですから、とてもいただききれませんと、ね」

「おみちさんと黒猫の春《はる》がいるじゃありませんか」

「なんと、春に鯛なんて罰《ばち》が当たります」

ふふ、と笑い合っていると、奥から仁右衛門の咳払いが聞こえた。いかにもわざとらしいのは、妻女を呼ぶ合図なのだ。

いったん引っこんださわ女が、客を送って戸口へ向かった。

台所と廊下の間の引き戸が開いている。

客の男は、そこを通るとき、水口の土間にいるお麻のほうへ、ふと顔を向けた。

ほんの五、六歩通りすぎる間合いだったが、お麻は男の様子をしっかりと見てとっていた。

唇を頑固そうに引き詰んだ、五十に手のとどくかという初老の男は、鬢《びん》に白いものを帯のように刷《は》いていた。

着物の表地は地味な木綿だが、足捌《あしさば》きのたびに見え隠れする裏の裾回しは、しっとりとくすんだ縹《はなだ》色、しかも絹だ。

近頃は、こんなふうに表向きは質素だが、内は豪勢に暮らす町人が沢山《たくさん》いる。長きにわたってたびたび出される幕府の倹約令を、そのようにして躱《かわ》すのだ。

男はそうした豪商の一人かもしれないが、腹の裡《うち》に屈託でもひそませているのか、表情がとぼしい。

男が去ると、仁右衛門が顔を出した。

金平糖の礼を言ってから、

「大切なお話の邪魔をしたのではありませんか」

と、お麻は心配した。

狭い家のことだ、お麻の声が耳障《みみざわ》りだったのかもしれない。

「いいや、気にせずともよい。ちょっとした挨拶に立ち寄ってくれたお人だ」

「でも、ずいぶんと気難しそうなお顔をしておいでででした」

「ああいうお人なのだよ。七森屋《ななもり》さんといって、芝口で古手屋をやっておいでだ。三代つづいた大店の主人だが、真面目いっぽう。酒も呑まず、美人にも眼もくれず、石《いし》部金吉金兜《べきんきちかなかぶと》の見本みたいだ、ともっぱらの評判だ」

「お召し物の好みのよいのは、さすが商売柄なんでしょうね」

「古手屋といっても千差万別、それこそピンキリだが、七森屋さんはいい品物を商っている。一度覗いてごらん。お麻の気に入る物がきっと見つかるよ」

仁右衛門はわが娘によせるような慈《いつく》しみの口調で言った。


品よく渋い二つ折りの煙草入れができあがっていた。

そっと手にとるやいなや、お麻の胸は高鳴った。何と言って、これを栄吉に手渡そう。あの人は喜んで受けとってくれるだろうか。

「お気に召しました？」

「ええ、とても――」

花散らしの雨がふっている。そのせいか布屋の店内にほかの客はいなかった。

「春雨も乙《おつ》なものだけど、客足はぱったりだわね」

「三宅島も雨でしょうか」

戸口の外の灰色の雨空に遠い眼をはわせ、お糸は独り言《ひとごと》のようにつぶやいた。

「………？」

「流謫《るたく》の身の縁類がいる、と申しましたでしょ。そのお人が三宅島でどうにか生き永らえておりますの。南の島の雨でも、打たれた心は切なく凍えるのではないか、とこちらの胸も痛みます」

「その人を思うお糸さんの優しさは、きっと島のお人にもとどいていることでしょう」

お糸は悲しげに微笑《ほほえ》んだ。

「そうだ、先だってこちらへ来たとき、冷やかしの男客がいたでしょ。あの人、前の笠屋を覗いていたけど、ちょっと怪しげな人ね」

お麻には、挙動不審な男の印象が消えずにあった。

「ああ、あの男《ひと》は弓《ゆみ》町の糸問屋〝高田屋〟さんの手代ですよ」

苦笑が、お糸の白い片頰にかすかな翳《かげ》をつくった。

「よくお見えなの？」

「二日と置かずにね」

「おかしいですね」

「ええ、困っております。じつは高田屋さんの若旦那、と言っても三十をすぎておいでだけど、去年、ご新造《しんぞ》を亡くされて、それでわたしに白羽の矢をたてられました。つまり後添《のちぞ》えにほしいと申されましたの」

薹《とう》がたっていても、お糸の美しさに瞠目しない男はいないだろう。嫁にと望まれるのも引く手あまたに違いない。

「それで……？」

「わたしにそのつもりはございませんので、きっぱりとお断わりいたしました。それなのに若旦那の木八郎《きはちろう》さんは、諦めをつけてくれません。よほど執拗なご気性なのか、わたしの日頃の様子を見張っておいでなのです。ご自分が来れないときは、手代の勘《かん》助《すけ》さんをよこします。そうしてこの辺りをうろつきながら眼を光らせているのでございます」

「厭《いや》なやつだね――」

「でもお客さま然として来られては、むげに追い払うわけにも参りません」

「わたしが剣突《けんつく》くらわせてやりましょうか」

「いえいえ、それはいけません。どんな意趣返しをされるかわかりませんもの。それよりもああいう手合いは無視するにかぎります。とことん相手にしなければ、やがて諦める事でしょう」

年上だけにお糸のほうが沈着冷静なのである。

——おっしゃるとおり……ふふっ、と出すぎた気まり悪さを笑いでごまかして、お麻は布屋を出た。

雨はあがっていた。薄い雲が明らんでいる。たたんだ蛇《じゃ》の目《め》を小脇に、お麻の足は汐留川《しおどめ》にかかる新橋を渡る。

日陰町《ひかげ》というのは、芝口《しばぐち》から宇田川町《うだがわちょう》へ行く大通りの北側に並行する通りにある。ずらりと商家が並び、刀屋が多い。その商家のとびとびに古着屋も戸口を開けている。中でも七森屋は間口の大きい店だった。

雨もよいの天気にかかわらず、店内は客で賑わっている。大風呂敷を肩荷にした客が、店の者に送り出されている。同業者の買いつけであろう。

見廻したところ、主人宗右衛門《そうえもん》はいなかった。

古着屋というのは特有のにおいがある。それは売りに出した人間の体臭や生活のにおいなのだろう。

確かに七森屋は上等な品が多い。よく選別をされているのだろうが、それでも例外ではなく、まぎれもない古手屋のにおいが店内に充満していた。

あれこれと品定めしているお麻に、店の者が声をかけて来た。

「お気に召したものがございましたでしょうか」

「なかなか決められなくて――」

「どのようなものをお望みで……？」

「夏の余所行《よそゆ》きなんだけど――」

「わたくし手代の勇作《ゆうさく》と申します。わたくしでよければ、お見立ていたしましょう」

押しつけがましくない、静かな物言いにお麻は好感をおぼえた。

勇作は色白で優しげな眼をした男だった。言葉尻にわずかな訛《なまり》があって、地味な風貌だが、人に安心感を与える雰囲気を持っていた。

「見つくろって参りましょう」

と言って、勇作がその場を立って行った。

そのとき、奥から宗右衛門が姿を見せた。

桟留縞《さんどめじま》の着物に花色繻子《はないろしゆす》の帯を貝の口に結び、前垂れをかけている。

客のお麻に向かって小腰をかがめたところは、いかにも腰の低いお店者《たなもの》然としているが、おのずと身にまとう威は隠せない。

お麻が会釈を返すと、宗右衛門は近づいて来た。

「樽屋さんのご隠居さんのところで、お見かけしました」

と、お麻は先手をとった。

「そう言えば……」

宗右衛門も憶えているようだ。それから、

「わざわざお越しいただいて……」

とまた腰を折った。

「内山町の布屋さんへ行ったついでに、足を伸ばしました」

「布屋――？」

「ご存知ないと思いますけど、小さなお店なのにけっこう繁昌していますよ。それというのも、ほれ、こんな気の利いた小物を置いてあるからでしょうね」

お麻は手提袋から取り出した煙草入れを宗右衛門に見せた。

じろりといちべつした宗右衛門に、

「それはそれは美しい女主人の手作りなんですよ」

つい自慢めいたのが自分ながらおかしかった。

「女子《おなご》の小商いなんざ、それくらいのほどあいでござましょう」

商売敵《がたき》に対する悪意なのか、女嫌いなのか、仁右衛門が評した『石部金吉金兜』

が気を悪くしそうなほど、宗右衛門は石のような固い仏頂面《ぶっちょうづら》になった。

手代の勇作が勧めてくれたのは、白地の染絣の小袖だった。大人しやかで清々《すがすが》しいその一点を買って、お麻は七森屋を出た。

四

江戸湊に伊豆七島からの交易船が入ったと、〝子の竹〟の客の誰かがふと洩らしたその知らせが、お麻の耳にも入った。

今回は二人、ご赦免になった者が、島から立ち帰って、無事に江戸の土を踏んだそうである。

赦免の認められる犯罪でも、ある一定の期間を経過しなければ罪を赦《ゆる》されないのだが、この年数も短縮される場合がある。

それは朝廷、幕府の吉凶《じょうこう》に際して赦免が行なわれるのだ。

たとえば、天皇や上皇の即位、崩御《ほうぎょ》。改元や将軍宣下。日光社参りや将軍子女の誕生に世子の元服。歴代将軍の法要などなど、わりとしばしば適用されている。

この寛恕《かんじょ》は罪の軽重《けいちょう》にもよるし、また誤判や不当な裁きから救済するという意味合いもある。

昨年の六月十二日、九代将軍家重《いえしげ》（惇信院《じゅんしんいん》）の法要が、増上寺《ぞうじょうじ》において執り行なわれた。

今回赦免が適用されたのは、これを受けての事だ。

お麻は、島会所から出て来たときのお糸を思い出していた。

交易船がいつ入港するのか訊きに行った、とお糸は話していたが、島会所だろうと奉行所だろうと、それを答えられるはずがない。

海が荒れれば、どこかの島で風待ちをしなければならない。予定どおりにはゆかないのである。

赦令のあるとき、奉行所の赦帳《しゃちょう》選要方《せんようかた》の役人が、恩赦に該当する者の名簿を作成のうえ、奉行に提出し、これが審議されて赦免される者が決まる。

また寛永寺と増上寺にある赦免帳に、遠島者と追放者の名を記帳し赦を請うと、運がよければ願いの叶うこともある。

おそらくお糸は、春と秋になれば島会所へ足を運ばすにはいられないのだろう。いつ帰るとも知れぬ人を待ち侘びて、お糸の眼は鉄砲洲のはるか沖合いを凝視しているにちがいない。

昼飯どきの忙しさが一段落した頃合を見はからったように、父親の治助が戻って来た。

背丈は並だが、長年外歩きの商売できたえた四肢は逞《たくま》しく張っていて、とても四十三歳とは思えない活気を、治助は漲らせている。

「お初、飯にしてくれ、腹の皮が背中にひっつきそうだ」

「はいよ、今日の魚はかわはぎの肝煮、それに赤貝とわけぎのぬただよ。山いもの味噌漬と、豆腐とたこのすまし汁がつく」

「ずいぶんと豪勢じゃねえか。早いとこ頼む、腹ペコなんだ」

生唾を呑みこむようにして飯台についた治助のところへ、お麻は走り寄った。

「何でえ、ガキみてえにばたばたするな」

乱棒な江戸言葉だが、お麻を見る眼はやわらかい。韻《いん》の深い声も耳に優しいのだ。

「お父つぁん、伊豆七島からの御用船でご赦免になった二人って、誰と誰？」

「何でおめえがそんな事を気にするんだ？」

「うん、ちょっと……」

「まともな人間にゃあ、関わりのねえこった。お麻、おめえまた妙な事に首を突っこむんじゃねえだろうな」

　治助は、南町奉行所の廻り方同心、古手川与八郎の手先をつとめる身だ。それだけに江戸市中の、特に犯罪がらみの情報には詳しい立場である。

「前にお父つぁんにも話した事があると思うけど、内山町の〝布屋〟のお糸さんの……」

「おう、ご赦免になった二人のうちの新七という男の身許引請人が、そのお糸という女だそうだ」

　はっと胸を衝《つ》かれたお麻は、

「おっ母さん、ちょいと出かけて来ます」

　言うなりはずした前垂れと襷《たすき》をまるめて、店番のてつに放った。

「お待ちっ！」

　戸口を飛び出したお麻の背に、お初の声が飛んで来た。

　〝布屋〟の戸口は閉まっていた。『やすみにてそうろう』と書かれた板札がかかっている。

　お店の横手に、家の裏口がある。戸を叩くと、見知らぬ中年の女が顔を出した。

「お糸さんにお会いしたいのですが」

お麻の声を聞きつけたとみえ、奥のほうからお糸の声がした。

「おきみさん、入っていただいて……それからあなたはもう帰っていいわ」

さいですか、とおきみはお麻と入れちがいに出て行った。どうやら通い女中らしい。

台所の土間の向こうの四畳半に、お糸は座って針仕事をしていた。

「ご用船が着いて、お糸さんの待ち望んでいたお人が戻って来たらしいって――」

ちょっと息を弾ませながら、お麻は性急に言った。

「ええ、そのとおりよ。八年ぶりに新七が戻って参りました」

いつもと変らぬ美しい笑顔を見せて、お糸は静かに言った。

「よございましたね。新七さんてご兄弟で――?、それとも……」

八年前なら、お糸は十七歳。夫がいてもおかしくない歳だ。

「いいえ、新七はわたしより一つ年下で、父の営むお店で小僧をしておりました」

「その戻ってらした小僧さんを、お糸さんが引きとられるのですか」

「はい」

と、お糸は当然のように頷いた。

八年もの間、見届物を送りつづけ、新七の身を案じつづけた事に、お麻は驚いた。

そこには単なる主従のつながりではないものがあるはずだ。

　お糸は語りはじめた。

「新七が遠島になった因《もと》はと言えば、わたしなのです。八年前の夏のある日、わたしは新七と共に芝の神明《しんめい》さまにお参りに行ったのです。お参りをすませたわたしは、急に海が見たくなりました。そこで近くの芝浦の海へ向かいました。金杉橋《かなすぎばし》のところで、わたしは水を飲みたいと、新七にねだりました。新七はすぐに水を探しに行ってくれたのですが、どこまで行ったのか、すぐには戻って来ません。そのときでした。いきなり眼の前に安五郎が現われたのです」

「安五郎とは……？」

「父のお店の手代でした」

「でした……？」

「数日前、急にお店からいなくなった男です」

「どうしたのですか？」

「これは後になってわかったのですが、安五郎は掛《かけ》取りの金子《きんす》を着服していたそうです」

「根は悪党だったのですね」

その安五郎が、美貌の主人の娘に眼をつけたのは容易に想像がつく。

「その安五郎に、わたしは夏草の生い茂る空き地に引きずりこまれました。手ごめに遭《あ》ったのです」

忘れたくとも忘れられないそのときの光景が瞼裏《まなうら》に去来しているのだろう。お糸は初めてその白い顔を歪ませた。

「あまりのむごさに耐えきれず、わたしは気を失ってしまいました」

恐怖と苦痛と恥辱にむしばまれた魂の行き着くところだったのだろう。

「どれほど経ったのか、男たちの怒号に揺さぶられて、わたしは気がつきました。恐るおそる眼を開けると、新七と安五郎が凄まじく摑み合っているのが見えました。安五郎はずんぐりとした体の男ですが、新七も歳のわりにはがっしりした体ですから、安五郎に負けていません。ところが安五郎は懐から短刀を抜き出しました。けれども新七はひるむ事なく、安五郎に突進して行ったのです。刃物を躱《かわ》した新七は、安五郎に体当たりを食らわせました。どうとうしろに倒れた安五郎は、それきり起きあがってきません。地面にあった石くれで頭を打っていたのです」

「安五郎は死んだ……？」

「はい。人を殺せば死罪です。でも非は押して不義におよんだ安五郎にある。そもそも主人の娘を手ごめにして傷を負わせれば、昔だったら死罪です。新七は刃物から自分の身を守っただけです」

寛保《かんぽう》二年（一七四二）将軍吉宗《よしむね》によって『御定書《おさだめがき》百箇条』なる法令が制定されて、法令が大きく変わったのである。

「それをお上《かみ》は信じてくれたのですか？」

「幸い、わたしのほかに、通りすがりにその場のありさまを見た者がいたのです。その人が生口《いけぐち》（証人）になってくれました。安五郎が刃物で新七を襲ったのだ、と」

「それでも無実とはならなかった――」

「やはり安五郎が死んでしまった事が、重く受け止められたのです。お裁きの場でお奉行さまは『新七の犯状は不届であるがゆえに、遠流の重科避けがたい。が、主人の娘への忠誠を酌みとれば、そう遠くない将来、きっと罪一等を減じられるであろう』とおおせになりました」

　つまり情状酌量の余地があると認め、早い段階での赦免を匂わせている。

「よかったですね、お糸さん。辛抱なすって待った甲斐がありましたね」

「はい。でも、何と言っても島帰りの身です。新七を見る世間の眼は白く冷たいものでしょう。ですからわたしは、この身に代えても新七を守りぬくつもりです。あの人さえよければ、夫婦《めおと》になろう、と思っています」

お糸の表情がさらに固いものに変わった。それは夫婦という言葉を口にした恥じらいではなく、強い覚悟を噛みしめているように、お麻は思った。

五

「その新七さんは……？」

「しばらくは体を休めるように、と申しましたのに、たった一日のんびりしただけで、もうあちこち出歩いていますのよ」

「八年ぶりのお江戸ですもの、喜び勇んでいるのでしょう」

「そればかりではないようなのです。じつは少々謎めいた事がありますの」

がぜん、お麻の興《きょう》がそそられた。われ知らず膝を乗り出す。

「何がありました？」

「いずれ恩赦の望みがあるとしても、長の別れになるのはまちがいありません。御用船が発《た》つ前に、わたしは新七に会いに行きました」

御用船は、鉄砲洲沖で三日間滞船する。その間に、家族は流人に会えるし、心づくしの品々を手渡せる。流人のほうからは、書状も出す事ができる。

別れを惜しむ見送りのお糸の手に、役人は新七からの一通の文を渡した。

「そこにはわたしの両親《ふたおや》や、ほかの奉公人たちへの詫びの言葉がありました。そして末尾に『たもんくぬぎさま』には、よしなにおつたえください。そしてこの文はとっておいてください、と書かれていたのです」

「ちょいと伺いそびれていたけれど、お糸さんのご実家のお店は、何を商っておいでなの？」

「古手屋をやっております」

「何という屋号ですの？」

「芝口の七森屋と申します」

えっ！、とお麻は眼を丸くした。とたん、宗右衛門の気難しそうな顔が思い出された。そして、ふっと何かが腑《ふ》に落ちた。

宗右衛門が、樽屋の元手代頭の仁右衛門を訪ねたのは、おそらく今回の恩赦がらみについてであるまいか。新七が戻れるかどうか、その知らせを訊きに行ったのではないか。

また七森屋へ夏物の小袖を買い求めに行ったお麻が、〝布屋〟の名を出したとたん、ひどく不機嫌になったのも、お糸の父親としての苦悩ゆえではなかったか。

「七森屋のお嬢さんが、何でまたこの内山町で……」

「新七が流されて一年ほど経ってから、内勘当ですが、わたしは実家を出されましたの。いろいろありましてね」

お糸はさらりと言ってのけた。

おそらく七森屋の主人としては、娘の不肖事がのちのちまで町じゅうに語られる不名誉と不利益を考えての処置だったのではないか、とお麻は考えた。

「話を戻すけど、その文のどこが謎なんですか？」

「家の者の誰に訊いても『たもんくぬぎ』という人は知らないと答えます。両親が、もしかしたら、新七の故郷の越後《えちご》の人間ではないか、と推《お》し測りましたが、どうにも遠いお国です。新七の両親は、見送りには参りませんでした。いろいろ儘《まま》ならぬ物事があったのでしょう。それで、件《くだん》の『たもんくぬぎ』はわからずじまいでした」

七森屋にとっては、さして重要な問題にはならなかったから、うやむやに済ませてしまったのであろう。

江戸に戻った新七に、お糸はそれを訊ねただろうに、と思ったとき、裏口の板戸が開いて、若い男が入って来た。

「おかえり。朝早く出たっきり、いったいどこへ行っていたの？」

お糸の声は母親のように優しい。

「うん、江戸は広いなあ」

そう言いながら、お麻を眩しそうに見つめた。痩せぎすで長身の体はまるで野に生きる若鹿のように力強くしなやかそうだ。

――新七だ。

お麻は直感した。

「こちらお麻さん。これが新七です」

まだ二十四という若さでありながら、陽に灼けた浅黒い顔には、奥深い苦悩のようなものが刻まれている。見るからに、激しい気性を秘めながら、我慢強く耐え忍んだ若者の年月が映じ出されているようでもあった。

けれども、それは他人に不快感や危うさを感じさせるものではなく、凛乎《りんこ》とした眉と涼しげな眼許が、大らかな負けん気に輝いている。

お麻はなぜかほっと胸を撫でおろしていた。

新七にとっては、まさに蘇生の歓喜の一歩を踏み出したわけだが、お糸にしたところで、新七への不安と懐疑を抱かなかった、と言えば嘘になるだろう。

人としてのわずかな自負心さえ見失った島での暮らし。捨て殺しともいえる忌《い》まわしい島での明け暮れが、純粋だった十六歳の少年の心を腐らせてはいまいか。

白い歯を見せて頭をさげる新七に、その危惧はまさしく取り越し苦労のようであった。

「いまもお麻さんに話していたところだけど、『たもんくぬぎ』というお人の事は思い出せないの?」

「きっと遠島というお仕置《しおき》に気持ちが狂い乱れ、わたしの頭はどうかしていたんでしょう。島から戻って、あの文を見せられたけど、どうしてあんな事を書いたのか、自分でも狐につままれたような気持ちです」

面目なさげに新七は肩を落とした。

「可哀そうに……島流しというむごすぎる先行きを思えば、十六歳の新七の気が動転しても無理からぬ事です」

お糸は何もかもが自分のせいなのだ、と言わんばかりに、臓腑《ぞうふ》を吐きでもするような悲痛な声をふりしぼった。

新七は、ただ気負ったようにこぶしを握りしめていた。板戸が鳴った。戸を開けて入って来たのは、七森屋の手代の勇作だった。

「新七、達者のようだな」

「はい、無事に戻って参りました」

かつては同じ奉公人同士であった二人は、薄明かりの土間で対峙《たいじ》した。

束の間、二人は視線をからませた。

新七はきばったような眼つきになって、勇作を凝視している。島帰りという負い目に負けそうになる自分を、ふるい立たせているようだ、とお麻は見た。

勇作のほうは、逞しく成長した新七を眩しそうに見つめたあと、先に視線をはずした。

「お内所から、言づかって参りました」

腕にした風呂敷包みを、勇作はお糸に渡してから、お糸の前にいるお麻に目礼《もくれい》した。

「おっ母さんからなのね」

「はい、新七に食べさせてあげなさい、と甘い菓子のいろいろでございます」

母親のおふりは、内勘当になった娘のお糸をなにくれと庇いつづけているのだ。

七森屋の跡とりは、お糸の二歳上の兄の宗一郎《そういちろう》である。その宗一郎がおふりと手を組み、お糸の味方についている。

お糸が〝布屋〟を出す元手も、宗一郎の独断で提供したのだ。もっとも、勇作がおふりの用事を持ってお糸のところへ出入りしているのも、宗一郎の気配りも、宗右衛門は見て見ぬふりをしているにすぎない。

「ありがたくいただきます」

新七は神妙に頭をさげた。むせぶような声に、おふりへの感謝がこめられている。

「ところで、新七はこれからどうするつもりでいるのだ?」

勇作は静かだが、真っ直ぐな気性を思わせる眼で、新七の涼やかな眼をとらえながら訊いた。

「はあ……」

と戸惑《とまど》う新七に代わって、

「ここで働いてもらうつもりなの」

お糸が答えた。

「やはりそうですか」

お麻は、勇作の声に微細な震えを聞いた。

新七の顔から視線を折り曲げた勇作は、

「では、また参ります」

静かに言って、裏口を出て行った。

——勇作さんは、お糸さんを好いているのだ。

と、お麻は儘《まま》ならぬ男女の心の機微がやるせなかった。

栄吉が〝子の竹〟へやって来るのは、何日ぶりだろう。

戸口を入って来る栄吉のすらりとした姿を眼にしたとたん、お麻は思わずほわりと微笑した。

お麻は毎日、お糸に造ってもらった煙草入れを懐に忍ばせてお店に出ていた。

今日は来るか、明日は来るかと待ち侘びていたのに、栄吉はやって来ない。

いちずに思えば思うほど、はちきれそうな焦燥と不安が胸をさわがせていたのだ。

それが栄吉の顔を見るやいなや雲散霧消して、男への鮮やかな愛慕の思いが、お麻の胸を染めあげていた。

飯台の片隅に腰をおろした栄吉のところへ、お麻は足どりを弾《はず》ませた。胸の鼓動が、どきどき耳を博《う》つ。

「いらっしゃい」

しめやかに落ち着いた声を出そう、と思いつつ、実際には息せくような口調になってしまった。

「こんばんわ」

どきりとするような切れ長のきれいな眼でお麻を見てから、栄吉は軽く頭をさげた。腿の上に両手を置いた行儀のよい居ずまいは、いつもと変わらない。背筋をぴしっと伸ばし、箸使いも品よく静かな食事の作法だ。

――もとはお侍だったのかしら。

ひそやかにお麻はそう想像する。

敏捷そうなしなやかな肢体は武芸をもって作りあげられたように見える。何気ない動作にも、厳しく律したからこそ身にそなわったであろう、隠しきれない気品が匂った。

さまざまな理由で浪人となった者たちは、武士であるという誇りだけを支えに、市《し》井《せい》の裏側で貧しい日々をすごしている。仕官の望みなど、日の出とともに消え果てる朝霧よりも儚《はかな》いこの時世で、いっそ大小を捨てて町人になるのも一つの潔《いさぎよ》さであろう。

親しげな気持ちを伝えたくて、

「しばらくね、どうしてたの?」

お麻はざっくばらんな言い方をした。

「おかげさまで、商いが上々でねー」

栄吉はすんなり乗って来た。その面上に暖い春風のような微笑がたたえられている。

「まあ、なによりね」

「わたしの受け持つ町が少し広がって、小石川《こいしかわ》のほうへも行く事になったものだから、こちらに寄る隙《ひま》がなかったわけです」

小間物屋の親方は、神田松田町の保田屋《ほたや》梅吉《うめきち》で栄吉を入れて五人の売り手を使っている、と栄吉は語った。

廻り小間物売りは、櫛《くし》、簪《かんざし》、笄《こうがい》、元結《もっとい》、丈長《たけなが》、紅、白粉《おしろい》、紙入、などの荷を大風呂敷に包み、その大きな荷を背に、得意先を廻ったり、ときには呼び売りもする。

「どちらにお住まいでしたっけ――」

初めて訊ねるのだ。

「岩本町《いわもとちょう》の彦衛門店《ひこえもんだな》です」

そこは、ここからさほど遠くない。

――おっほん。聞こえよがしのお初の咳払いだ。

お麻は、母親の焦立《いらだ》ちを無視して、懐から煙草入れを取り出した。

「あの、これ、どうかしら」

初《うぶ》な小娘のように頬を上気させた自分に、お麻はうろたえ気味だ。

「えっ、これをわたしにですか？」

はい、とお麻は頷いた。

「いいですね、渋くて粋だ。わたしのはもう古びてぼろぼろですから、こんな嬉しい事はありません」

「よかった、要《い》らないって言われたら、どうしようかと思っていたの」

「お麻さんの志《こころざし》を断わるなんて、そんなもったいない真似をするもんですか」

ふわふわと体が浮きあがるかと思えるほど、お麻の魂は喜びに震えた。

「お麻っ――」

お初の雷が落ちた。

振り向くと、お初の顔は怒ってはいなかった。むしろひどく心配げに、眉根《まゆね》をくもらせている。それでも、

「ちょっと、おいで――」

声はもどかしげに厳しい。

帳場まで行き、お麻は声をひそめた。

「なによ、わたしだってもうおぼこじゃないのよ」

夫の横暴に耐えかねてやっと去り状をもらった婚家に、一歳になる男の子を置いて出ている。その子はいま四歳になる。

帳場から身を乗り出すようにして、お初も細声で言った。

「お麻、はしたないよ。あの栄吉さん、お上《かみ》さんがいるかもしれないじゃないか。いや、いるね。あれだけの男っぷりだ、女がほおっておくかね。そしたらおまえ、不義だよ、不義密通はご法度《はっと》だ。咎められたらどうするんだ」

はらはらさせないでおくれと、お初はたっぷり膨らんだ胸元を両手で押さえて、深い太息をついた。

六

夜も深くなって来た。

まだ〝子の竹〟には客が残っていて、階下のざわめきが二階まで伝わって来る。

梯子段に足音がして、治助がお麻のいる六畳に顔をのぞかせた。

「お帰り、遅かったね」

「このところ、両国広小路で巾着切《きんちゃっきり》が横行していて、江戸見物の田舎者《いなかもん》がだいぶやられたらしいや」

「捕まえたの？」

「いや、一日じゅう張りこんだが、無駄足だった」

「ご苦労さん、で、ご飯は？」

「喰った、伝吉が鰻《うなぎ》が喰いてえって抜かすもんだから、一杯《ぺえ》おごってきたんだ」

「ふっ、ぐずったれの下っ引きのくせに、生《なま》お言いだね」

「良いじゃねえか。あいつは親も兄弟もなく寂しいんだ。俺に親のようになついていて、そりゃくすぐってえが、あれで可愛いところがあるのさ」

「お父つぁんのそういう人の好いところが、わたしも好き」

「ばかにご機嫌じゃねえか、何かいいことでもあったか」

お麻はにっこりと治助を見あげた。

「栄吉さん、小間物売りの栄吉さん、独り者《もん》だった」

「おめえ、どうやって調べた？」

治助は部屋に入って来て、お麻の前に座った。

「栄吉さんの住んでいる彦衛門店へ行ったのよ。そこで相長屋《あいながや》のお人に訊いて来た」

「そうか、お初も一安心か」

「ところでお父つぁん、人探しってできる？」

「誰を探す？」

「たもんくぬぎさま」

「……？」

自分は勘働きの鋭い人間だ、とお麻は自負している。七森屋の人間全員が不問に付しているいま、他人のお麻がほじくり返すのは不要かもしれないし、出すぎた振舞いかもしれない。

それでも、お麻には疑問がある。

遠島の沙汰に、十六歳の少年の頭が変調をきたす事はあるだろう。しかし、居もしない人物の名前を記し、『よしなにおつたえください』などと書くだろうか。むしろ『たもんくぬぎ』がこの世にいる人物と考えたほうが自然ではないだろうか。

ただし、それを書いた当の新七が、憶えていない、と言う。

さらに解《げ》せないのは、最後の別れになるかもしれない土壇場に、そこだけ意味不明の一行が書かれている事だ。

それは誰かに向かって書いたのではなく、新七は自分のために書き記しておいたのではないか。それゆえに『この文を失《な》くさないでください』と念を押したのではないか。

何日も考えあぐねた結果《すえ》、お麻はその答えに着いたのだ。

お麻の話を聞き終えて、

「うーむ」

と、治助は難しい顔になった。

「見つけられる？」

「無理だろうなあ。姓と名だけでは町人かお武家かもわからない」

「もし町人なら、人別帳に載っているでしょ。どう――？」

「おい、無茶言うなよ。江戸じゅうの人別帳を調べて歩くわけにはいかないぞ」

「お武家様ならもっと無理か――」

幕府には幕臣分限帳があり、その台帳には旗本、御家人合わせて二万三千余名の姓名が登録されている。

諸国の大名家にも家臣録がある。

いずれも、町方の役人には手の出せない領域だ。

「えいっ、諦めた。どう逆立ちしたって知りようがないんじゃ、諦めるしかないもんね」

「頼むよ、おどかさないでくれ。火のないところに煙を立てて、事件《こと》を掘り出そうなんていうおめえの大それた癖は、いつかてめえの首を絞めることになる。お願えだから大人しくしといてくんねえ」

生きた心地もしねえ、と治助はどっと疲れを面に浮かせて、向かいの部屋へ入って行った。

煙草入れを手渡した日から、栄吉は毎日〝子の竹〟へ顔を出すようになった。刻限はまちまちだが、飯だけですませる日もあれば、今夜のように二、三合の酒をゆっくり楽しむ夜もある。

刻限は六つ半（七時）を回ったところ、店内《たなうち》は、春の宵に浮かれた酔客たちの熱気が渦巻いている。

栄吉が視線を送ってきた。

――まだ、出られないね。

いつもお麻があがるのは、客の入りが一段落した頃だから、早くとも五つ（八時）になる。

――出たいんだけど。

視線をからませたまま、お麻は眼で答える。

お初の咳払いがお麻を振り向かせた。

眼が合うと、お初は小さく頷いてから、ついとそっぽを向いた。

たとえ道に外れていなくとも娘の色事からは眼をそらしたいのが親心だ。母娘といっても女同士。その心情は複雑だ。

お麻が出戻ってから、すでに三年が経つ。子を産んでいる女の女体は成熟のきわみにある。

これまでお麻と栄吉が、寸暇を惜しんで逢瀬《おうせ》を重ねているのを、お初は知っている。けれども二人はまだ清い仲だ。お初の女としての眼が、そう確信している。

お初にとって、栄吉は好感の持てる男だった。言葉遣いは丁寧だし、少々堅苦しいくらいにメリハリのある立ち居振舞いにも、眼が洗われる。

栄吉の稼ぎはそこそこいいようであった。〝子の竹〟は桶師の源太が口癖にぼやくとおり、そう安印の店ではないのだ。

地回りの酒三本に肴をつければ、百文（約二千五百円）では足らない。朝昼の飯とは別に毎日これだけ払うには、せっせと働くほかないだろう。

栄吉はそれができる男なのだ。

腕のいい大工の日当、銀六匁《もんめ》（約二万四千円）には遠く及ばずとも、それなりにゆとりある暮らしが望めるとあらば、お麻の背をそっと押してやりたい親心でもある。

「あら――、満月――」

外へ出たとたん、西の空低く、眩しいほど黄金色に輝く月の光に、お麻の全身はねっとりと包まれた。

栄吉は黙って歩き出した。

荷は親方のところに置いて来ているから、いかにも軽捷《けいしょう》そうな体の動きが、誇張されているようだ。

襟元をくずさない着流しは、これで大小を差せば、紛《まご》う事なく規律の正しさを身につけた侍だ。

夜だもの――とお麻は栄吉の袖に触れるほど身を寄せて歩いた。

彦衛門店のある岩本町を目指すには、大伝馬町から地蔵橋跡への往来を北へ行く。

お麻には栄吉の気持ちが手に取るように、響いて来る。今夜初めて、栄吉は自分の家へお麻を誘っているのだ。

人眼を忍ぶ仲なら、さだめしこそこそと出会い茶屋を使うところだろうが、栄吉はそうではなかった。その事が、お麻にはひどく嬉しかった。

まだ夜も浅いせいか、大通りの辻々には屋台も出ているし、人の姿も多く見える。

月光の明るさに、そこかしこで揺れる提灯の明かりが、こころなし霞がかかって見えるのは、お麻のふわふわと夢見心地のせいであろうか。

彦衛門店は、八軒ずつ向かい合った割長屋であった。二畳の土間と六畳の畳敷きで、あきれるほど殺風景な暮らしぶりだ。

箸、茶碗の類《たぐい》はいっさいなし。竈《かまど》はあっても鍋釜はなし。あるのは水甕《みずがめ》と上に横たわった柄杓《ひしゃく》が一つ。もっとも江戸の独身男にはえてしてこういうのが多くいる。外へ出て銭さえ払えば喰うに困りはしないのだ。寝に帰るだけの侘び住まいである。

ただし、栄吉の家はみすぼらしくはなく、さっぱりと清潔に片付いていていた。

土間に入ると、六畳の奥に、枕屏風を立て廻した夜具が見える。

「……おいで」

恥じらいに立ちすくんでいるお麻に、栄吉が声をかけた。

もし声に色があるとすれば、栄吉の声は、さっき見た満月の黄金色のように温かい。

七

月が替わって、卯月《うづき》四日は立夏《りっか》である。

新緑が美しく光り、爽やかな夏の気配が江戸の町々に満ちる時季だ。

牡丹の花と入れ替わって、藤が青い空と呼応するように花房を揺らしはじめる。

昼飯にやって来た栄吉が、

「女将さん、お麻さんを藤見に連れて行ってはいけませんか」

珍しくお初に頼みを入れた。

「藤か……いまが見頃だろうね」

お初は、遠くへ眼をやった。

「いけませんか？」

「いいよ、行っておいで。人様の難儀に首を突っこんでは走り回っているお麻だけど、芝居一つ見に行かない孝行娘だ。栄吉さん、楽しませてやっておくれ」

お初の快諾に、

「どこへ行く？　亀戸《かめいど》？　根岸《ねぎし》？」

お麻は声を弾ませた。

「小石川に伝明寺《でんめいじ》というのがある。昨日見つけたんだが、藤の名所なんだってね」

栄吉の受け持っている場所の一つに小石川がある。

「わたし、小石川に行ったことがないの」

「いささか遠いが、船を奮発しよう」

伝明寺は、小石川の御箪笥《おたんす》町から急坂をおりたところにあった。東西の地形がせばまった底の部分だ。この周辺は広大な武家地になっている。それもあって、藤の見頃でありながら、混雑するほど見物人はいなかった。

墓地をのぞけば二百坪ほどの境内に、神寂《かんさ》びた本堂があり、藤棚はその手前にしつらえられている。長さ三尺にあまるたわわな花穂が、参詣人の頭上に迫り、その藤色と甘い芳香で空気を染め上げている。

団子や甘酒の屋台、茶屋も出ていて、それらを手に長床几に座る者、短冊と矢立を手に一句ひねる者、と総じてひなびた風景である。

栄吉が買ってくれた甘酒を手に、二人は並んで長床几の隅に腰かけた。

眼まぐるしい日常を離れて、ゆったりと寛《くつろ》ぎながら甘酒を味わっているとき、何気なくやった視線の先に、見知った顔を見つけて思わず声を上げた。

「あらっ」

寺の門から入ってきたのはお糸である。お糸もお麻に気づき、切れ長の眼を丸くしてから、小さく微笑んだ。

隣の栄吉に、

「ほら、あれがお糸さんよ。その煙草入れを造った人」

とささやいた。

「ふうん、きれいな女《ひと》だね」

涼やかな眼を細めるようにして、お糸を見てから、栄吉は率直に言った。

近づいてきたお糸は、

「まあ、お麻さん、かような遠くまで藤見にお越しでございますか」

大げさなほど驚いて見せた。

「お糸さんこそ、お店はお休みですの？」

「いいえ、新七にまかせて参りました。よんどころない用向きで、姉のところに来たついでです。せっかくの藤ですもの……」

連れの女が小腰をかがめた。

「お糸の姉で律《りつ》と申します。これは娘のさちでございます」

お律の歳は三十近くに見え、さちという娘は七歳くらいで、母親の手をしっかと握っている。母娘とも木綿物だが、小ざっぱりとした身装《みなり》である。

「ご姉妹でしたか、どうりでよく似ておいでだこと。さっちゃんもお可愛らしい」

髪を伸ばしはじめのかぶろ髪の少女は、丸い眼を光らせて、お律の背に半身を隠した。そういう年頃なのか、人になつきにくい性格なのか、動かぬ眸《ひとみ》でお麻を見上げた。

今夜は姉のところに泊まる、というお糸に、それではまた、と二人はお糸たちと別れて伝明寺をあとにした。谷底の細道をしばらく行くと、栄吉が足を止めた。

「ここはとびっきり美味い鰻を喰わせる店なんだよ」

しきりにいい匂いが漂い出ているが、一見したところまるであばら家だ。軒は傾き、暖簾《のれん》はぼろ布同然。木目の浮き出た戸口脇の板壁に、何やら書いてある。かすれているがかろうじて〝かっぱ〟と読める。

「この辺の湿地には河童《かっぱ》が住んでいるので、屋号にしたらしい」

おかしそうに栄吉は笑いながら暖簾をくぐった。鰻のたれの匂いに絡めとられて、お麻もずいと店内に引きこまれた。

その夜の事である。

表戸を閉めた〝布屋〟の裏口を出たのは、新七だった。

家にお糸はいない。姉のところに行っているのだ。そこで夕飯は外ですませることにした。

内山町から道を二本へだてれば三十間堀《さんじつけんぼり》である。そこにかかる木挽《こびき》橋を東へ渡って、木挽町《こびきちょう》五丁目の大文字《だいもんじ》屋という安価な居酒屋へ入った。

焼魚と野菜の煮物を注文して、燗酒を一本つけた。

初夏といっても今夜のように冷えこむ日もある。

新七にとって、初めて口にする酒である。ひと口すすって、熱い酒気にむせた。それでも一合徳利を空にして、外へ出た。

堀端をぶらぶら歩きながら、やっと手にした自由の身の喜びが、胸を突き上げてくる。

だが、その同じ胸の中に、深く根ざした懸念が重くあるのだ。

一つは、『たもんくぬぎさま』であった。

世間に対して、お糸にすら新七は『憶えていない』と言った。が、それは正直な話ではなかった。

じっさい、新七はその人を知らない。どこで何をしている者なのか知らなかった。

そもそも新七が遠流になった発端は、安五郎のお糸への邪《よこしま》な欲望であり、『たもんくぬぎさま』なのであった。

事件《こと》が起きる数日前である。

新七は、奉公する七森屋の路地木戸のところで、手代の安五郎が見知らぬ男と話している声を聞いてしまったのだ。姿は見ていない。

『心配《しんぺい》するなって、掛取りでちょろまかしたぶんと、おめえと盗《や》ったぶんを合わせて二百両、たもんくぬぎさまに預けてあるからよ』

「だったら、それを受け出して、とっととずらかろうぜ」

「おうとも。だがな、二、三日待ってくれ。おれにはどうしても自分のものにしてえものがあるんだ。ずらかるのはそれからだ」

日頃の商人の言葉とは思えない、与太者のごとき言葉づかいに、新七は驚きつつ、安五郎が悪事に足を踏み入れていることを察した。たもんくぬぎ、という人物と騙《かた》ってお店の金子《きんす》に手をつけたのだ、と腹の底に火のような怒りが沈殿した。

しかし、すぐには番頭なり主人なりに注進していない。新七を躊躇《ためら》わせるものがあった。それは安五郎の言葉の断片を耳にしただけ、という不確かさからだ。

さらに、安五郎が得意先に伺うときは、新七を供に連れて行く。出先ではたいてい外で待たされる。それでも安五郎の尻尾をつかむ何かの方法があるはずだ。それからでも遅くない。

十六歳の若者の胸裡は、功名心にも似た熱気に高揚した。七森屋の主人もあの美しいお糸さんも、この自分の忠義をきっと愛《め》でてくれるにちがいない。

ところが新七の思惑をあざ笑うかのように、日ならずしてあの事件が起きてしまったのだ。

後日、判明したのだが、安五郎は、得意先から集金した金子の八十両余を横領していたが、宗右衛門は奉行所に訴えなかった。この事が世間に知られるのを恐れていたのだ。娘の身が穢《けが》されたうえ、新七の事件にさらなる罪の上塗りは、商家として致命的であるからだ。

流人船が永代橋を離れる間際、新七はお糸に文を託している。

流人としての島での暮らしが、十年になるか二十年に及ぶかわからない。流人には恋しい人に便りを出すことも禁じられている。

安五郎を殺してしまう結果になった原因の一つに、『たもんくぬぎ』がいる。その人物の名を忘れないために、末尾にその名を記しておいた。あの不分明な記述は、手紙を検閲した役人に、それらしく思わせるためであった。

この一件を、新七はなぜ役人に訴えなかったのか。

このとき、十六歳の少年の頭の中を占領していたのは、島暮らしへの恐怖と不安と悲嘆ばかりである。もし冷静であったならば、安五郎の非が付加され、新七の量刑はもう少しちがったものになった可能性はある。

ともあれ、極度の怯《おび》えに心神《しんしん》を耗弱《こうじゃく》させながら、それでも脳髄をふりしぼって、新七は文をしたためた。

もし江戸に戻れる日が来たならば、そのとき『たもんくぬぎ』を探そう。探し出したあとの事は考えていなかった。

ただ、二百両という金子の重みが、魔魅《まみ》のごとく新七の心を捉えていた。

それは闇の中を照らす、ただ一点の光明のように、胸の底でか細く明滅していたのである。


「やはり、お断わりしよう」

新七は独りごちた。

三十間堀の木挽橋の東詰から見る水面は、底をも知れぬ黒さをたたえ、その波間に研ぎ出した刃物のような月光を折りたたんでいる。

お断わりする、それはお糸からの申し出である。

『わたしは八年の間、こう思いを定めてきました。たとえ、十年先でも二十年先でもおまえが江戸に帰って来たら、おまえさえ承知してくれるのなら、夫婦になろう、と』

ありがたい、と思う、身に余る光栄だ。

だが、それはお糸の決意だ。装《な》り振《ふ》りかまわず一緒になりたい、という愛情の発露ではなく、夫婦にならねば、とする硬い決意だ。

お糸は、新七が島に流されたすべての責めは自分にある。と胸に焼きつけているのだろう。自分の生涯をかけて、その責めを償《つぐな》う覚悟なのだ。

島帰りの身にとって、これほど幸運な話はないだろう。まっとうな人生を送れる道筋が眼の前に開けているのだから。

けれども、お糸が新七に向ける眼差しには、燃えあがるときめきではなく、温かいが静かな哀しみなのだ、と新七は気がついていた。

それに……、

と、そこまで考えたとき、橋の向こうから歩み寄って来る人影を認めた。

橋上にいるのは新七とその男だけだ。

新七は男を避けて橋の欄干《らんかん》寄りを歩いた、すれちがいざま、男が新七の袂をがっしとつかんだ。すさまじい膂力《りょりょく》に、新七の体は引き戻された。

「何をなさいます」

「おめえ、新七だな。待っていたぜ、おめえの島からの帰りをな」

「誰だ、あんたはっ」

「ちいと教えてもらいてえ事があるんだよ」

「何をですっ」

「おめえなら知ってるだろう。たもんくぬぎさまってえのは、どこのどいつなんだ」

「わたしは知りません」

「おめえに殺《や》られた安五郎の兄《あに》いが、新七って小僧に勘づかれたようだって、用心してたのさ」

「知らないと言ったら知らないのですっ」

「言えっ、たもんくぬぎ、ってえのはどこのどいつなんだ」

ざらついた声は凶暴さを増していた。

「無体《むたい》な言いがかりだ、人を呼びますよっ」

「てめえっ」

逆上した男の手にぎらりと光るものがあった。

男よりも新七のほうが背が高い。八年間野で生きながらえた綱《はがね》のような強い腕もある。

上体をひねり躱《かわ》し、袖をつかんだ男の腕を突き払った。その刹那《せつな》、新七は左の上腕に鋭い痛みを覚えた。

ぬらりとした血の滴《したた》りを感じつつも、腰を落として反撃の体勢になる。両手を構えた新七の気迫に脅威を感じたのか、男はじりじりとあとじさりし、

「このままじゃすまさねえぞ」

捨て台詞《ぜりふ》も見苦しく、脱兎《だっと》もかくやの勢いで姿を消し去った。

八

〝布屋〟は元々女客の多い店だったが、この頃は、新七目当ての若い娘がかなり目立つようになっている。客の相手をする新七の周囲には、娘たちのさんざめきや脂粉《しふん》の香りが艶《なま》めかしく揺蕩《たゆた》っていた。

栄吉は古着類には眼もくれず、台に置き並べられた小物類を、丹念に見ている。それは品定めする商人の眼であった。

帳場にいるお糸は、お麻と栄吉の顔を見たとたん、なぜかほっとした表情になった。

「こちら、小間物を扱っている栄吉さん」

お麻の引き合わせに、

「はい、先日、伝明寺でお会いしております」

言葉は交わしていなくとも、お糸は憶えていた。

「お頼みしたい事がありましてー」

栄吉が話を引きとった。

「どのような……？」

「以前、お麻さんからいただいたこの煙草入れなんですがね、これを見た私の客が、是非にも同じ物が欲しい、とこう申されます。それでいくつか仕入れさせていただけないか、と伺ったわけなんです」

「よろしゅうございます。ご注文とあらば、いくつでもお造りいたしましょう」

あっさり商談は成立した。そのあと、にわかにお糸の顔に憂慮の色が滲んだ。

「じつは、わたしのほうからもお頼みがあるのです。お麻さんの父《てて》ごは、たしか御用の筋の方と伺ったような気がしますが」

「さいでございます。南町の古手川さまの手についております」

ほっと細い吐息のあと、

「ここでは何ですから、裏でお待ちくださいませんか。お客さまにお引き取り願って、すぐに参りますから」

お糸は新七に意味ありげな目交《めまぜ》をした。新七もかすかに頷いた。

裏口から住まいの土間に入ると、通い女中のおきみが、台所仕事をしていた。ちょうど鉄瓶の湯が沸いていて、上り口に腰かけた二人のために、手ばしこく茶を淹《い》れてくれた。

繁昌店といってもわずか三坪の店だから、いちどきに入る客の数は知れている。そう待たされもせず、お糸と新七が住まいのほうへやって来た。

「まあ、このようなところで……どうぞお上がりください」

と、二人を四畳半の座敷へ招き上げてから、

「おきみさん、今日はもういいからお帰りになって、明日またお願いしますね」

お糸は、体《てい》よくおきみを帰らせた。

四人が相対して膝をつき合わせた。

「まずは、これを見てください」

口を切った新七が、左腕の袖口をまくりあげた。上腕に白い木綿が巻きつけられている。

「いかがなさった」

栄吉が驚きを隠して訊いた。

「たいした傷ではないのですが」

と、新七が昨夜の木挽橋で見知らぬ男に襲われた顛末《てんまつ》を話した。落ち着いた話しぶりながら、困惑しているのはあきらかだった。

「そいつに心当たりはないのですか？」

お糸が首を横に振ってから、新七をじっと凝視《みつめ》ながら
「このところ、お店の囲りをうろつく妙な男がおりました」

あらためて気づいたように言った。

「それ、お糸さんに懸想《けそう》している高田屋の若旦那の廻し者《もん》じゃないの」

思いつきを、お麻は口にした。

「いいえ、そうではありません。帳場からちらと見ただけですけど、やくざな感じの男です。それに新七が戻ったのを知ってか、高田屋さんはやっと諦めてくれたようです。ともあれ、不気味でございます」

ここに来て、周囲の混迷を看過できなくなったように、新七は意を決した表情で言った。

「もう、隠しだてはいたしません」

八年前の、安五郎ともう一人の男との会話。その内容。江戸を去るときの文についての。木挽橋で自分を襲ったのは、おそらく安五郎の相棒であろう事。それらを新七は正直に語った。

新七がすべてを吐露《とろ》しても、謎は残る。

『たもんくぬぎさま』の正体だ。

「そちらもないがしろにできませんが、新七の命が危《あぶ》のうございます。そこでお麻さんの父ごにお縋《すが》りしたいのです。新七を襲った悪漢をお縄にしていただきとうございます。そうでなければわたしたち、一日たりとも安穏に暮らす事ができかねます」

八年経ってまたしても振りかかる不測の事態に、お糸はけなげに立ち向かおうとしている。

「まずは治助さんに打ち明けて、八年前の安五郎とその男の行状を、調べ出してもらいましょう。それともう一つ、『たもんくぬぎ』とは何者なのか……だ」

栄吉は腕を組んで考えこんだ。

「どこの、どいつか、ですね」

新七も膝をつかんで空を睨んだ。

やがて、栄吉がついと顔をあげて言った。

「どこの、というのは家名かもしれないが、地名とも考えられるんじゃないか」

「そうですね。だけど、江戸に『たもん』という土地がありますかね」

「うむ、『たもん町』というのはどうかな」

「お江戸八百八町と言いますね」

「いや、いまはもっと多いらしいよ」

栄吉が新七の説を否定した。

江戸の町は正徳《しょうとく》には九百三十余町。さらに増えつづけ、延享《えんきょう》には千六百七十余町をかぞえた。

「そんなに沢山《たくさん》では調べようがありませんね」

「町年寄さまの役宅なら、町名を集計したものがあるでしょうが、はたしてお教えくださるかどうか。それより、お城には多聞櫓《たもんやぐら》というのがあるし、石垣上の長屋もそう言う。ほかにも毘沙門天《びしゃもんてん》の別名を多聞天《たもんてん》と称する」

栄吉の博識ぶりは、やはり武家の子弟であった事を裏付けるものだ、とお麻は思った。折りがあったら訊ねてみよう、とも。

「盗っ人風情に、城と関わりがあるとは思えませんね」

「そうだ、新七さんは安五郎の得意先廻りにお供をしたそうだったね。どの地域を受け持っていたか憶えていますか」

「むろんです。まずお店のある芝口から、増上寺を右にして真っ直ぐ進むと、新堀にかかる金杉橋を渡ります。安五郎の受け持ちは、その新堀の川向こうの一帯で、南は金杉通り一丁目から、石垣のある大木戸まで。東は言うまでもなく、江戸湊です。そして西は永松町《ながまつ》の一帯で、新堀の上流の古川かぎり。この中には寺社やお武家さまのお屋敷も含まれます」

八年前、小憎として手代の供をしていただけなのに、新八の記憶は確かなようだった。

「よし、手始めにその地帯をしらみつぶしだ」

当面の目標が具体化すれば、一同の意気は勇みあがる。

「わたしの役目は？」

お麻が身を乗り出す。

「暇があったら、お糸さんを手伝うんだね。胡乱《うろん》な奴が現われたときの用心にもなる」

栄吉の指示に不満そうになるお麻だ。

「栄さんこそ商いはどうするの？」

「埒《らち》が明くまで、休み候」

高々と、栄吉は宣言した。


治助は、南町の廻り方同心の古手川与八郎に、お麻から頼まれた一件を話した。

その古手川は役所で例繰方《れいくりかた》の手をわずらわした。

例繰方は、犯罪の情状や断罪の実例を蒐《しゅう》集《しゅう》し、他日の参考のため、資料として検討できるよう管理する役目である。

八年前、安五郎が殺された事件を調べなおした古手川だったが、その資料には、安五郎殺しの一件に関わる人名のほかに『たもんくぬぎ』なる名は記載されていなかった。


金杉橋から大木戸までおよそ半里（約二キロメートル）。この東海道へとつづく往還沿いには町屋が連なっていて、江戸を出る人、戻って来た人、あるいは車町《くるま》から出る牛車や荷駄で、人の絶え間がない。

栄吉と新七は手分けして、それぞれの町の自身番を一軒ずつ訪れた。

自身番には人別帳の写しがあって、何の誰兵衛がどこに住んでいるかわかるようになっている。

この人探しに二日間を潰《つぶ》したが、『たもんくぬぎ』なる人物を見つける事はできなかった。

三日目、二人は再び金杉橋を渡った。

地形として、海岸線から奥になるにしたがい、台地になっている。その台地を占めるのは、大名屋敷に寺社がほとんどという土地柄だった。

「大名屋敷は抜きだ。行くだけ無駄だからな。ところで寺はどうなんだね」

「はい、ご贔屓《ひいき》の中にはお寺さんもありました。お使いくださるのはご住持《じゅうじ》ではなく、納所《なっしょ》の方や下男働きの常着のご用がございました」

「では寺町だ」

そこで金杉通り近くに散在する寺を軒並み当たってみたが、得たものはなかった。

高台にある三田寺町《みたてらまち》には、宗派まちまちの末寺が集まっている。

「新七さん、三田のほうはどうだい？」

「お供していますが、どの寺だったか憶えておりません」

往還からそれて、三田同明町《どうめい》へ行き、さらにゆるいのぼり勾配の道に入る。

三田の三角という岡場所のところで、道は二手に分かれる。

二人は聖坂《ひじり》にとりついた。歩みを止めず、栄吉はうしろの新七に話しかけた。

「奴が跟《つ》けてきているかもしれないな。だが、いま手出しはしないほうがいい」

道幅二間五尺の坂道を五丁（約五〇〇メートル）ほどのぼると、大名屋敷の樹の間ごしに、煌めく春の海が遠望できる。

視線を道の反対側に向けた栄吉は、手狭い町屋の奥に、建ち並ぶ寺社の静寂をみとめた。

何者かに導かれるように細道を進んだ正面に、寺が密集していた。

正面の寺門の扁額に眼を止めた栄吉が、

「これだっ」

と、まるで雄叫びのごとき声を上げた。

そこは多聞《たもん》寺という天台宗の寺だったのだ。

「新七さん、読めるか、たもんじだよ」

「とうとう見つけましたね――」

新七は声を途切らせた。胸底に沈澱させていた八年間の労苦のことごとくが、いっきにこみあげて来て喉をふさいだのだろう。

「よし、行こう」

二人は門をくぐった。

練塀《ねりべい》に囲まれた狭い寺領は閑寂として、人の気配を感じさせない。

本堂の横に庫裡《くり》がある。板戸を開けて案内を請うと、薄暗い土間の奥から老僧が現われた。法衣ではなく作務衣《さむえ》姿で寛《くつろ》いでいた様子《こ》だ。

「お訊《たず》ね申します。こちらにくぬぎさまと申されるご坊はおいででしょうか」

「おりませぬな」

「八年前にはおいででしたか」

栄吉はさらに問う。

「現今はもとより、八年前はおろか十年前も二十年前も、かような者はおり申さぬ」

「では、こちらの檀家《だんか》に『たもんくぬぎ』なるお人は……？」

「拙僧の知るかぎり、おりませぬ」

万事休す、だ。

心を残し、思い切れない気持ちで庫裡を出ようとした二人の背に、老僧の冗談めかした声が追いかけて来た。

「門を入った脇に、大きな櫟《くぬぎ》の樹がございますがね」

これで『たもんくぬぎ』がつながった。

安五郎は、二百両の金をその根元にでも埋めたか？　新七も同じ思いのようだ。

飛び立つ思いで、二人は門へと駆け戻った。櫟の樹は、五間ほどの高さに枝を広げている。根は土の表面に瘤《こぶ》を浮かせるほど張っている。これでは穴を掘り空けて、物を埋めるのは無理のようだ。

「栄吉さんー」

新七の指差す先に、石灯籠がある。櫟の樹と塀の間に置き忘れられたように、年代物のそれはひっそりと立っていた。

「うん、それかもしれない。その下なら容易に掘って、壺でも埋められるな」

「どうします？」

「いまは、手をつけてはだめだ。どうするか方便《ほうべん》を考えよう」

さりげなく二人は多聞寺を出た。町屋を抜け出たところで、左右に眼を配ると塀づきの隣の寺の中へ、すっと姿を隠す男を見た。

九

陽が沈むと、江戸の街はがらりと様相を変える。商家の並ぶ大きい道通りは、いっきに暗くなる。静まり返った闇をてらすのは、自身番のとぼしい灯りと、月光だけ。聞こえるのは按摩《あんま》の笛と、蕎麦屋の呼び声、犬の遠吠えばかり。

だが、賑やかな横町もある。

栄吉と新七が、木挽町の大文字屋の飯台についたところだった。

「酒はだめかい、新七さん」

「いいえ、先日、酒の美味《うま》さを知ってしまいました」

「そりゃいい、酒なんか毎晩呑んだって体の毒にはなりません。ただし適量ならね」

栄吉がそう言ったとき、戸口の縄暖簾をわけて入って来たのが、三十がらみの男。頬が削げて、痩せた体をしている。俯《うつむ》きかげんがわざとらしく、見るからに面体《めんてい》を隠そうとする心底が透けて見える。

「来たぞ」

栄吉は並んで座った新七に囁いた。

「あいつですかね」

「うん、まちがいないようだ」

昨日、多聞寺の隣の寺へ素早く隠れた男は、あきらかに新七を見張り、あとを跟《つ》けて多聞寺に辿り着いたのだ。

二人が去ったあと、栄吉と同じ質問をしたであろう男に、住持はどう答えただろうか。

門脇の椣の樹に、男が『たもんくぬぎ』を結びつけたとしても、その根方を掘るのは仕難の業と悟ったはずだ。では石灯籠の下に気づいたかどうか、気づけば、昨夜のうちに掘り出しにかかっているだろう。

が、今日になって、多聞寺をそれとなく見張りに行った治助の話では、寺内に変わった様子はなかったという。

そこで、栄吉と新七は男をおびき出そう、と考えたのだ。

顔をそむけるようにして、男は二人のうしろの飯台についた。背中合わせだ。

片たすきの女中が運んで来た酒徳利を手に、

「さ、一ついこう」

と、栄吉は新七の猪口に酒を注ぎながら、

「ところで、例の多聞寺な、いつやろうか」

客たちのざわめきにかぶせるように、少し声を上げた。

背後の男が聞き耳を立てた。それは男が身じろいで背を近づけた様子で知れた。

「今夜はやめときましょう。石灯籠の下に、二百両もの金が埋められてるなんて、誰も知りませんからね」

「しっ、声が高い」

注意しておいて、

「でも、急いだほうがいい。どうだ、明日の夜は――？」

聞こえよがしに栄吉の声だ。

――がってん、
の声を新七が呑みこんだのは、うしろの男がさっと座を立った気配を感じたからだ。

男は外へ出た。

二人も慌ててあとを追って出た。

木挽橋のたもとに眼を走らせた栄吉が、片手をあげて合図を送った。

治助も、片手を振ってよこす。それからそこに潜んでいた下っ引きの伝吉を南町の廻り方同心の古手川与八郎のところへ走らせるのだ。

半月になった星月夜《ほしづくよ》は、天鵞絨《ビロード》のようなやわらかな闇だまりで、道の両端をつつんでいる。注意を怠ると目標を見失いそうだ。

男はぐいぐいと足を伸ばし、芝口橋を渡り、露月町《ろげつちょう》から浜松町を抜け、金杉橋を渡った。

ここまで来れば、男が目差しているのはまちがいなく多聞寺だ。

大文字屋から多聞寺までおよそ一里（約四キロメートル）。追われる者と追う者は、その距離を半刻足らずで歩き抜いた。

境内は浄闇《じょうあん》が満ちている。夜鳥の鳴き声もしない。

さて、この漆を撒いたような闇の底で、男はいかなる手段に出るのか。

栄吉と新七は、門柱の陰に身を潜めて、男の動きを見守った。

足音を消して、治助が忍び寄って来た。古手川には、多聞寺について一部始終を伝えてある。おっつけ合流するはずだ。

突如、枝を張った椋の木の下闇に、ぽっと小さな灯りが浮かびあがった。

おそらく、早火と呼ばれるもので、麻幹《おがら》を丸めたものに硫黄《いおう》を塗り、そこに火打石で点火する。その火が、また別のものに移された。小型の松明《たいまつ》といったところだ。

男は、その明かりを頼りに、石灯籠の下の土を掘りはじめた。

存外あっけなく、カチッという固い音が地を這って聞こえた。男の手にした道具が、何かに当たって立てた音だ。

三人はその場を離れた。三田台町の通りで待ち伏せるのだ。袋小路の突き当たりが多聞寺だから、男もこの通りに出て来るしかない。

大通りに走り出た三人の前に、古手川の長身が立ちふさがった。別の手先の吉次《きちじ》も控えている。

――ここで捕える。

と、古手川は治助たちに申し渡してある。

寺社や門前町は、寺社奉行の支配だから、町方では手が出せない。が、この三田台の通りならば、存分に働けるのである。

「支度はいいか」

古手川に促されて、治助は懐に忍ばせておいた十手を握った。

闇を割って、男が飛び出して来た。治助が素早く男の背後に回って退路をふさぐ。

「こらっ、野良犬め、神妙に縛《ばく》につけっ」

古手川の怒号を浴びて、

「ちくしょうーっ」

男は吠えた。腕に抱いたものをひしとかかえ直し、右手に握った匕首をやみくもに振り廻わす。

吉次が足を踏み出し、手にした棒を振りかざして、男の気を誘う。その誘いに乗って、男が吉次に突きかかる。

その背に隙ができた、と見るやいなや、治助が飛びかかった。

嫌な音がしたのは、治助の十手にしたたかに打たれて、肩の骨が折れたのだろう。

血を吐くような呻き声を発しながら、男は前のめりにうずくまった。

「縄をかけろっ」

古手川の声が、勝利の余裕をもって響いた。


男の名は又造《またぞう》といった。

南町の吟味方《ぎんみかた》与力、御子柴伊織《みこしばいおり》の厳しい詮議に、又造はついに八年前の一件を自白した。

安五郎が埋めた壺の中には、二百両の小判が詰められていて、そのうちの百二十両は、又造と安五郎が商家に押し入り、強奪したものであった。残る八十両について、

「あれは、安の兄いが七森屋からくすねたものでございます」

と、述べている。

もっとも、七森屋ではそれを否定している。奉公人の不始末は商家の信用に関わるので、内密にしてしまう例は多いのだ。

上州《じょうしゅう》無宿の又造と、商家の手代をつとめる安五郎の結びつきは、郷里が同じであ

った事だ。

　商家では、番頭になるまで妻帯できない習わしがある。そこで手代たちには、時に応じて夜間の外出を許している。独身者が向かうのは手軽な遊所である。

　安五郎は、その刻限を利用して押し込みをやってのけたのだ。


「お父つぁん、お手柄だったね」

　娘にほめられて、治助が顎《あご》をさすったのは、照れ隠しの証しである。

「なあに、おれじゃねえ、栄吉さんの手柄だよ」

「いいえ、お麻さんの明晰《めいせき》さと新七さんの一途《いちず》さが、一件を落着させたのですよ」

　栄吉はいつも控え目だ。

「そうやってほめ合ってりゃ、世話ないね」

　帳場格子の中から、お初が茶を入れた。

　そこへ七森屋から使いが来た。

「栄吉さんとお麻さんにお越しいただけないか、と主人が申しております」

「何用かな？」

　栄吉はお麻の眼を、さぐるよう見た。

「もしかしたら、お糸さんと新七さんを妻《めあ》わせる内披露かもしれない」

七森屋の奥座敷には、宗右衛門とおふりの夫婦、跡取りの宗一郎、お糸と新七が顔をそろえていた。

その居並ぶ家族の前に、お麻と栄吉は膝をそろえてかしこまった。

「お二人にはひとかたならぬお世話になりました。衷心《ちゅうしん》より感謝申します。ただいまご足労いただいたのは、是非ともお二人にもご同席いただきたい、とお糸が申しますので、ご無理を申しました」

宗右衛門は気難しい表情のまま、おふりとともに両手をついた。お糸と新七も神妙に頭をさげている。

お糸はその頭をあげず、

「お父つぁん、おっ母さん、これまで数々の不孝を、どうぞお許しください」

声を潤ませた。

「おまえこそ、むごすぎる不運をよく耐え忍びましたね」

温かくやわらかいおふりの声は、情愛に満ちていた。

「それに、店を出す元手も出してくださったし、新七さんへの見届物の入費も、おっ母さんと兄さんが、その都度《つど》とどけてくださった」

「まことにありがとう存じます。八年もの長きにわたり、春秋の二回、口にするものを何くれとなく送っていただきました。おかげでどうにか生き永らえました」

新七の逞しい肩が震えた。

「あれはすべてお父つぁんの言いつけなんだよ」

お糸によく似た面差しの宗一郎の声も優しい。

「はい、そうであろう、と秘かに感謝していました。お父つぁん、ありがとう」

娘の涙ぐんだ眼に凝視《みつ》められて、宗右衛門はつかえた喉を鳴らした。

「お父つぁん、お糸の内勘当をといてやっておくれ」

お麻はほっと胸を撫でおろした。内勘当なら何も問題はないのだ。

「新七が戻って来たら、わたしは夫婦になる、とお麻さんに話した事がありましたね。でも、新七に断わられてしまいました」

お糸の声は湿っていなかった。むしろ、一身に背負っていた重たい責めが溶けて、軽やかな解放感を感じているようだった。

「因《もと》はさちの事か？」

宗右衛門の固く厳しい詰問口調だ。

新七は俯いて黙している。

「じつは、さちはわたしの生んだ子でございます。いままで律姉さんが引きとって育ててくれておりました」

お糸は、はっきりと宣言した。

小石川の伝明寺で出会った丸い眼の少女を、お麻は思い出した。

「知っているのか？」

宗右衛門は、新七を睨みつけて質《ただ》した。

「はい、お糸さんが打ち開けてくれました。その子は、あいつの、安五郎の子だ、と——」

語尾が震えたが、新七はせめぎ来る感情を打ち伏せている。

「もともと月のものが不順な体でしたので、身籠ったと気づくのが遅かったのです。悩みました、苦しみました、死んでしまおうかとも思いました。でも、あるとき心の闇の中で、天啓のように閃いたのです。この子を生もう、という強い気持ちでした」

それこそが、女が女である事の命、すなわち母性そのものなのだ、とお麻の胸は苦痛に騒いだ。

自分にはその母性の持って行き処がないのだ。生まれて一年にもならない多助を、先夫のところへ置いて来てしまった。いや、もぎとられたのだ。どんなに多助が恋しかろうと、人は自分の選んだ道を歩んで行くしかない、とお麻は自分を励ました。

「わたしがお糸を勘当した理由《わけ》は、それでございます」

「世間体ですか」

意地悪く、お麻は訊いた。

「商人にとって信用と世間体は何より大切ですからね」

口中《こうちゅう》に苦いものでも広がったように眉根を寄せていた宗右衛門だったが、

「それで、新七はこれからどうするつもりだ」

と新七を見た。

「はい、担《かつ》ぎの古手屋をやろう、と思っております」

「そうか、それならば小さい店を持てばいい、資金《もとで》は出してあげよう」

「めっそうもありません。これまでもあり余るほどのお情をいただいております。この上は、自分の力で生きて参ります」

江戸を離れたとき、十六歳だった少年は、苛烈な流人の境涯を生き抜いて、逞しい青年に成長していた。

「お糸もそれでよいのだね」

「はい、さちを引き取るのは、新七の気持ちを聞いてから、と思っておりましたが、明日にでも律姉さんのところへ迎えに参ります」

「それがいいね」

宗右衛門は、安堵の太息を静かに吐き出した。その背がゆっくりと丸くなった。

「栄さん、すごくいい事聞いたの」

〝子の竹〟で遅目の昼飯をすませた栄吉に、お麻が眼を輝かせながら話しかけた。

「何だい」

「お糸さんと手代の勇作さんが祝言をあげるんだって……勇作さんはさちちゃんの事も承知で、自分の子と思って育てますって断言したそうよ」

「そりゃ、いいね」

「新七さんには、やはりさちちゃんを受け容れられなかったのね」

「当然だよ。だからみんなそれぞれが賢い道を選んだ事になる」

店の前を紅花《べにばな》を山と積んだ荷車が通りすぎた。

「栄さん、こんど紅を買いに付き合ってくれる？」

お麻は少しばかり甘えたい気分だった。

第三話　箒《ほうき》を買わせる女

一

「い、いち大事でございますッ」

酒問屋大津《おおつ》屋の番頭弥助《やすけ》が、同業の岩村《いわむら》屋の店先へ駆けこんできたのは、明け六つの鐘の音と同時であった。

その弥助を迎えたのが、岩村屋の内儀《おかみ》のお澄《すみ》である。

日課である表店の掃除は、小僧の卯吉《うきち》の役目であった。そのあと手代の誰かが点検をするのだが、潔癖症のお澄は自ら確めないと気もおちおちしていられないのだ。

商家の表店《おもてだな》は男の世界で、女が立ち入ることはほとんどない。それを承知で、お澄はまだ暗いうちから小僧や下女たちにまざり、内所も表店も塵《ちり》ひとつ残さず拭きあげている。

弥助の叫び声を聞きつけて、店の者たちが集まって来た。

「何事ですッ」

番頭のひとりが問いつつ、眼の色をかえている弥助を見てこちらも眼の色を変えた。

「何の騒ぎだねッ」

羽織の紐《ひも》を結びながら現われた岩村屋長一郎《ちょういちろう》が、緊迫した声を出した。

「ふ、船が沈みましたッ」

「何だとッ!」

その場の空気が驚愕と恐怖に固まった。

「ともかく、大津屋へお越しくださるよう——」

「わかった」

非常な努力をもって、長一郎は静かな声で頷いた。

「みなも落ち着きなさい。まだ仔細はわかっておらんのだから。清太《せいた》、おまえはわたしと一緒に来なさい」

清太は生来色白の顔をいっそう蒼《あお》ざめさせて、膝頭を小刻みに震わせている。まだ十九歳。岩村屋の跡取りとは言え、世間の荒波をまだ味わったことがない若者だ。ふって湧いたこの災厄に、ただ呆然とするのみである。

「今朝のことです。伊勢の安乗《あんじよう》より飛脚がとどきました。それによりますと、航海日和《びより》だったはずの天気が急変し、橋口屋《はしぐちや》の樽廻船《たるかいせん》が遠州灘《えんしゅうなだ》で転覆沈没してしまったではありませんかッ」

大津屋伝左衛門《でんざえもん》は、長一郎の袂《たもと》をつかまんばかりにして悲痛な声を上げた。

表店の客間で、長一郎と清太を前にして、

「岩村屋さん、申し訳ない。どうお詫びすればよいのやら――これ、このとおり――」

恰幅《かっぷく》のよい体をねじ曲げ縮めて、額をたたみにこすりつけた。

「い、いや、大津屋さん、これはあなたが負う責めではありません」

長一郎は声をしぼり出した。膝をわし摑《づか》んだ手が、見えるほど震えている。

大坂の橋口屋の船に託した下《くだ》り酒、元値にして千両近い。その料金は為替《かわせ》で酒蔵に支払い済みであるから、まさに水泡《すいほう》に帰してしまったのだ。

「私のほうも五百両の欠損ですわ」

丸い肩を落として、伝左衛門が訴えた。

「残念しごくではありますが、大津屋さんほどの老舗《しにせ》ならそれくらいではびくともなさらんでしょう。しかし、わたしどもは……」

自失した態《てい》で、長一郎は声をわななかせた。

「お、お父つぁん——」

「清太、うろたえても始まらぬ」

力弱く、自制した声になる。

「何かお役に立てることがあれば、どうぞ何なりと——」

大津屋が負い目に感じているのは、樽廻船問屋の橋口屋を岩村屋に紹介したことだろう。

「ありがたいことで……しかし大津屋さんも大きな損害をこうむっておいでだ。私としては今の言葉だけで充分でございます」

「どうかこれにめげず、商《あきな》いに精を出してください」

励ます声にいつもの底力が戻っていた。

南新堀町《みなみしんぼりちょう》の大津屋を辞して、長一郎と清太は南新川《みなみしんかわ》にある岩村屋に向かって、とぼとぼと歩を進めている。

「お父つぁん、お店はどうなります？」

母親に似たやわらかく優しい目の色が、怯えている。

「おまえも知ってのとおり、わたしとお澄は小商いから始めて、やっと酒問屋の株が買えるまでになった。それまで二十年もの刻苦勉励の月日をしのいで来たのだよ。運よく岡崎藩《おかざきはん》に献上した酒が、本多《ほんだ》の殿様に気に入られたのがきっかけで、今日《こんにち》の岩村屋にまでなれたのだ」

長一郎もお澄も、うまれ在所が三河《みかわ》の国で、岡崎藩の城下である。

「憶えていますよ。食べるものも灯火も惜しみ、暑さ寒さにめげず、お父つぁんとおっ母さんは働きづめだった。おかげで私も甘い菓子一つ食べさせてもらえなかった」

ふふ、という吐息にも似た微笑に哀感があふれている。

「苦労をかけたな、すまない。でも二年前、新川にやっとお店が持てた。名にしおう酒問屋だ。前途は洋々。新参者だが、いずれは大店に伍《ご》してやろう、と意気込んでいたのだよ」

廻船問屋は、大坂を出発点とし、江戸を終着とする。この樽廻船で運ばれて来る下り酒は、年間百万樽という膨大な量だ。この他に、下層の人たちの飲む関東地廻りの酒もかなりあり、江戸っ子の飲んべえぶりには破格のものがある。

「去年の新酒の出来のときは凄かったですね。お江戸の景気は、酒問屋が一身に背負っている感じでしたものね」

眼前の危機から逃げるように、清太は回想した。

上方の灘《なだ》五郷で新酒ができると、樽酒を積んだ何十艘という千石船が、江戸を目指してその船足を競う。

そして鉄砲洲《てっぽうず》沖に到着した三番手までの新酒番船がその栄誉をたたえられ、積荷の酒は酒問屋の主人らによって利き酒され、その中で最上とされるものが将軍家に献上される。その御膳酒を特別に上諸白《もろはく》と称《い》う。

富の象徴とも言うべき千石船の蝟集《いしゅう》する江戸湾の壮観も、いまの清太にとってむしろ希望に満ちた想い出ではなくなっていた。

いくら世知にうとい若者でも、お店に迫りつつある危機感が、見えない刃《やいば》となって身心をおびやかしているのだ。

「岩村屋もまた一から出直しですね」

「叶うものならっ……」

背をまるめた長一郎の語気に力がなかった。

「両替屋への借金はだいぶ残っているのですか」

「…………」

長一郎は息をつまらせた。思わず足がよろめいたのだ。

岩村屋が念願叶って新川に進出するには、多額の元金が要《い》った。

まず酒問屋としての株を購入しなければならない。その金高が九百両。酒蔵と表店兼住宅が居抜きで千両。

公儀の決めた十組問屋《とくみどいや》の酒問屋は三十六軒である。年間の総運上金《うんじょうきん》は千五百両。これは他の業種と比較してかなり高い税金だ。それだけ儲けが大きいということである。そのお店が廃業することは滅多になかった。

その点、岩村屋は幸運だった。事情があって閉めることになったお店《たな》を、居抜きで、株とともにゆずり受けることができたのだ。

二十年以上も必死で溜めた金子も、千九百両には遠く及ばない。

不足ぶんは両替屋からの借財だ。株とお店が担保《ひきあて》だから、両替屋は二つ返事で融通してくれた。

岩村屋が酒を献上した岡崎藩は、五万石の小大名だが、譜代《ふだい》の名門である。その江戸留守居役の肝煎《きもいり》もあってか、数藩の大名家からの贔屓《ひいき》にもあずかるようになった。

このまま順調に行けば、そう遠からず返済できるし、いずれ名実ともに大店の仲間入りができる。

その夢が無残にぶち壊された。

今回の酒の仕入れ代金のうち、半金は両替屋からのさらなる借入金で、すでに為替《かわせ》を以て支払いずみである。

ここに来て千両近い損失は、岩村屋の存続の不可能を意味していた。

長一郎の白くこわばった顔は無表情だが、追いつめられたけもののように、恐怖にも似た絶望が、その面に張りついている。

「橋口屋の船さえくつがえらなければ――」

清太が奥歯を鳴らした。

「天の災いとはむごいものだな」

長一郎が見あげた灰色の空から季節はずれの粉雪が舞い散り、悄然《しょうぜん》とした親子の肩をさらにすぼませていた。

二

日本橋の通町には、江戸の名だたる大店が甍《いらか》を接していて、一日に千両万両の商いが成立するという。

その室町三丁目を東に入れば、浮世小路である。大通りの人の波の流れを受けて、小路とは名ばかりの人の多さだった。

そこに料理屋〝子の竹〟がある。料金はいくぶん張っても、舌の肥えた日本橋界隈の客たちに人気の店だ。

女将は四十一になるお初。朝は六つから夜は四つ（十時）まで、使用人たちに檄《げき》を飛ばす筋金入りの働き者だ。

そのお初が頼みにするのは、娘のお麻である。二十三になる出戻りだが、お初に代わって内所の事は一手にこなすし、朝昼晩の多忙時には店にも出る。

客さばきもてきぱきとしたお麻もまた、〝子の竹〟の人気者である。女にしては上《うわ》背《ぜい》のある、手足の長い姿形は、浮世絵の立美人図にひけをとらない美しさだ。

くっきりとたたんだような二重瞼《ふたえまぶた》の目と、線の強い波打つ唇は、父親の治助によく似ている。

家を空《あ》けることの多い主人の治助は、家業をお初にまかせて町方の手先をつとめている。目明しとも岡っ引とも呼ばれる家業だが、それは上に弱く下に強い、お上の威《い》を笠に着る輩《やから》として、とかく悪評がはびこっているのである。

けれども、治助は商家や町人に袖の下を強要しないし、むしろ、何かと身銭《みぜに》を切ってはお初にこぼされる始末なのだ。

昼飯どきが終わって、店内が静かになった。この刻限にお初は寝不足を取り戻すために、二階の住まいの座敷でしばし横になるのだ。

「おっ母さん、ちょいと〝奈《な》お松《まつ》〟へ行って来る」

「いやだ、帳場を代わってもらおうと思っているのに。だいたい、何しに行くんだよ」

お初がむくれた。

「うん、しばらく奈《な》おさんの顔見てないし、いまなら向こうも暇になる頃だろうから。なによ、すぐに戻って来ますって――」

「どの口がそうお言いなんだい。いままでそう言っておいて、約定を守ったことなんかないじゃないのさ」

首をすくめて駆け出したお麻の背に、

「お待ちっ」

諦めきれないお初の声が飛んで来た。

この浮世小路にも〝大金《だいきん》〟という鰻屋があって、かなり評判を呼んでいるが〝奈お松〟は、伊勢町堀の雲母橋《うんも》を本町三丁目と四丁目の間に向かっていった途中にある。

〝子の竹〟とはごく至近になる。

鰻の蒲焼《かばやき》は天明《てんめい》（一七八一〜八九年）期に、上野山下仏店《うえのやましたほとけだな》の大和屋《やまとや》が始めた、と言われている。

鰻の蒲焼といってもピンキリで、担ぎ売り、辻売りは十二文から十六文と安くとも、味は覚悟すべき不味《まず》さである。

店売りもまちまちだが、座敷のある店は、だいたい二百文（四千円）とかなり値が張る。

〝奈お松〟も二階には小座敷が三つあり、高値な店である。

お麻と奈おの縁の始まりは、下谷《したや》にあった。お麻は十七歳で三ノ輪の青物問屋に嫁いでいた。

一方、通新町にある奈おの実家の松島屋《まつしまや》は大手の植木屋である。双方の町は隣り合っている。当時の奈おは二十七歳で、嫁ぎ先から去り状をもらい実家に帰っていた。お麻は嫁いだ早々、夫の横暴な性格に気づき、日々は鬱然《うつぜん》として晴れない。それでも子ができた。

しかし、心は結ばれないまま、夫の横暴さは増長していった。そんなとき、奈おは実の姉のようにお麻を慰め、励ましてくれたのだった。

三年前〝子の竹〟の近くに、奈おがお店《たな》を張ったのは、あくまでも偶然である。なにしろ松島屋がうしろ楯なのだから、元手の金子《きんす》に糸目をつけずとも成し得るのだ。

紺地に白く蒲焼とある幟《のぼり》の出ている〝奈お松〟の格子戸を、お麻は入った。

店内には、醤油とみりん酒を煮詰めたたれのいい匂いが充満していて、昼飯をすませたばかりでも、鰻好きなお麻を幸せな気分にしてくれる。

階下の土間には小砂利が埋めこんであって、飯台も焼杉を使い、酒樽の腰掛には固織物の褥《しとね》を置いてある。どう見ても上等な設《しつら》えだった。

飯台の三人の客に茶を出し終えた女中が、

「女将さんですか」

と、お麻に向かって心得顔になる。

「いいかしら」

姿が見えないのは、奈おが二階座敷の客の相手をしているかもしれないからだ。

「伺って参ります」

女中は足取りも軽く二階へ階段を上がって行った。が、じきにおりて来て、

「どうぞ、と言ってます」

二階へ上がって来て、と奈おが言ったらしい。

「でも、お客人でしょ」

「その客さんが、女将の友だちのお麻さんなら一緒にどうだ、とおっしゃってます」

「あら、わたしの知り人？」

「大津屋さんです」

それでは、とお麻は階段の踏み込みに上がった。その目を捉えたものがある。広めの踏み込みの隅に、大ぶりの花器に紅梅と白水仙が活《い》けられている。梅はすぱっと裁《た》ち切っただけの大胆な活《い》けっぷりで、水仙は足元の添えもの。そこだけにほの甘い花の香りがたまっている。

二階に上がると、とっつきの座敷から奈おが顔を出していた。

「いらっしゃい」

少しかすれた奈おの声を聞くと、お麻の気持ちはほっとなごむ。

「下の花、どなたの……？　池坊《いけのぼう》でも、古流でもなし、ずいぶんと性根《しょうね》の強そうな活け方ね」

きっぱりとして、気持《ひと》ちがいい、と付け加えた。

「新しく雇い入れた女が、活花《いけばな》の心得があるので、お願いしているの」

奈おは、お麻と同じくらいの背丈で、姿形も似ている。目も口も鼻ものびやかに配され、その明るい笑顔は、どんなに意固地な人の心をもわし摑んでしまう。奈おなどという武家がましい名は、娘を溺愛する父親の松島屋千兵衛《せんべえ》の命名だ。

「へえ――」

「このところ忙しいから、人手をふやそうと思っていた矢先、向こうから、使ってもらえないかって飛びこんで来たの」

「おい、いつまで喋ってるんだね。早く入ってもらいなさい」

座敷内から声がかかった。

「お久しぶりでございます」

お麻は畳の上に両手をついた。大津屋伝左衛門は大の鰻好きと見え、〝奈お松〟へは足しげく通って来る。それゆえ、お麻も顔見知りなのである。

「さ、おまえさんも一つどうだね」

伝左衛門は京の出身で五十歳。つやつやした顔は福々しく、しかしいかめしいほど強い眼差しと剛腹《ごうふく》ともとれる態度に、成功者としての自信をみなぎらせている。

「はい、いただきます」

酒は強いお麻だ。盃洗《はいせん》の水をくぐらせた盃を、お麻は受け、つがれた酒を口に運んだ。

「うっとりするような香りですね」

返盃しながら、お麻は本心から言った。

「灘《なだ》の生一本《きいっぽん》だ」

「こんな美味しいものが、海のもくずになってしまうなんて、どうにももったいない」

「何だ、おまえさん、知っているのか」

伝左衛門は少し硬い声になった。

「人の口に戸は閉《た》てられませんからね。ウチのお客の間でも、樽廻船が沈んだ噂はもっぱらですよ。どんな噂も酒が入ると人の口は軽くなりますし、色事ではなおさらですわ。寝物語についポロリが、いつの間《ま》にかあちこちに飛び火しているもんですよ」

「油断ならんな、くわばら、くわばら――」

「あれ、何か隠し事でもおありですか」

「そんなもの、あるわけない。ともあれ岩村屋さんには気の毒なことをした。あちらが十組問屋に新規参入されたとき、大坂の樽廻船問屋の橋口屋を引き合わせたのが、このわたしだった。それが仇《あだ》となってしまった」

「地に足のつかない海の上ですもの。嵐に遇《あ》えば、人間なんて太刀打《たちう》ちできなくても仕方ありません」

「そうそうあっては困るがね。船頭も水夫《かこ》も練達ぞろいのはずが、風待ちを読みまちがえたようだ」

「大津屋さんも、大層な損害をこうむられたのでしょう？」

「うーむ」

渋面《じゅうめん》をつくって腕を組んだ伝左衛門は、しばし膳の上に眼を落とした。

白い磁器の平皿に手をつけた残り半分の鰻と、別皿に玉子焼きと香の物がつけられている。酒を飲む客の多いことから、鰻のほかにいくつかの書き出し（メニュー）があるのだ。

「手痛いのは当然だが、わたしのところは何とかしのげるさ」

大津屋は二代にわたる大店である。長年の蓄財は莫大なものだろう。存外けろりとしているのは、伝左衛門の豪胆さばかりではない、というところだろう。

「それで、岩村屋さんはいかがなされましたか」
一、二度でも大津屋に連れられて来た岩村屋長一郎を見知っているだけに、奈おは心配げな声になった。

「いかんせん、お店を構えて二年経つか経たぬかだ。株も、家屋敷も手離し、ことごとくの衣類に家具調度、お内儀《ないぎ》の髪のものまで売り払ったそうだ。それでも出た不足分は、どこかで調達したようだが、家運の建て直しはかなわず、一家で生まれ在所の三河の国へ帰られたそうだ。この前、新川の家の前を通ったが、大戸も閉《た》てられひっそりとしておった」

岩村屋の運のつたなさを思うにつけ、お麻は暗い気持ちになって、そのあと座を辞した。

三

夕どきの喧騒が一波去って、〝子の竹〟の店内は客もまばらになっていた。

栄吉がやって来て、店の前をゆったりと通りすぎ、また戻ってくる。店内に入らないのは、お初に遠慮しているからだ。

なにしろ今宵はお麻と二人で〝奈お松〟にあがり、鰻を堪能しようという打ち合わせができている。

意味ありげに店の前を通りすぎる栄吉に、お初がまず気づいた。

「お麻、あの色男は何をこそこそしているのかねえ」

母親の嫌味に、空《あ》いたお膳をさげながら、お麻は首をすくめた。

「いいじゃあねえか、若《わけ》え者《もん》同士だ、たまには大目に見てやれよ」

飯台の隅で晩酌をやっている治助が、助け舟を出した。

「おや、このわたしを物わかりの悪い母親だとお思いかい」

「そうは言わねえさ。おめえはよくできた女だよ」

女房に頭の上がらないのは、毎度の事だ。

「いいよ、お麻、行っておいで、だけど町木戸が閉まる前にお帰りよ」

栄吉とお麻がしめし合わせているのは、百も承知のお初なのだ。

お麻と栄吉は連れ立って〝奈お松〟の戸を入った。

ちょうど居合わせた奈おが二階に案内する。階段をのぼりかけたお麻の目に、踏み込みの隅の花が飛びこんで来た。花は赤紫の妖艶な牡丹《ぼたん》の大輪。それが一輪だけ土臭い武骨な花器に活けられている。

包丁を研《と》ぐ音にもその人の性格が出る、と聞いたことがある。

ましてや活花となれば、その手の持ち主の心映えが如実に現われるそうである。

何の衒《てら》いもなくすっくと伸びた牡丹の花の活け方に、その人の揺るぎない内面の強さを見た思いのお麻である。

「どんなお女《ひと》が活け手なの？」

訊かずにいられない、何かがある。

「お志まさん、といってウチの女中にはもったいないような女《ひと》よ」

通された六畳の小座敷の窓が開けられていて、悩ましげな晩春の夜風が流れ入っている。

栄吉は蝶足膳《ちょうそくぜん》を前に端座している。行儀よく美しい姿だ。横に並んだお麻は、思いきって訊いてみた。

「栄吉さんは、昔、お侍だったの？」

「そう見えるかい？」

栄吉は白い歯を見せて、お麻を試すように言った。

「身についた習性は、なかなか変わらないと思うのね。そこいらの町人は粋だいなせだなんていったって、もっと雑で品《ひん》がないもの。栄吉さんはどう見ても元お侍だ」

「訳あって両刀を捨てたけれども、おかげでお麻と会えた」

「本気？」

「むろんだ」

そこへいつもの女中が燗徳利を二本、わらびのお浸《ひた》しと白魚の玉子とじを持って来た。

差しつ差されつしているうちに、

「お待たせいたしました」

水晶の鈴でも振るような澄みきった声がして、襖《ふすま》が引き開けられた。

廊下の薄暗がりを背にして、両膝をついた女の白い顔が浮き上がって見える。

「鰻をお持ちしました」

膳の上に皿を並べる女中の優雅な手さばきを、二人は固唾《かたず》を呑んで見守った。

黒髪を人妻ふうの丸髷に結って、ありふれた髪飾りでも、大柄な美婦はひときわ麗《うるわ》しい所作である。

歳の頃は見当もつかぬ、十八か、それとも二十五か。

染み一つない白い肌は、絖《ぬめ》のように艶《つや》やかで、涼しい眼許も、墨を引いたような眉も清浄感をたたえ、桜色の唇に、煙のような微笑が揺らいでいる。

片だすきに前垂れをした長着は、驚くほど地味な紬《つむぎ》である。

華美なものは何一つ身につけていないが、天性の麗質《れいしつ》なのであろう、そこだけが白い円光につつまれているように、女の姿形は光を放っている。

「新しくいらした女《ひと》って……」

夢から醒《さ》めたように、お麻は声を絞り出した。

「はい、志まと申します」

「お花のお役目はお志まさんなんですってね」

この部屋にも片隅の花台の上に、黄色の菜の花がふうわりと活けてある。

「未熟ながら……お恥ずかしゅうございます」

謙虚さに嫌味がない。

「ご用がございましたら、何なりとお申し付けください」

そう言って座をさがって行ったのは、ほかの座敷から柏手《かしわで》を打つ音が聞こえたからだ。お志まをこちらへ挨拶に来させたのは、奈おの気づかいだろうし、先客はあきらかにお志まを呼んでいるようだった。

夏初月《なつはづき》、四月十六日、江戸の町はいよいよ夏入《げいり》を迎え、町人たちの気分はのびやかで陽気になる季節である。

久しぶりに奈おが〝子の竹〟にやって来て、戸口の外からお麻を手招いた。

「ちょいと話があるんだけど――」

出られる？　と目顔で訊いたあと、お初に笑顔の会釈を送る。

「おっ母さんいいよね」

お麻は帳場のお初に言った。

「いいともさ、行っておいで」

いつだってお初は、奈おには滅法甘い顔になる。奈おの人を引き付ける笑顔は、わが娘には厳しいお初の心も、わし摑みにするらしい。

奈おのすらりとした体に、鶯《うぐいす》色の小袖と媚茶《こびちゃ》の帯がよく似合い、落ち着いた色香が匂い立っている。

二人は連れ立って、すぐ近くの福徳稲荷《ふくとくいなり》の鳥居をくぐった。さして広くない社域は、きれいに掃《は》き清められていて、榊《さかき》の木の葉が夏の陽射しをきらめかせている。

お麻は自分がまだ片だすきと前垂《まえだ》れのままなのに気づき、それらをはずしながら訊いた。

「何かあった？」

「お麻さんに相談しても埒《らち》が明くとも思えないんだけど――じつはお志まさんの事なの」

榊の緑陰の下での立ち話になった。

「あの女《ひと》、素性の知れないところがあるね」

「鰻屋の女中にしては、掃《は》き溜《だ》めに鶴だものね。でも請人《うけにん》は霊岸島《れいがんじま》は川口町北の大家さんだから、怪しむほどはないと思う」

おおらかな奈おらしく、お志まを信じているらしい。

「どう見ても悪い女には見えないけどね」

「大津屋の旦那がお志まさんに眼をつけたのさ」

「ふーん、大津屋さんならずとも、あれだけの器量好しだ。江戸じゅうの男がほっとかないでしょうよ」

「お麻さんがウチで大津屋さんに会ったでしょ。あの日がお志まさんを見た初日だったんだけど、あれから連日なのよ、二階の座敷のひと間を借りきりにして、夕どきを待ちかねたようにやって来るのよ」

「毎日鰻なんて豪勢だけど、体に悪いんじゃない」

「内儀《おかみ》さんが病弱だっていうのにね。もっともお妾《めかけ》さんがいるらしいけど。それに、それなりに気を使って、鰻は折箱に入れてお土産《みや》にしたりするんだけど、給仕にはお志まさんを名指しして、片時もそばを離れさせない。お志まさんを独り占めは困ります、とわたしは何度も断わりを入れたけど、暖簾《のれん》に腕押し、糠《ぬか》に釘。ほんとにしぶとい」

「それでお志まさん自身はどうなのさ」

「それが、はっきりしないところがある。わたしの見るところ、好いているとは思えないんだけどね」

控えめな拒絶でひるむほど、大津屋は弱気な男ではないだろうし、豊かではない町屋の女にとって、江戸屈指の大店の主人ともなれば、それなりに魅力ある存在ではある。

「いくら上客でも、断わっちゃえば――」

「わたしもそう思っていた矢先、お志まさんを囲いたい、と申し入れがあったのよ」

「さすが――」

ほめたのではなく、機《き》を逃がさない大商人の読みに、お麻は感心したのだった。

「お志まさんには、金に糸目はつけない、と言ったそうよ」

「でも、あの女《ひと》、おいそれと落ちるようには見えないよ。気品高い人、というのはお志まさんのような人のことをいうんだと思う」

「お麻さん、明日、暇ができる？」

「時分どきをはずせば、気儘《きまま》にできるよ」

「わたし体が空《あ》かないんだけど、代わりに霊岸島に行ってくれないかしら」

「かまわないけど、何なのさ」

「お志まさんから知らせが来てね、今日、明日と休ませてほしい、と言って来た。何でも風邪《かぜ》だってさ。それで様子を見て来てもらいたいの」

「この陽気に風邪とは、きっと私たちとは育ちがちがうんだね」

確かにどこか謎めいたまま、深窓の佳人と呼ぶにふさわしいお志まである。

四

午《ひる》までに一働きして来た栄吉が荷を置いて、〝子の竹〟へ顔を見せた。昨夜のうちに、お麻はお志まと大津屋の一件をかいつまんで栄吉に話してある。

「お志まさんの住まいは、霊岸島の川口町だったね」

栄吉が念を押す。

「舟を使うまでもないでしょ」

八つ（二時）を打つ石町《こくちょう》の鐘を近々にきいて、二人は〝子の竹〟を出た。

空は青く澄み渡り、眩しいほどの陽光がふりかかる江戸市中を、二人は足並みをそろえて歩いて行く。

お麻と栄吉にとって、これも心はずむ逢瀬《おうせ》の一つの形である。

まず伊勢町堀に沿って日本橋川に出る。北側の河岸道をしばらく下り、鼠《ねずみ》橋を北新堀《しんぼり》町に渡る。それから日本橋川をまたぐ湊《みなと》橋を通って、霊岸島に入った。あとは直線に伸びる道を進めば、南のはずれに川口町がある。

湊橋から一丁十間（約一二〇メートル）ほど行くと、北新川にかかる一ノ橋があり、両岸には三十軒もの酒蔵が並び、午をすぎても小舟の往来に賑わっている。

「あら……」

と、お麻が気づいた。

「うん、大津屋の店と川口町は存外近いんだな」

栄吉も同じことを考えた。

「江戸の町屋は狭いもの。近くだって不思議じゃないわ」

武都である江戸では、朱引《しゆびき》内の六割が武家地と神社仏閣で占められている。残る土地におよそ全体の半数の町人が住んでいるのだ。

探し当てたお志まの家は、川口町の露地裏にあった。長屋ではなく、古びた小家だった。間取りは二間《ふたま》と台所といったところだろう。

戸口には植木鉢一つなく、ずいぶんとさっぱりしたものである。引き戸を開けて訪《おとな》いを入れるお麻の声に応えて、

「はい、ただいま――」

例の美しい声音《こわね》とともに、お志まが姿を見せた。

「まあ――！」

思いがけない客来だったのだろう。微《かす》かに目を見張ってから小さく微笑んだ。それは白い芙蓉《ふよう》の花がほんのりと咲《え》んだようなあざやかさである。

「お加減はいかが？」

言ってお麻は頰を染めた。お志まの気品につられて気取った物言いをした自分に、みずから照れていたのだ。

「ご心配をかけてしまいましたね。でも、作り病ですの」

ふふっと小さく肩をすくめるしぐさに、奈おから聞いていた二十歳《はたち》という若さが揺らめいている。

「それはようございました。奈おさんも安心なさる事でしょう」

栄吉の言葉づかいには自然な丁寧さがある。

「どうぞ、お上がりください。何のおもてなしもできませんが」

通された六畳の居間には、新しい畳表が青々しい香りを放っていた。年季の入った欅《けやき》材の茶簞笥が一つ、藍《あい》の染付けの手焙《てあぶ》りが一つ。そのどちらも高価そうだが、そのほかには何もない。およそ若い女の部屋らしからぬ殺風景な空間である。

お志まが茶を淹れて来た。

煎茶碗も意匠の華やかな九谷《くたに》のものらしい。

「美味しい」

一口啜《すす》って、お麻は思わず嘆声を上げた。

「山城《やましろ》の新茶ですの」

なるほど、とお麻は胸のうちで妙な納得をしたのは、つまり、こういう事だろう。〝奈お松〟の女中稼業では、お志まの生計《たつき》が豊かとはとても言えまい。当然、つましい暮らしぶりだろう。

それでいて、身辺を見廻せば、雑多なものは何も置かず、簡素でありながら、その一点一点は選《え》りすぐりのものばかりなのだ。

いまお志まの着ている地味な黄枯茶《きがらちゃ》の長着も、古いけれど絹をふんだんに使ったお召《め》しだし、手ずれてはいるが、幅広帯もどっしりとしたものである。貧乏所帯の町女房では、とても手の出る代物《しろもの》ではない。

それにお志まだからこそ、高雅で贅沢なものが似合うのだろう。それにしても位負けしないのは何故か。どんな生い立ちと生き方をすれば、このような典雅な女人になるのだろうか、とお麻は胸のうちでまごついていた。

「なぜ仮病を――？」

もっともな疑問を栄吉が口にした。

「はあ――」

とまどいつつ、どう応《こた》えようかと思案の様子のお志まだ。

「お女中づとめが厭《いや》になりましたか」

「いいえ、そうではありませんが、いささか疲れてしまいました」

「だったら、奈おさんに頼んであげましょう。働く刻限を短くしてくれるようにって――」

お麻の提案だ。女が見ていても飽きない美人がいる。それは嫉妬や羨望をはるかに超えた存在だ。その代表であるお志まが、自分たちの目の前から消えてしまうのは、これほど惜《お》しい事はない。

「……すでにご存知と思いますけれど、大津屋さんの事ですの」

「やっぱり――」

「何度もお断わりしたのですが、ますます執着のご様子で、わたし、どうすればよいのやらわからなくなりました」

逃げれば追う、という抜き差しならぬ心理の壺に、大津屋はすっぽりはまりこんでいるのだろう。

「迷惑千万な話ね」

女の気持ちを無視し、財力にものを言わせて、己れの欲望を果たそうとする五十男の無分別と嫌らしさに、思わずお麻は眉宇《びう》をひそめた。

「ところで、お志まさんはこちらでひとり住まいなの？」

「はい、でも寂しくはありませんのよ」

お志まはきっぱりとした笑《え》みを浮かべた。

帰り道、

「あのお志まさん、武家の出かしら」

立ち居振る舞いの折り目正しさ、町人のように生ぬるい口ぶりではないお志まに、お麻は当然として思ったのだ。

「どうかな。町屋育ちでも御殿づとめをした女なら、礼儀作法も身につけているよ」

「そんな人が、何だって鰻屋の女中奉公をしているのさ」

「人には人の事情がある」

おれもそうなのだ、と言わんばかりの栄吉に、お麻は黙した。

「まあ、仮病ですって！」

奈おはなかば呆れながらも、声を立てて笑った。

「それで、明日からいつもどおり勤めに出ますってさ」

お志まの伝言をお麻は伝えた。

「よかった、助かるわ。お志まさんはほかの女中たちが妬《ねた》むほど、お客の受けがいいのよ」

「つまり、大津屋さんの恋敵が多いって事かしら」

「ご足労だったわね。お礼に鰻を届けさせるから、おっ母さんとお父つぁんに食べてもらってね」

その鰻が、黒漆塗りの手桶に入れて出前されてきたのを見て、

「そりゃウチでは鰻を扱ってはいないけど、料理屋に喰いものを届けるってえのは、どういうつもりかね」

皮肉めいた口ぶりでも、お初は嬉しそうに舌なめずりしかねない風情であった。

五

ところが、お志まが勤めに戻って十日にもならないある日、血相変えた奈おが〝子の竹〟へ駆けこんで来た。

昼飯どきの配膳の多忙に追われているお麻をつかまえると、

「――ったく、もう、ほとほと人間がわからなくなっちまったよ、わたしは」

と、息まいた。

「奈おさんらしくもない、落ち着いてよ」

「お麻さん、これが落ち着いていられますか」

「いったい、何があったの？」

「あのお志まが、店をやめちまった」

「まさか！」

「そのまさかなのさ。大津屋の世話になるって決めたんだとさ」

なぜかお麻の全身から力が抜けて、洗い場へさげるはずの膳を落としそうになった。

やはり釈然としないのだ。

「だけど、大津屋を嫌っていたのじゃないのかいっ」

裏切られたような苦々しさに、つい語尾が上がる。

「貧《ひん》に負けたんだとさ。わたしにはそう言った。ともかくそういう始末だから――」

〝奈お松〟も忙しい刻限なのだから、奈おはあたふたと帰って行った。

川口町の家を訪ねたときとは打って変わった、お志まの豹変ぶりだ。それは戸惑いというより、秘された計略なのではないか、という疑惑がお麻を捉えていた。

店が暇な時刻になると、お初にことわってお麻は〝子の竹〟を出た。

八丁堀へ向かうお麻の胸の中には、擦過傷のようなざらつきがこびりついている。お志まへの疑雲が晴れないのだ。

お志まには世俗を超えた美しさがある。揺るぎなく貞節な女に見える。それでも女の心には人知れず魔風が吹いているのだろうか。

女にも、男と同じ欲望を持っている者がいる。江戸城大奥の女たちの、権勢へのひたすらな野心。大商の内儀たちの贅《ぜい》の限りを尽くした生活。金と力は、女にとっても人生を賭けるに値する魔力がある。

生まれながらにして、比類なき美貌を手にしたお志まにとって、残された唯一の望みは、自由になる莫大な財力なのか。

大津屋は金に糸目をつけぬ、とお志まを口説《くど》きにくどいたという。男のその熱意がついにお志まの心を懐柔させたのだろうか。

川口町へ向かうお麻に、ふと不安感が忍びこんで来た。

もはや、あの古びた家にお志まが住んでいるとは思えない。

大津屋は江戸の閑雅な地に、いくつも寮を持っているそうだ。根岸《ねぎし》、向島《むこうじま》、目黒《めぐろ》といずれも郊外にあって、どの地も本宅のある八丁堀から一里余。

お志まをそのいずれかの寮に住まわせる算段かもしれない。伝左衛門が通うに遠ければ、近くに豪勢な妾宅を与えているかもしれない、お志まの所帯の質素さを考えれば、家移《やうつ》りなど一日ですませられる。

予測に反して、

「ごめんください」

引き戸を開けたお麻は、お志まの透き通る声を聞いた。

「はい、ただいま、まあ、お麻さんでしたか」

「あら、おいででしたか」

面喰いつつ、お麻は頓狂《とんきょう》な声になる。

「どうぞ、お上がりください」

にこやかな眼許で、お志まは優雅に手を差し伸べた。

「お一人？」

「……ですとも」

居間に座るなり、お麻は、

「いったい、どうなさったの？　あれほど大津屋さんを避けていたのに」

つい詰問調になる。

「男の大きさに惚れました」

やにわの、臆面もないお志まの答えだった。

「大津屋の旦那様は、一日も欠かさず〝奈お松〟へおいでになり、ぜひともこの老いぼれの一世一代の思いを叶えておくれ、その代わり、おまえの望むところはあたうかぎり聞き届けよう、と両手をつかれました」

「まあ、あの大津屋さんが――」

「そのいっそ潔《いさぎよ》い姿に、わたしの心は動かされました」

金のないのは首のないのと同じ、という価値観からすれば、五十男の財力を武器とする執心を、二十女が情愛にすり替えたという事か。

「すべてお志まさんの心根しだいだから、わたしは口出しいたしません」

「わたしも悩みました。豪商といわれるようなお人は、並の男の方ではないのだ、と。非情で、強欲で、奸智《こうち》に長《た》けた人でなければつとまらない、とも。でも、大津屋さんは、けっしてそういうお人ではない、と思えるようになりました。勘算の冴《さ》えと、度胸のよさを備えた、広く奥深い心をお持ちのお方なのです」

並べたてる絶賛の言葉とはちぐはぐに、お志まは淡々と語った。言葉は飾れば飾るほど冷え冷えとするものだ、とお麻はなぜか虚《むな》しさを嚙みしめながら聞いていた。

「いつ、お引越し？」

「いいえ、家移りはしません。この家のこの空気が体に馴染《なじ》んでいて、居心地がよいのです。そう申し上げたら、旦那様も好きにしなさい、と――」

大津屋の妾宅にしては、いかにも貧弱である。家具調度も前と変わらず、華やかなものはなにもない。

ただ、真新しい畳の上に、居住まいを正したお志まがいるだけで、みすぼらしさは微塵《みじん》も感じられなかった。

五月雨月《さみだれづき》になり、町を流す蛍売りの虫籠の中で、蛍の儚《はかな》い光の明滅がゆらりゆらりと通りを行く。

どうやら今年は雨の少ない梅雨らしい。

お麻の手の空いた頃を見計らって〝奈お松〟から迎えが来た。大津屋が来ていて、お麻を呼んでいるという。

〝奈お松〟の二階の座敷で、伝左衛門は奈おを相手に一人呑んでいた。

「お呼び立てですまなかったね」

「よろしいんですよ」

白じらとした思いで、お麻は返した。

「お志まにはいろいろ気遣いをしてくれたそうで、お礼を言わなくてはと思っておりました」

思いを遂げた余裕だろう、伝左衛門の声が柔和になっている。

「お礼だなんて――それよりなぜ、お志まさんが一緒じゃないのですか」

「わたしも誘ったのだがね、こちらのみんなと顔を合わせるのが照れ臭いのだそうだよ」

それを聞いたお麻は、急にお志まをいじらしく思えた。どれほど豪奢な生活を約束されても、お志まは妾稼業の身を恥じたのかもしれなかった。

世の風潮として、さほど妾を白眼視していない。けれどもお志まの内心には、それがあるのかもしれない。

「心がけが殊勝《しゅしょう》なのですね」

「うん、あれはけなげな女だ。きれい好きで、家の中は塵ひとつ置かぬほど掃除をまめにしている。若いに似ず、芝居見物や物詣でなどにも、てんで興《きょう》がわかぬらしい」

このように相好《そうごう》を崩したきり、しまりなく言葉をつづける伝左衛門を見るのは初めてである。

「わたしなんぞとちがって、静かで嗜《たしな》みの深いお女《ひと》ですものね」

「それに類《たぐ》い稀《まれ》なしまり屋だな」

「願ってもないじゃありませんか」

よくある話だが、貧しい育ちの妾なら、万端つましいだろう、とする旦那の意に反して、そうした女こそ散財をしたがるのだそうだ。

「わたしが行けば、仕出しを取り寄せたり、料理屋にも連れて行くが、どうやらひとりでの飯は、魚の干したの、香の物と汁だけですませているようなのだよ」

「お口がきれいなのですよ」

「物も欲しがらん」

「おや……」

「先日、鼈甲《べっこう》の笄《こうがい》を買い与えたら、何と言ったと思う？」

「あら、嬉しい――」

「おまえさんならそうだろう。ところがお志まは、わたしの好みではありません。そう言うなり手にとろうともせぬ。別の日、京友禅の長着をしつらえさせたら、このような華美なものはわたしには似合いません、と見向きもせんのだ」

伝左衛門の言うとおりなら、お志まは大津屋の財力を目当てになびいたのではないことになる。

「お志まさんは、大津屋さんの男気に惚れたと打ち明けてくれました。だから、旦那のお世話になるだけで充分なのでしょうね」

うふ、と伝左衛門はやにさがった。

「あれもいらない、これもいらない、と突き返されると、男というのは妙なものでね。意地でも何か買い与えたくなる。そこで是非に何か買わせておくれ、と頭をさげたんだ」

「まあ――」

そこまで骨抜きになるものか、お麻は笑いをこらえた。

「するとだね、ひとつ買っていただきたいものがある、と来た。何だと思うかね。座敷箒《ぼうき》だよ、箒。よりによって箒とはね」

伝左衛門の楽しそうなこと。

「何て安あがりなんでしょう」

「それほど安印でもないのだ。お志まが言うには、江戸一番の名人の作った箒なら、孫子の代まで使えるほど丈夫なのだそうだ」

「ありましたか」

「江戸じゅうを探させて、やっと見つけたよ。いくらだった、と思うかね」

「そうねえ、二百文くらい――」

伝左衛門の妾自慢にうんざりして来て、お麻はいい加減な値をつけた。

「一分（約二万五千円）だ」

「へえ、そんなにするんですか」

「高値といってもたかが知れている。長く使えば元はとれるからな。そもそもお志まは、何事においても上等品を好む。ことにも舶載の書画骨董などを愛《め》でて、そうしたお店へ足を運んだりしておる。ただし、欲しがりはしない。見て楽しむだけで満足なのだよ」

「大津屋さんのお蔵にも、そうしたものがしまわれてあるんでしょうね」

「たいした物はないが、そのうちお志まに見せてやろうかと思っている」

「天下の美女を手中になされて、旦那、ご満悦でございますね」

「わたしは果報者だ」

ふおっふおっと、大津屋は満足げな笑い皺《じわ》を顔一面に刻んでいた。

「ところで、お志まさんの生国はどちらなの？」

「何でも尾張の国の在だそうだが、身内は一人も残っていないようだ。だから、そっちの入費もかからない」

両親や弟妹がいて、その生計《たつき》の面倒を見ている妾などは、財布の紐の固い旦那から、いかに金銭をせびり取るかと、媚態《びたい》も言辞も骨を折って弄するのである。

大津屋の礼だという、瓦煎餅の包みを手にお麻は〝子の竹〟へ戻った。

六

露地裏からのぞく梅の実が、小雨の中で黄ばみはじめている。

時刻は朝の六つ半。〝子の竹〟はまだ朝食にありつこうとする客でざわついていた。

戸口に眼をやったお初が、

「おや、ひでじゃないか」

驚きの声を上げた。

その声に、飯台の隅で箸《はし》を動かしていた治助も戸口を見やって
「ひでがいま頃、何しに来たんだ」

心配そうな顔つきになる。

破れ番傘のしずくを切って、ひでは治助のところにやって来た。

「義兄《あに》さん、ご無沙汰してます」

治助とお初に向かって、ひでは腰を折った。

「何でえ、ずいぶんとまともな挨拶をするじゃねえか」

「じつは、どうにも気になることがありまして、それを考えていたら、夕んべも眠れなくなっちまいやした」

「下手な考え、休むに似たりって言うぜ」

治助のからかいにも、浮かぬ顔のひでである。

ひでは、お初の妹、おいくの亭主で、稼業ははしけ乗りである。

大坂の港を発《た》って江戸に着いた樽廻船や菱垣廻船は、品川沖に繫留される。

小廻りの効かない大型船のために、鉄砲洲と大川端には、茶船を持ったはしけ屋が

多くあり、廻船によって運ばれてきた荷は、その茶船によって荷役問屋に陸揚げされる。

そのはしけ乗りで鍛えたひでの体は、顔も腕も赤銅色《しゃくどういろ》に逞《たくま》しく灼けている。

「混み入った話かい？」

町奉行所の廻り方同心の手先をつとめている治助は、さすがに勘働きが早い。

ひでの腰切半纏や、継ぎの当たった股引もぐっしょり濡れているのを見て、お麻は乾いた手拭を差し出した。

ひでの低い鼻と丸い眼は、普段なら愛嬌のある三十男なのだが、いまは妙に硬ばった固い表情で、

「ありがとよ、お麻」

とくぐもった声を出した。

「お父つぁん、ここじゃゆっくり話もならない。上にあがってもらったら――」

治助とひでを二階に上げておいて、お麻は板場の玄助に頼んで、握りめしを作ってもらった。男の拳大《こぶし》の握りめし二つとお茶を持って、お麻は梯子段を上がって行った。

二階には納戸《なんど》と六畳と八畳の座敷がある。治助とひでは、夫婦の寝間兼居間の八畳で、ひざを突き合わせていた。

「伯父さん、朝ごはんまだなんでしょ」

住まいのある鉄砲洲明石《あかし》町から足を急がせて来たにちがいないひでは、

「ありがてえ」

と、まず湯飲み茶碗を押しいただくようにした。

「義兄さん、憶えていなさるか。二月《ふたつき》ほど前《めえ》のことだ。霊岸《けえ》島の南新川の大津屋と、北新川の岩村屋の雇った樽廻船が、遠州灘で引っくり返って沈んでしまったのを――」

「そうだったな」

大津屋の名前が出れば、聞き捨てならない。お麻は根の生えたように座りこんで、耳をそばだてた。

「大津屋は身代がでかいから痛くもねえだろうが、気の毒に、岩村屋は身代限りになっちまった」

「運が悪かったんだな」

「沈んだ船の名は、天神《てんじん》丸。船主は大坂の橋口屋だ」

「ふむ」

「おれは橋口屋の荷揚げにもよく雇われるから、水夫たちとも顔見知りなんだ」

「それがどうした？」

「ここからが、お上《かみ》のご用をつとめる義兄さんに聞いてもれえてえとこなんだ。四日前、橋口屋の船が入港《へえ》った。その胴っ腹に大成《たいせい》丸と書いてあった」

「新造船か？」

「いや、そうじゃねえ」

「だったら、元々の持ち船か、それとも中古船を買ったんじゃねえか」

いやいや、とひでは首を振ってから、

「あれは、天神丸じゃねえか、とおれは思うんだ」

驚くべきことを言ってのけた。

「おまえ、めったな口をきくもんじゃねえぞ」

「船の造りはどれも似たり寄ったりだ。だがな、おれにはわかるのさ」

ひでの眼には頑《かたくな》な色があった。

「わかるだと――」

「だいぶ前《めえ》の事になるが、茶船を天神丸に寄せて荷おろしをしているとき、おれの手元が狂って、鉤《かぎ》の先で船板に小さな穴を開けてしまった。目立たねえ場所だし、たいした傷じゃねえから、おれはだんまりを決めこんだ。その同じ傷が、大成丸にあったんだ」

「塗り直してねえのか」

偽装するなら、船体を塗り変えるはずだ。

「大体はそうしたんだろうが、そこは元のままだった」

「うーむ」

「それによ、船方の顔ぶれはほとんど変わっていたが、一人の水夫だけが天神丸と同じヤツだったんだ」

「船が沈んでも、全員が死ぬとはかぎらねえ。板っぺりにでも摑まって、命からがら助かるヤツもいるんじゃねえか」

「いくら水練が達者な船乗りでも、嵐の海に放り出されりゃ、生き残るのは容易じゃねえ」

「しかし、その小さな傷だけで、天神丸だった証《あか》しとするのは強引すぎるな」

「強引なのは、義兄さんの稼業の得意とするところじゃねんですか」

ひではどうしても自説を認めさせたいようだ。

「しかし沈んだはずの船が生き返るとは、面妖《めんよう》な話だな」

「その裏には、きっと何かがあるんだ」

「ひで、この話は誰にもするな」

「おれの話を信じてくれるんですか」

正直者のひでが、夜も寝もやらず考えに考え、日本橋まで足を運んだのはよくよくの事だ。

「大成丸のカラクリは、おれがきっと調べ出してみせる。霊岸島は縄張りちがいだが、そこんところは上手《うま》く嗅ぎ回ってみせるさ。それまでおまえは無用な真似はするなよ、いいな」

ひでの、つくねた木の根のような肩をわし摑んで、治助はそう言い聞かせた。

その夜、やって来た栄吉が飯をすませるのを待って、お麻はひでの一件を話題にした。

「この江戸で大商人としてのして行くには、人並みすぐれた感覚の冴《さ》えが要る」

栄吉にはときおり、こうした難しい物言いをする癖がある。侍の子は、四書《ししょ》五経《ごきょう》はもとより、漢籍を学び、朱子《しゅし》、陽明《ようめい》、老子《ろうし》の学問にまで及んで学ぶから、身についた言辞がつい出てしまうのだろう。

お麻とて手習塾で、読み、書き、算盤《そろばん》を習い、多少の素読《そどく》はたしなんでいるから、栄吉の言葉がからきし理解不能というわけではない。それでも聞き漏らすまい、と真剣に耳を傾けた。

「誰よりも利に聡《さと》く、即断即決のできるキレのよさや、度量の大きさもなくてはならない。あくまでも腰を低くして、一見、その柔らかい商人の貌《かお》の下に、底知れぬところのあるのは、何も大津屋にかぎった事ではないよ」

「おお恐い。大津屋さんが、なんだか化物《ばけもの》じみて思えて来たわ」

「もし天神丸を大成丸と偽装したのであれば、雇い主の大津屋か岩村屋が絡んでいる事になる。しかし身代限りとなった岩村屋が嚙んでいるとは思えない。ただし、船主の橋口屋と共謀しなくては事は成立しない」

「すると、大津屋と橋口屋の悪だくみなのかしら」

「その目的は何か？　以前、大坂へ向かいつつある廻米船を一艘丸ごと横領する事件があった、と聞いたことがある。その目的は米の転売だ。船はどうなったかは知らないがね」

沈んだはずの天神丸が積載していたのは、千五百両ぶんの酒。持ちぶんは岩村屋が千両。大津屋が五百両。西国から下《くだ》ってくる諸白は高値なのだ。

「仮に大津屋と橋口屋が手を組んだ仕業として、岩村屋の千両ぶんの酒を横盗りして山分けすれば、それぞれ五百両ぶんというわけだが、大津屋にとっては割りのいい話ではないだろう」

「そうね、あそこの金蔵には、万両の黄金色が隠されているって噂ですもの」

「五百両は、大津屋が家産と首をかけるほどの金高ではないと思うよ」

「やはり、ひで伯父さんの思いちがいなのかなあ」

そこに確かなものがあるようでいて、じっと凝視しても、つまりは摑み処のない影ばかりで、お麻と栄吉の胸裡にすっきりしない疑惑だけが残されていた。

七

空には十八夜の月が輝いている。

夜の大海原は、幽玄な海明りにゆったりと息をついでいる。

おだやかに打ち寄せる波の音と、青い闇だけがこの世のすべてとなる刻限。

いつになく帰りの遅い亭主の身を案じて、おいくは寝床を出た。汐風が染みこみ根太のきしむこの家では、まだ十歳と七歳の二人の子が、正体もなく眠りこけている。

足音を忍ばせ、長屋の露地を出て、青白い月の光を浴びれば、夫を待ちわびるこの身が、わけもなく心もとなく思われて来る。

仲夏《ちゅうか》にしては冷たい海風に、寝巻きの肩を小さく一つ震わせて、おいくは鉄砲洲の海通りに出た。右も左も犬の仔一匹いない静けさだ。

左手の道の果てのほうを透《す》かしてみた。ゆるく湾曲して伸びる道は、黒々とうずくまっている。その黒い道上に、わずかな膨《ふく》らみのある黒い重なりを見て、おいくは駆け出した。

近づくと、そのひくりとも動かない膨らみは、人の格好をしている。

おいくは、ねじ曲がった首をのぞきこんだ。無性に長く感じられる瞬刻、おいくの口から叫び声が迸《ほとばし》った。

曇り空の、白々空けの早朝、〝子の竹〟の板場ではすでに仕込みが始まっている。朝食のお定《きま》り用だ。

そこへ走りこんできたのが、弥一《やいち》である。

弥一は、南町奉行所廻り方同心、古手川与八郎についている小者である。

「治助さんよ、すぐに出張《でば》ってくれっ。鉄砲洲で殺しだ」

「おう」

身支度をととのえた治助が、雪駄を摑んで梯子段を駆けおりて来た。

「殺《や》られたのは誰だ？」

胸騒ぎをなだめるように、治助は十手《じって》をしまった懐《ふところ》を、着物の上から軽く叩いた。

「はしけ乗りのひで
って男ですよ」

「何だとっ！」

梯子段の上で聞き耳を立てていたお初とお麻が、ひえっ！　と同時に悲鳴を上げた。

ひでが〝子の竹〟へ来たのは、昨日の午《ひる》まえの事だ。そのとき、大津屋の使ってい
た天神丸についての疑惑を口にした。真偽の程はわからない。

ひでの遺体は、舩松町《ふなまつ》の自身番に収容されていた。

すでに古手川与八郎は出張っていて、

「殺されたひでとは義兄弟だっていうじゃねえか」

だから縄張りちがいでも、あえて治助を呼んだのだ、と言う。

「へえ、して、ひでは誰に殺《や》られたんですかね」

治助が首を傾げるのは、ひでの性格を考えてのうえだ。

稼業柄、はしけ乗りたちには、何かと腕っぷしを競いたがる荒々しさがある。そん
な仲間との争いごとなどにもまったく無縁な、根っから温厚な男だ、ひでは。

「まだわかっちゃいねえが、どうやら侍のようだな」

「へっ！」

「ひではうしろからばっさりやられている。しかも骨まで断ち切られているから、相手は相当腕の立つ人間だな」

ますます不審になる治助だ。

なにしろ、温和なるゆえに、ひどく気弱なひでが、侍相手に刀を抜かせるほどの無《む》体《たい》など働こうはずはない。めったな事で傍《かたわら》にも近づかないのだ。

「辻斬りですかね」

人は鉄砲をもつと、最終的には人間を撃ちたくなるそうだ。刀も同じことが言えるのではないか。

「金目当てでない事は確かだな。昨晩のひでは、はしけ乗り仲間と船松町の〝ひさご〟という居酒屋で呑み、ひと足先きにひでだけ店を出たそうだ」

ひでの死の真相はどこにあるのか。

あえて附会《ふかい》するならば、例の樽廻船の秘密である。しかし、それについては他言無用と釘をさしたその日に、ひでは殺された。

したがって、治助はそこのところを切り離しては考えられないのだ。

ひでの死を聞いて、奈おは大津屋を訪ねた。お麻の伯父とは面識もないが、大津屋も絡んでいそうな状況にじっとしていられなかったのだ。お志まとの関わりもある。むろん、口実はご機嫌伺いの挨拶である。

内所の客間に通されて、奈おは手土産を差し出した。

「房州《ぼうしゅう》の枇杷《びわ》でございます。ぜひとも内儀さんに召しあがっていただこうと持参いたしました」

「ありがたいお心ざしだが、女房は箱根のほうへ行っていて留守なんだよ」

伝左衛門の女房のおまさは、生来の蒲柳《ほりゅう》の質《しつ》とやらで、常に留守がちである。一年の多くの月日を湯治にすごしているようだ。

それもあってか、夫の妾に対して、かなり寛容なのだそうだ。女心として嫉妬や憎しみの情に駆られぬはずはないが、己れの肉体が旺盛な夫の欲望に応えられなければ、それも一つの保身なのだろう。

「でもお寂しくはありませんよね」

言外にお志まの存在を匂わせる奈おに、

「ふっ……」

上機嫌の含み笑いを向ける伝左衛門である。

「あの方、いかがしておいでですか」

「相変わらず、慎ましやかな日々だが、あれには面白い趣味がある」

「どのような……？」

「書画骨董のたぐいをたいそう好む。女にしてはかなりの目利きだよ」

女の嗜《たしな》みのよさがよほど嬉しいと見え、手もなく相好《そうごう》をくずしている。

「お育ちがよろしいんでしょうね」

「骨董店や唐物屋《からものや》にもよく出入りし、わたしも時には付き合わされるのだ。そればかりか、ここの蔵の中ものぞきに来る」

「よほどお好きなのね」

「しかし、一つとしてねだるわけでもない。買ってあげる、と申しても要らない、とにべもないのだよ」

「こちらのお蔵には、さぞかしお宝がおありなんでしょうね」

「さまざまな事情で手に入れたものばかりだが、わたしはそっちのほうには暗くてね、価値はわからん」

「お志まさんはよく来られるのですか」

「女房のいないときは遠慮するな、と申しておる。女中たちも心得顔でいるよ。わたしが忙しいときは勝手に開けてよい、と蔵の鍵をわたしてあるのさ」

「さすがに旦那は太っ腹ですこと」

「わたしはあれを信じているよ。お志まが喜べば、わたしは満足だ」

鬢《びん》の白さに五十男の歳があっても、伝左衛門はけっして枯れしぼんでいない。むしろ、いかつい顔はてかてかと精気を漲《みなぎ》らせている。

「ところで、はしけ乗りのひでさんが、何者かに斬り殺されたのをご存知ですか」

「ひで？　知らんな」

表情を動かさず、伝左衛門は首を横に振った。大店の当主だ。下働きほどの階層のはしけ乗りなど、知らなくとも当然だ。

お麻から樽廻船について疑わしい話のある事を聞かされている。そこでいま少し喰いついてみた。

「お気になりませんか。大津屋さんの荷揚げもやっていた男《ひと》ですよ」

「それならそれは番頭さんの仕事だ。しかるべき香典を届けさせるだろうよ」

大津屋ほどの大店になると、さまざまな役割分担がきっちりと決められているようだ。

「旦那様……」

廊下にひざをついた小僧が、伝左衛門を促した。

「大切なお客が見えたのでな、わたしはこれで失礼するよ」

愛想笑いを残して伝左衛門は表店へ向かって行った。

囲われ者の中には用心深い旦那が安心するまでじっくりと待ち、やがてじわじわと金品をせびり出す手練《てだ》れの女もいるが、大津屋ともあろう男が、そんな安手な技巧にうかうかと乗るとは思えない。あるいは、すべて承知のうえで乗った振りをしているのか。

それにしても蔵の中の鍵まで自由にさせるのには、首を傾げざるを得ない。

書画骨董に限らず、趣味が昂《こう》じれば、所有欲は煮えたぎる。欲しい！　の一念は善悪を圧《お》しひしいでしまう。

壺一つ、茶碗一つ、掛物を一幅、とお志まが持ち出すのは容易だろう。

そもそも商人は疑い深い人種だ。抱えこんだ家産は、一文たりとも減らすまい、と常に眼を光らせている。他人に騙されまいぞ、と身構える警戒心はすさまじい閻魔羅刹《えんまらせつ》をも魅了しかねないお志まの美貌は、伝左衛門から商人の鉄則を忘れさせてしまったのか。

土下座まがいの懇願までして、射止めたお志までである。その掌中《しょうちゅう》の珠《たま》を他の男にとられやしまいか、と息もつけぬほど心乱している独占欲は、伝左衛門をして判断力を失わしめているのかもしれない。
十五、六の下女が顔を見せて、
「お茶のお代わりはいかがですか」

と、暗にお引取りの程を、とほのめかした。仕付けのゆきとどいた事だ、と苦笑しつつ、

「お志まさん、今日は来ていないの？」

と、訊いてみた。

「はい、おいでじゃありません」

「お志まさん、こちらに来ると蔵の中を見て回るんですって？」

「はい」

「蔵にはお宝がぎっしりなんでしょうね」

「さあ、あたいにはわかりません」

「お志まさんが帰るとき、蔵の中から何か持って行かない？」

「いいえ、一度だってそんな事はありませんでした」

「おや、どうしてそう言いきれるの。まるでいつも見張っているみたいね」

「だって……」

下女は声をひそめた。

「あたい、旦那さまから言いつけられているんです。お志まさんが蔵に入ったら、帰るとき眼を離さないように、って」

何の事はない。太っ腹どころか、伝左衛門のお志まへの信用は見せかけだったのだ。

「帰るときのお志まさんは、蔵から何一つ持ち出していないのね」

「それどころか、あべこべに持って入ったものを置いて来たりしてました」

「置いてじゃなくて、忘れてくるんじゃないの？」

「ちがうと思います。だって一度や二度じゃないんですもの」

「ふうん、それで旦那さまはそれをご存じないの？」

「だって旦那さまは、お志まさんが何か持ち出したら教えなさい、と言われたんですもの」

持ち出していないから、言う必要はないという下女の判断なのだ。

八

着物の仕立てを頼んでおいた弓町の仕立て屋からの帰路である。

風呂敷包みを抱えたお麻は、京橋川に沿って、河岸道を白魚橋《しらうお》方向に歩いていた。道端から下がった川辺に、紫色の花菖蒲のひと叢《むら》が、高貴な麗人に似て嫋《たお》やかにそよいでいる。

中ノ橋をすぎた頃、一丁ほど先に、白っぽい着物の女のうしろ姿を見た。すっと背筋を伸ばし、裾《すそ》さばきも上品な歩き方――お志まさんだ。

そのお志まに追いつこうと、着物の裾を蹴るようにして、お麻は小走りになった。

追いつく前に、お志まが立ち止まった。ちょうど白魚橋の南詰めに差しかかった所だ。

おや？　歩速を落としたお麻が、のろのろ歩きになったのは、お志まの奇妙な行動からだった。

折しも、日本橋本材木町の通りから、一丁の権門駕籠が橋に差しかかった。陸尺《ろくしゃく》の他に若侍が二人つきそっている。

普段は、町人は大名行列に出喰わさないかぎり、馬上の武士や駕籠が通っても、通行の妨げにならぬよう、道の脇によけるだけだ。そして、そ知らぬふりをしている。ところがお志まは、その駕籠に向かって深々と頭をさげたのだ。あたかも御殿女中のように。

何事もなく、駕籠は通り過ぎた。

お志まは白魚橋を渡って、日本橋川へ向かって行った。

突嗟《とっさ》に、お麻は駕籠を追った。

目指す駕籠はすぐに三十間堀《さんじっけんぼり》にかかる真福寺《しんぷくじ》橋を渡り、あさり河岸に入る。その左手には築地塀が長々と伸びている。岡崎《おかざき》藩本多《ほんだ》家の上屋敷である。

藩主は本多忠考《ただたか》、五万石の小大名だが、徳川譜代屈指の名門である。

お麻の眼の前で、駕籠は正門から屋敷内に入って行った。正門から出入りするとなると、むろん下級武士ではなく、家老級の者であろう。

それを見届けて、お麻は夏の陽の光があふれた道を家へとたどった。

「ふうん、するとお志まさんとやらは、お武家の出かもしれねえな。それも岡崎藩の家中とか――」

白魚橋での一件を聞いて、治助はそう推察した。お麻の意見もそこに落ち着く。

「ところでひで伯父さんの件はどうなったの」

ひでの死から五日が経つ。

「何としてでも犯罪人を引っ捕《とら》まえずにはおかねえぞ」

喉につかえた悲憤を流しこむように、治助は盃を呷った。

「目星はつきそうなの？」

「毎日、足を棒にして聞き込みをしてるんだ。相手がまっとうな侍なら、ひでごときに段平《だんびら》振り回したりしねえだろう。するってえとそいつは浪人者で決まりだ、とおれは踏んでいる」

「そんな浪人者が金で雇われた――」

「そんなところだろうな」

「何のために……？」

「ひでの口をふさぐためだろう」

「すると、行き着くところはやはり樽廻船の秘密ね」

「ほかにねえだろうよ」

板場はとうに火を落としていて、〝子の竹〟の明りは一つだけ。父娘の座った飯台のそこだけがぼうっと明るんでいる。

梯子段の途中までおりて来たお初の声が、くぐもりながらも大きく聞こえた。

「いつまで父娘で捕物談義をしているおつもりか、明日も朝が早いんだろう、さっさとお寝《やす》みよ」

そろそろ四つ半（十一時）になろうという刻限である。


「夕べから考えに考えたんだけど、やっぱり妙だよね」

奈おがやって来て、お麻の袖をつかんで外に引っ張り出した。

「お志まさんの事だね」

「どうも胡散《うさん》臭い動きとしか思えないのよ」

奈おは大津屋の下女から聞いた話をお麻に伝えた。

「お志まさんがよからぬことを企んでいる、というの？」

「わからない」

蒼白な顔で奈おは息を喘《あえ》がせた。

初めて会ったときから、奈おはお志まにひとかたならぬ好感を抱いていた。――凜《りん》として温良誠実な女《ひと》、その思いを裏切られた衝撃は少なくないのだろう。

確かにお志まは謎めいている。男の大きさに惚れた、と言って伝左衛門の妾《めかけ》になりながら、かたくななまでの矜持《きょうじ》を感じさせるその姿勢だ。

綺羅《きら》も豪奢も望むままなのに、二間《ふたま》きりの古びた小家に下女もおかず、清貧のごとく住みつづけている。

いくら気位《きぐらい》が高くとも、伝左衛門の買い与える品々は徹頭徹尾はねつける、というのも恐ろしく奇異である。

それらさまざまなお志まの挙動は、お麻にさえ根深い疑惑を抱かせる。その疑いは晴らさなければならない。

「訪ねて行こうよ」

奈おとて同じ思いなのだ。

「うん――」

前垂《まえだれ》と襷《たすき》をはずして丸めると、店番のてつに押しつけたお麻は、奈おの手をとって走り出した。

「お待ちっ――」

お初の絶叫が虚《むな》しく浮世小路にひびき流れた。

お志まの家は、しんとして人の気配がなかった。表の戸口も勝手口も戸閉まりがされていてぴくとも動かない。

お麻と奈おは思わず顔を見合わせた。二人の胸中には、お志まがこの世から急に消えてしまったような、そんな空虚感が忍びこんでいた。

川口町から北新川町へ向かった。数十軒の酒蔵がずらりと並び、下り酒の荷揚げどきには、芳醇な香りが辺り一帯に立ちこもる場所である。

大津屋の表店の前の道を小僧が竹箒ではいている。

「お志まさん？　いいえ、おいでではありません」

小僧の返事に、二人は仕方なく日本橋へ戻る事にした。日本橋川の湊《みなと》橋の手前まで来たときだった。

「おや、お麻さんじゃないか」

一人の男に声をかけられた。

「あれ、伏見屋《ふしみや》さんのご隠居――」

伏見屋は茅場町《かやばちょう》河岸の酒問屋である。男の名は忠兵衛《ちゅうべえ》。六十近い歳だが背筋はしゃんと伸びている。この忠兵衛、お初の気風《きっぷ》のよさが気に入っていて、足しげく〝子の竹〟へ通って来ていたのだが、

「このところお顔をお出しになりませんね」

「三月《みつき》ほど上方《かみがた》見物へ行っておったのだよ。ま、冥土《めいど》の土産だね」

日に灼けた顔で笑った。

「ご隠居は事情通でおいでだから、大津屋さんの荷を運んでくる、樽廻船問屋の橋口屋をご存知ですよね」

ふと思いついた質問を、お麻は忠兵衛にぶつけてみた。

「春先に船を沈めてしまったそうだが、何、あそこは大丈夫、大津屋がついているからな」

「大津屋さんと橋口屋は、格別な間柄でもあるんですか」

「そうとも、大津屋の親戚の娘が、橋口屋勘次郎《かんじろう》に嫁いでいる。もっとも、もう三十年近くも昔の話だから、いまでは知っている者は少ないだろう」

大津屋と橋口屋は同類だったのだ。ならば手を結ぶのは容易《たやす》い。他人よりも結束は固く、悪事を企てても仲間割れの危険も減る。ましてや両者は、利得を共有しやすい商い上の関係もある。

目の前のもやもやがふっと晴れたように、お麻は感じた。

九

遠州灘《えんしゅうなだ》は、遠江《とおとうみ》と三河の国の長い海岸線に打ち寄せる大海原である。

橋口屋の天神丸は、その海に沈んだ事になっている。

勘定奉行配下を通して問い合わせたのは、遠江の掛川《かけがわ》藩、浜松《はままつ》藩、三河の吉田《よしだ》藩である。それらの藩は、郡《こおり》奉行によって、郡目付、船奉行、さらには村役人や地場の漁師などから始末（情報）を集めた。

その返報があった。

それによると、二月《きさらぎ》の月初め、遠州灘の海上七十五里の廻船航路において転覆した船の届け出はなく、目撃者もいない。たとえ海のもくずと化しても、それらしき物の一端くらいは漂着するものだが、その痕跡の一つもない、という返答であった。

「やはりでっちあげか。天神丸が、大成丸に化けたというひでの言った事が正しいものとなるな」

古手川与八郎は確固として言った。

「ひでは真面目でいいやつだったのに、むごい事をしやがる」

治助は奥歯を鳴らした。

「おめえの娘が聞きこんだ大津屋と橋口屋の関わりを考えれば、両者が謀《はか》ってひでの口を塞いだのだ」

「大津屋ともあろう者が、岩村屋の千両ぶんの酒をふんだくるとはみみっちい」

「大津屋は、岩村屋が目障りになったのだろう。つまり商売敵《がたき》を消したわけだ」

「大津屋と岩村屋では勝負にならんでしょう。」

「むろん、問屋《といや》仲間には厳しい約定がある。販路の取り合いで悶着の起きないようにしているが、新規や小口の顧客は別だ。岩村屋はそこをついて販路を広げたってえ話だ。大津屋の客筋が岩村屋に乗り換えたってえ話もあるが、小口の客でも数が多ければ莫迦《ばか》になるめえ」

「だからって、善良な人がやっと摑んだ先き行きの夢を無惨に叩き潰すとは、鬼みてえな野郎ですな、大津屋ってえのは」

治助は地団駄《じだんだ》を踏んで激怒した。

「長者とか分限者《ぶげんしゃ》なんて、貪欲なもんだぜ。いかにお家が磐石《ばんじゃく》であっても、わが身を脅《おびや》かされるのは耐えがたいのだろう」

「使いきれねえほどの金子《きんす》があるってえのに――」

「ところが、そうでもないようなんだな。三年前の文政五年、武蔵《むさし》の国の川越《かわごえ》が大洪水に見舞われて、田畑は壊滅した。その天の災いに便乗して、米相場や蚕《かいこ》の買付けなどに手を出したんだそうだ。ところがどっこい物の見事に失敗したってえんだから、笑わせやがら」

与八郎の細い目にさらなる鋭さが加わった。

「大津屋をまだ引っくくれねえんでしょうか」

一刻の猶予もならぬ治助の気持ちである。

「まあ待て。天神丸改め大成丸の船体の傷が、ひで殺しの間接的な手証《てしょう》になるはずだ」

「その傷が修繕されていたら――?」

「修繕したやつに吐かせるまでの事よ。絶対に逃がしゃしねえさ。そのために、大坂船手《ふなて》に橋口屋を押さえるように飛札《ひさつ》を出してある」

「その返報が来しだい、大津屋をお縄にできるって寸法ですね」

「あと二、三日の辛抱だ」

「じれってえなあ」

次の日の早朝である。

大津屋は時ならぬ騒動の只中にいた。

出入口はすべて捕方によって固められ、家族、使用人のすべてが、庭の一カ所に集められた。

当番与力に率いられた同心古手川与八郎らの捕物出役である。むろんその中に治助もいる。

「何事でございますかッ」

色をなした伝左衛門が進み出る。

「南町奉行所である。蔵を検《あらた》めるッ」

与八郎の大音声《だいおんじょう》が朝の静寂を吹き払う。

「はッ！」

合点《がてん》いかぬげに、伝左衛門は血走った目を剝き出した。

「今般、訴人があった。そのほう蔵内にご禁制の品々を隠し持っておろうッ」

辰ノ口《たつのくち》の評　定所《ひょうじょうしょ》前に置かれた目安箱《めやすばこ》に、訴状が投げこまれていたのだ。

『南新堀町一丁目の酒問屋大津屋伝左衛門は、抜荷の売買をしています。お検めくださ い』

訴人は、北新川四日市町を旧宅とする、岩村屋長一郎名になっていた。

「め、滅相もないッ、そのような物は、けっして隠してなどおりません」

「ならば蔵を開錠して、その真偽を天下に問えッ」

「ご、ごもっともで――」

錠を開けたあと、伝左衛門の左右の肩は突棒《つくぼう》で打ちすえられ、膝を折らされた。

小者の弥一を先頭に、治助も吉次も蔵の中へなだれ入った。やがて手に手に大小の包みを持って出て来ると、与八郎がその一つ一つを検めた。

「大津屋、これは何だッ」

「はて、わたしには見憶えもありません」

「これでも知らぬと、言い張るかッ」

広げられた品は、辰砂《しんしゃ》や大黄《だいおう》の唐薬、鼈甲《べっこう》、緞子《どんす》、紋絹《もんけん》である。いずれも量としては些少だが、売りさばいたあとの残品という考え方はできる。

清国《しんこく》から輸入された物は、長崎の公営の市場に出される。入札制で、問屋が役所から品物を買い、それが大坂の唐物問屋に渡り、仲買の手を経て、京都、江戸に売られるのである。輸出入いずれも公許を受けた商人だけにできる取り引きなのである。

江戸の商人がこれを扱う場合、売り手と証人の両判が要る。もし伝左衛門がどこそこの店で買った、と主張しても、その店の記録を調べれば瞭然とするのである。

「なぜ、そのような物がここにありますのか、わたしには皆目見当《かいもく》もつきません」

「答えられぬのが、何より抜荷《ぬけに》の証である」

恐れながら……と打ち返す言葉もみつからぬほど、驚倒放心の体《てい》の伝左衛門であった。

抜荷は国禁である。その法を犯したものは死罪。その恐怖が、剛気であるはずの伝左衛門の度胸を打ち砕いたのであろう。

橋口屋勘次郎の自白によって、天神丸転覆を捏造《ねつぞう》した一件が明らかになった。目的は、岩村屋を潰す事により、顧客を取り戻し、岩村屋が仕入れた千両ぶんの酒を横盗りするためであった。

小伝馬町の牢獄に収監されながら、かたくなに自白を拒んでいた伝左衛門だが、橋口屋の証言をつきつけられては、ついに口を割ったのである。

大成丸には、天神丸当時の水夫が一人乗船していた。これは橋口屋の不注意である。大成丸の乗員はすべて一新させたはずが、その水夫はなぜか再採用されたのであった。

ひでの災難は、その水夫を見てしまった事だ。そして船板の傷に気づいてしまった事だ。その傷の箇所をしげしげと凝視するひでの行動を不審として、大津屋伝左衛門は敏感に察知した。

一件の露見を防ぐには、ひでを消さなければならない。

かねてより秘《ひそ》かに手なづけておいた浪人者に金を握らせ、ひでを殺害させたのだ。

その浪人は江戸を落ちようとして、四谷《よつや》の大木戸で捕らえられた。


夏の空が広がって、浮世小路に熱い日射しがふりそそいでいる。

昼の八つ半（三時）、〝子の竹〟の客の一番少ない刻限である。お初はひと眠りするために、二階に上がって行ったところだ。

「伯母さんのところも何とかやっていけそうね」

大黒柱のひでを失くした伯母のおいくと二人の子供を思うと、お麻は胸が苦しくなる。

「うむ、大丈夫だ。おいくは仕立物の手がいいから、それで稼げる。亀吉《かめきち》は十歳、下の三太《さんた》も七つになる。そんな子供にもできる臨時仕事がいくらでもあるんだ」

治助は思慮深い目になった。

「亀吉なら、左官の泥こねや河岸の荷揚げなんかできるだろうし、三太も花売りや小鳥捕りができる。それでも生計《たつき》が苦しいようなら、こっちから足してあげよう、とお初に言ってある」

そう言って、治助は煙草盆を引き寄せた。このところ、江戸の町は平穏だった。こうして治助がお麻を相手にのんびり煙管をくゆらせる日もあるのだ。

戸口に入った奈おが、小走りにやって来た。

少し上ずった声で、たたんだ杉原紙《すいばらがみ》を差し出した、上書きに奈お様、とある。

「わたしは読んだから――」

そう言われてお麻は手紙を広げた。美しい手跡《しゅせき》が目に入る。

『わたくしは岩村屋長一郎の娘でございます。十六のとき、さる大名家の奥勤めにあがり、四年を経ております。

今年二月の初頭、樽廻船が沈み、岩村屋の家運が傾きました。すでに父、母、弟は三河の国に立ち退《の》いたあとでしたが、ある日、わたくしの足は思わず岩村屋へと向いていました。

北新川町へ念願のお店を持つためにつくした家族の艱難辛苦を思えば、居ても立ってもいられません。

大戸の閉まった岩村屋の戸口の横に、使い古された箒が立てかけられていました。母が大切に使っていたものでございます。それがなぜか置き忘れられていました。働き者の母は、寸刻も骨惜しみをいたしません。そんな母を思えば涙があふれます。涙をぬぐうために家の陰に入りました。

そのとき、一人の男が差しかかりました。その男はつかつかと店に歩み寄り、あの箒を蹴り飛ばしたのでございます。さもさも小気味よさげに笑いながらでございます。目も眩《くら》むほどの怒りに襲われて、わたくしはその男のあとを跟《つ》けました。男は大津屋伝左衛門でした。

そののち、父から文が届きました。樽廻船が沈んだというのは、どうやら大津屋の計略だったようだが、いまとなってはいかんともしがたい、という血涙《けつるい》の滲《にじ》むものでした。

わたくしは大津屋に讐《かたき》を討つ、と固く決意いたしました。

仕えております大名家に強く強く懇願し、三月《みつき》に限ってのお暇をいただきました。あの男が〝奈お松〟を贔屓《ひいき》にしている事を知り、近づく手段として奈おさんのお店を使わせていただきました。

敵によってこの身を穢《けが》されますのは、死ぬほどの恥辱ではありますが、父母弟の無念を思い耐え忍びました。何としても大津屋の身代を倒す覚悟でございました。すでにお察しとは存じますが、大津屋の蔵に唐物を持ちこんだのはわたくしでございます。女子の浅知恵としてお嗤《わら》いください。

奈おさま、お麻さまのご親切に、せめてもの感謝をもちましてお別れを申します』

手紙をたたみながら、お麻は深い太息をついた。

「お志まさんは、どこへ消えてしまったんでしょうね」

奈おも気抜けしたように肩を落とした。

「さるお大名のところ――」

岡崎藩は、徳川時代の小大名だが、屈指の名門である。当主は本多忠考。眉目秀麗な二十九歳の殿様である。

「奥勤めと言っても、お志まさんはご主君のお側女《そばめ》でしょうね。それなのに、三月のお暇なんて我儘《わがまま》がよく通ったものね」

「お父つぁん、大津屋はどうなったの」

「古手川さまによると、抜荷の事は吐かなかったそうだ。そりゃあそうだろう。生きるか死ぬかの瀬戸際だからな。だが、詰まるところの裁決は死罪、家は欠所《けっしょ》だそうだ」

「お志まさんの執念は報われたのね」

お麻は煙草盆を引き寄せて、奈おを見た。奈おは黙って頷いた。

煙草盆の火種に近づけて、手紙をかざした。立ちのぼる炎と青い煙の先へ、お志まの美しい面差しが消えて行った。

第四話　黄泉《よみ》からの声

一

綿問屋木野《きの》屋のひとり娘お弓《ゆみ》の死は、誰しもの心に明け暮れわだかまっていた惧《おそ》れであった。

体弱く生まれたため、暑さ寒さに当ててはいけない、生水《なまみず》を呑ませてはいけない、滋養を摂《と》るのが食事の眼目《がんもく》と、お弓は正に真綿にくるまれるように育てられた。そのせいか、口数の少ない、いささか陰気な娘に育っていった。

「それでも宗助《そうすけ》さんを婿《むこ》に迎えてからは、ずいぶんと明るくなられた」

虚弱体質な者にありがちの、しんとした身辺の翳《かげ》が吹き払われたように、お弓の楽しげな笑い声が聞こえる日もあった。

娘を溺愛する父の長四郎《ちょうしろう》は、これからはお弓も健勝になり、いずれは跡継ぎにも恵まれるにちがいない、とひそかな期待に胸をふくらませていた。

夫婦仲もむつまじく、お弓の体調のすぐれないときは、宗助の献身的ないたわりに、どれほど救われたかしれなかった。

——そうして十年が経ち、

けれども家族の願いも、夫の看病も、お弓の身体の病《やまい》の根まで断ち切る事はできなかった。

季節の変わり目には微熱がこもり、か細い咳がつづく。全身がだるい、と言っては、病床にしたしむ日々が重なる。

この一月《ひとつき》ほどは、そんな症状が徐々に重くなり、ついにお弓の命の火は消えてしまったのだ。

時雨《しぐれ》のつづく、十月《かんなづき》三日の夜であった。

日本橋浮世小路の料理屋〝子の竹〟は、これから忙しくなる。夕方の七つさがり（四時過ぎ）から客が入りはじめ、暮れ六《む》つにはほぼ満席になってしまう。

二階からおりて来たお麻を手招いて、

「木野屋の若旦那のご新造《しんぞ》、いけなくなったんだって――」

帳場からお初が伝えた。

「そういえば、このところ若旦那、顔を見せていなかったね、そう、ご新造の具合が悪かったんだ」

宗助は時折、手代を連れてやって来る。家の中に病者がいると、どうしても空気が暗くなる。使用人たちも気を使う。そこで、たまには美味しい肴《さかな》と酒で気晴らしさせようという、宗助なりの心遣いなのであろう。

「今夜が通夜だそうだ。お麻、私の代わりに行って来ておくれ」

木野屋があるのは、神田小柳《こやなぎ》町三丁目。六間間口だが奥行きのある表店である。予想したとおり、悲嘆のきわまる弔《とむら》いの夜であった。入れ替わり立ち代わりの通夜の来客のために、使用人たちも声を失《な》くしたかのように、忍びやかに立ち働いている。

手代に案内されて、お麻は内所の奥座敷へ通された。

白い小布をかけてお弓は寝かされ、香炉や樒《しきみ》の乗った経机《きょうづくえ》は、少し離して置かれている。いくつも点《とも》された燭台の明りが、香の煙にまたたいている。

当主の長四郎は、温和だが頑固だという評判だ。肩幅は広いが、背の低い小太りの体を、いまは魂を抜かれ、虚脱したかのように座している。客の挨拶にも声はなく、あらぬほう、まるで夢幻の彼方《かなた》に目をやっているかのようだ。

無理もない。お弓のほかに子はなく、溺愛しつくしたひとり娘の死だ。受け入れがたいその悲しみは、長四郎さえ死なせてしまいそうだ、とお麻は暗い気持ちになった。

「お弓はまだ三十だったんでございますよ。可哀そうで可哀そうでなりません。そりゃ、もともとひ弱ではありましたが、宗助は寝ずの番までして懸命に看病してくれた甲斐もなく、ああ――」

気丈この上ない、と評判の内儀のおちょうも、さすがに声を震わせた。

そのうしろにかしこまっている宗助は、眼《まなこ》にたぎる涙をこぼすまいとするのか、両手で膝頭をひしとわし摑《づか》んでいる。

宗助は三十五になる。小僧から奉公し、手代を勤めるうち、当主夫婦にその生真面目さを買われ、お弓の婿となったのだ。

焼香をしているお麻の背に、聞き憶えのある声がした。

「このたびは、まことにご愁傷さまにございます。あまりの事にお慰めの言葉もございません」

栄吉だった。

座敷を出しなに、お麻は栄吉に素早い目配せを送った。外で待つ、という意味をこ

めて——、

「ご近所のよしみ……？」

夜の湿った闇が落ちる道を歩きながら、そうお麻が訊いたのは、小柳町三丁目と栄吉の稼業である小間物屋の親方の店が、道をへだてた向かい側の松田町にあるからだ。

「木野屋さんはわたしの得意先なんだ。殊にお弓さんは髪飾りが好きで、よく買ってくれた。あまり外出《そとで》をしなくとも、着飾りたいのは女心なんだろうね」

「きっとご亭主にきれいなところを見せたかったんでしょう」

「お麻は真っ直ぐ帰るんだろう？」

「ええ、いま頃、店番の二人はてんてこ舞いしていると思う」

「わたしも一緒に行こう。晩飯まだなんだ」

わずかな道程でも、栄吉と歩ける事がお麻には嬉しかった。

木野屋では、お弓の初七日《しょなのか》をすませた。

使用人たちも以前どおり規律をととのえて商いに励んでいる。

ところが、もとに戻れない男が一人いた。当主の長四郎である。

娘の死がよほどこたえたのだろう。

眼は虚《うつ》ろ。返答はちぐはぐ。日がな一日、所かまわず眠ってしまう。起き出せば、足をもつれさせて転ぶ始末。それでも食欲はあるから、身の丈五尺一寸（一五三センチ）、体重は十八貫（約六七キログラム）の体型は変わらない。

表店に出る事もなく、宗助や熟達した番頭たちにまかせきりである。加えて、おちょうが帳合いから、大事な案件などに口を差し挟むようになっていた。

「おまえさん、お弓が死んで悲しいのは、あんただけじゃありません。あたしだって、宗助だって、なろう事ならお弓のいる黄泉《よみ》の国へ追いかけて行きたいほど悲しいんだ。それを肝心なおまえさんがそのざまではどうするんですッ」

おちょうもまだ五十三歳。気が強く口が達者な女だけに、亭主のあまりにも情けないていたらくに、身をよじるほどやきもきしているのである。

「すまぬ」

蚊の鳴くほどの声である。

「すまぬ、ではすみません」

「そこの鼻紙を取っておくれ」

ぐずぐずと鼻水をかむ長四郎から、十も歳をとったように精気が失《う》せている。実際には五十八歳なので、人にもよるが、同年でも矍鑠《かくしゃく》とした老人はいくらでもいる。

「そんなうじうじした爺さんなんざ、丸めてポイの鼻紙ですよ」

「そんな事言わんでおくれ」

「だったら、しっかりしておくんなさいよ」

「わかってはいるんだが、どうにもならんのだよ」

長四郎自身、己れの状態に不安があるらしく、声に怯《おび》えがある。

「おまえさんは意気地がないんですよ、みんなこの辛さを乗り越えようと、気力を奮《ふる》い起《た》たせているのです。頑張って、頑張って、ひたすら頑張っているのに、おまえさんが踏ん張らなくてどうしますッ」

「ああ、眠い」

「おまえさんは、お弓の死を認めたくないんだ。眠る事で忘れようとしているのですよ」

「何だか眩暈《めまい》がして来た。晩飯になったら起こしておくれ」

夫婦の居間からつづく寝間には、長四郎がいつでも横たわれるように、寝床が敷きっぱなしになっている。長四郎はそこへのそのそと這いずりこんだ。

「厭《いや》になっちゃう。二六時中寝ているのに、お腹だけは空《す》くんだから」

うんざりしたような、おちょうの嘆きである。

二

衰えた日射しが、冬の到来を告げている。十月一日の衣更えの頃はまだ暖かい日もあったが、このところ、寒気がそくそくと肌にしみ入るようになった。

一刻（二時間）ほど他出していた宗助を、番頭の喜八《きはち》がむかえた。ちょうど客を送り出したところらしい。

「すまなかったね、忙しいのに閑《ひま》をもらって――」

いまや宗助は主家側の人間であり、喜八は使用人の立場である。それでも宗助より五歳年上の喜八は、商人としても先輩株であることから、宗助は常に謙虚な態度をくずさない。

色白で面長な顔に、ほどよく配置された眼鼻立ちが、見る人にいたって柔和な印象を与える宗助である。喜八に対してだけでなく、手代や小僧、内所の女たちにも大きな声をぶつけることもない。

「おっ母さんの按配はいかがですか」

「うん、寝たきりは相変わらずですが、まあ何とかやっておるようです」

宗助の実母おもんが、村松町の裏店《うらだな》でひとり暮らしをしている。老化のせいかここ数年、体調がはっきりしない。

――こっちで一緒に住めばいい。

と、長四郎はすすめてくれたが、

――折角《せっかく》ですが、入婿にくっついて行くなんて、気がねどころか、息が詰まって生きた心地がしませんよ。

と老母は遠慮がない。

――好きにさせておやり、その代わり、宗助がちょくちょく様子見に行ってあげるといい。

寛容な義父ぶりであった。

「何か変わった事はなかったかい？」

「はい。旦那さまはいつものように伏せておいでのようだが、内儀《おかみ》さんは用足しにお出かけでございます」

「そうかい、では、ちょっとお義父つぁんの様子を見て来よう」

居間からつづく襖の前で、

「お義父つぁん、開けますよ」

宗助は柔らかい声をかけた。

「ああ……」

か細い返答に襖を開けると、長四郎が臥床《ふしど》の上に座っている。

「ただいま戻りました」

「おっ母さんはどうだった？」

元気のない声がくぐもっている。

「はい、どうにかひとりでやっております。お弓の弔《とむら》いに出られず、申しわけない。旦那さまや内儀さんに謝っていたと、申しあげておくれ、そう言いつかって参りました」

「そうかい……ああ、気持ちが悪い――」

長四郎は胸をかきむしるようにした。

「そりゃあ、いけません。薬湯をお持ちしましょう」

あわてた宗助が腰を浮かしかけた。

「うう……」

声にならない呻きを上げて、膝を立てかけた長四郎は、ゆっくり横倒しになった。

「お義父つぁん！」

のめったまま、長四郎はひくりともしない。

「これはいかん、おーい、誰か……」

大声を上げたところへ、

「どうされました？」

通りかかった女中のお菊《きく》が、顔をのぞかせた。宗助は長四郎の胸に耳を当て、

「大変だ、心の臓の音がしないッ！」

「息もしていないッ！」

長四郎の鼻先に掌をかざしていたお菊が、声をかすれさせた。

「いったい……」

「死んだの？」

ふたりは束の間、眼を見交《か》わしていた。咄嗟《とっさ》のことで、どうすべきかの理性を失ったものらしい。

「お、お菊、番頭さんを呼ぶんだッ」

我に返った宗助の叫びに、お菊が駆け出して行く。

じきに表店と内所の人数が馳せ集まって来た。

「おい、医者だッ！　竹園《ちくえん》先生を引っ張って来いッ」

喜八の指示に、小僧の米吉《よねきち》が飛び出して行ったところへ、

「何があったんだいッ」

みなをかきわけたのは、出先から戻ってきたおちょうである。

「お、おまえさんッ」

誰かの手で長四郎はあお向けに寝かされていた。

「いったい、どうしたのさ、おまえさんッ。お弓に死なれ、そのうえ、おまえさんまで逝《い》ってしまうなんて、わたしゃどうしたらいいんだよッ」

長四郎の胸にむしゃぶりついて、おちょうは泣き喚《わめ》きながら、夫の胸を叩きつづけた。

と、部屋の中に沸き立っていた驚愕や狼狽や恐怖の声が、ぴたりと静まった。

次の瞬間、

「おおッ――」

「あらーッ」

「ごらんよッ」

「旦那さまの眼が――」

歓喜の喚声に変わった。

「ほんとだ、瞼《まぶた》がピクピク動いているッ」

「あッ、心の臓の動きが手に触れるよッ」

おちょうの叫びに、みないっせいに長四郎の顔をのぞきこんだ。土気色《つちけいろ》に干からびていたその面に、血の色が戻っている。

「ほら、息してる、息してる」

「よかった、よかった。生き返ったんだよ」

長四郎の息が止まり、心の臓が沈黙していたのは、呼吸数で言えばおよそ三百回ほど（約五分）の間であった。

坊主頭の竹園《ちくえん》医師がかけつけて来たとき、長四郎は、うっすらと両目を開けていた。

「熱はないようだな」

医者は、長四郎の額から手を離し、

「どこか痛みますか」

かすかに首を振る。

「胸は苦しくありませんかな？」

着物の裾をはだけ、患者の脚をさすりながら訊く医者に、長四郎はまたも首を振る。

「脚気衝心《かっけしょうしん》ともちがったようだ」

粗末な惣菜に白米ばかり食していると、江戸患《わずら》い、という病になる。重症化すると心臓発作で死ぬ場合もある。

「片一方ずつ、腕を上げてみてください。はい、よろしい。では足も片方ずつ動かしてください」

緩慢な動きではあるが長四郎の両手両足に障《さわ》りはなかった。閉《と》じ（麻痺）はないのだ。

「卒中《そっちゅう》でもなさそうだ」

おちょうは、ウチの人、大丈夫なんでしょうか」

「先生、ウチの人、大丈夫なんでしょうか」

おちょうは、医者の腕を摑まんばかりに身を乗り出した。

「お嬢さんを亡くしてから、ひどい気鬱《きうつ》に見舞われていたので、それが昂《こう》じたせいでしょう。安静にしているのも大事ですが、たまには外歩きして気分を変える事も肝要ですな」

何種類もの漢方薬を処方して、竹園は帰っていった。

「あの医者はいけないね」

さも軽蔑したように、おちょうが吐き捨てた。

「どうしてだ？」

声を出すのもものうげな長四郎だ。

「竹園なんてよくもつけたもんだ。自分から竹藪《やぶ》、つまり藪医者だ、と名乗っているようなもんじゃないのさ」

おちょうが息まくのも無理はない。竹園は毎日往診にやって来るし、喉がむせぶほど薬包の中身を流しこんでいるのだが、長四郎の容態はいっこうに改善されなかった。

体を動かすのも億劫《おっくう》らしく、ほとんど寝間でごろごろとすごしている。

「あ、寝臭《ねぐさ》い――」

確かに室内には、病間《ま》特有のむっとするよどんだ空気が充満している。

庭に向いた明り障子を、おちょうは手荒く引き開け、深い息を吸った。流れこむ時雨《しぐれ》のあとの湿った空気すら、新鮮に感じられる。

振り向いた先に、虚《うつ》ろな眼をした長四郎が臥床の上であぐら座りしている。

あまりにも人変わりしたような夫の姿に、おちょうはとまどいと苛立ちを隠せない。

万事大ざっぱで楽天家のおちょうである。気狂いならある意味、人でなくなる病だ、とわかるのだが、気鬱で煩《わずら》いつく、という状況がどうにも理解しがたいのだ。

勤勉そのものだった長四郎が、ぐうたらな見本になりはてている。何事にも几帳《きちょう》面《めん》だった男が、すべてを投げ捨ててしまっている。人への気くばりは人後《じんご》に落ちないほど肌理《きめ》細やかだったのに、いまはただぼんやりとして関心すら示さない。

内心で、おちょうは長四郎をうたがっている。

居間で摂《と》る三度の食事はきれいに片づけるし、晩酌の酒も一滴たりとも残さない。息が乱れるの、眩暈《めまい》がするの、とふさぎこむが、それもいっときのことである。

仮病……かもしれない、とおちょうは思うときがある。

お弓に死なれて、生きる張り合いを失くしたのは長四郎ばかりではない。おちょうとて悲しみは同じなのである。それでもくたくたと萎《な》えそうになる気力を、両足をふんばって支えているのである。

その悲しみに、長四郎は負けてしまったのだ。何もかも投げ出して、己れだけの世界に逃げこんでしまった――おちょうにはそう思えた。

それとも耄碌《もうろく》――愛娘《まなむすめ》の死の衝撃に、長四郎の頭は呆《ぼ》けへと変質してしまったのかもしれない。

「おや、空が明るくなって来た。せっかくの晴れ間だ。おまえさん、気晴らしにそこいらを歩いておいでよ。寝てばかりじゃ、かえって体によくない」

沈黙していた長四郎が、突如声を発した。

「お菊——」

「何です？　お菊に供《とも》をさせようってんですか」

「…………」

「小僧の米吉じゃだめなんですか？」

「お菊——」

「お店の旦那のお供を女にさせるなんて聞いた事がありませんよ。だいいち、世間体が悪い」

「ふむ」

「よござんすよ。お菊にそう言いつけましょう。この際、世間体などかまやしません。お菊、お菊……」

　大声で呼ばわりながら、おちょうが台所のほうへ向かって行った。

三

〝子の竹〟の忙しさも一段落だ。

　冷たい風が吹きこむので、店番のてつが開け放っていた高障子を二枚閉めに行き、そこで腰を折った。

　初老の女が、供の小僧を連れて暖簾《のれん》をくぐるところだったのだ。店内に入った客を見てお麻が声を上げた。

「あれ、木野屋の内儀さん――」

「木野屋さんだって……」

　お初が帳場格子を出て、土間にある下駄を突っかけた。

「まあ、わざわざお越しいただくとはもったいない」

　お初にとって、おちょうとの初対面である。

「先だっては、お弓のためにご芳情をたまわり御礼申します」

　それぞれの挨拶があって、お初はおちょうを奥まった飯台の座へ案内した。茶を持って行ったお麻も、その席に参加した。

「こちらのお料理はたいそう美味しい、と宗助たちから聞いております」

「若旦那は気くばりのゆきとどいたお方ですね。あのお人の下なら働き易うございましょうね」

「あれは真面目な男です」

　情のこもらない、おちょうの言い方だった。生《な》さぬ仲というのは、どこかですれちがう事もあるだろう。

「ご主人はいかがですか？　一度、倒れなすったと聞き及んでおりますが」

「心の臓がいけなかったのですが、そっちはひとまず落ち着いているようでも、そのあとがいけません。倒れたとき、頭でも打ちつけたものか、妙な具合になってます」

「どう妙なんです？」

「女中のお菊に、気味悪いような執心なのでございますよ。三度のご飯から、散歩や身の回りの世話まで、お菊でないと夜も日も明けません」

おちょうはいまいましいそうに唇をかんだ。

「以前は、そうではなかった――？」

「さいです。お菊に限らず、内所の女たちなんか眼中になかったはずです。それが、倒れてから色狂いしたように、お菊、お菊ですからね」

「木野屋さんもお若い」

「まだ六十前ですからね、まるきり男が枯れたとは思いませんが、あの歳になっていまさらどういうんでしょう」

おちょうは肥満体をゆすった。

「女は灰になるまで女だ、と言ったお偉い人がいたそうですが、わたしが思うに、それはちがいますね。未練がましく男でありたい、と精の本性にしがみつくのは、男のほうだと考えますね」

世の中には、隠居になってから妾《めかけ》を雇う老人のいかに多い事か。男の腎虚《じんきょ》も腎張りも根はそこから来ている、とお初は見ている。

「だから諦めろ、とおっしゃる？」

むっとなったおちょうに、

「いましばらくは様子見がよろしいのでは――」

お初はとりなした。

「わたしは、五十婆ぁの悋気《りんき》で言ってんじゃございませんよ」

「むろんですとも。ところでそのお菊さんはいつからのご奉公ですか？」

「まだ一年かそこいらです。よく気もつくし、働き者でもありますが、わたしから見ても男の目を引く三十女ですよ」

お麻は、お弓の葬儀のときのお菊を憶えている。弔問客の応対を手際よくこなしていた。下《しも》ぶくれの顔立ちに、上唇がめくれ上がったように紅かった。

木野屋の使用人は、内所に四人、男衆は通い番頭を入れて六人。勤めはじめてまだ一年ほどというお菊だが、その働きっぷりがかなり目立っていた。

「口入屋《くちいれや》からですか？」

「いえ、知り合いの綿店の口ききですから、身許の心配はありません」

「心配はご亭主ですね」

「どこかに良いお医者さんがいませんかしら、掛かりつけの竹園て医者じゃ、治るものも治らないような気がいたします」

「おっ母さん、ここは石庵《せきあん》先生の出番じゃないかしら」

お麻が口を挟んだ。

「そうだね。石庵先生というのは、高砂《たかさご》町の開業医なんですが、腕がよくて親切なんで、ウチは何かっていうと石庵先生を頼りますね」

「お菊、お菊……ちょっと来ておくれ」

長四郎が呼んでいる。その声を、台所で女中たちに指図していたおちょうが聞きつけた。

「お菊はいま、洗濯物を干しに上にあがっていますよ」

「そうか」

ぼんやりと、長四郎は頷いた。

「ご用は何です？」

「うむ、喉がかわいた。茶だ」

「お茶くらいの事で、何もお菊でなくってもいいじゃありませんか」

「何だ、妬《や》いているのか、おまえ、いい歳をしてみっともない」

「おや、たいそうまともな事をおっしゃいますね」

「う、う……」

「当てつけがましく、女房のわたしをないがしろにして、お菊、お菊って、お念仏じゃあるまいし、いったいどういうつもりなんですッ」

「……わたしは呼んだつもりはないんだがね……」

暗い目で、長四郎は辺りを見廻した。心細げな迷子のように。

「おまえさん、大丈夫かえ？」

「いや、変だッ　頭の中がどんよりしている。えッ？　何か言ったか」

「だから、しっかりしておくれ、と言ったんですよ」

「いや、おまえの声じゃないッ」

「厭《いや》ですよ、妙な事言わないでください」

「ああ、眠い、眠るぞ」

長四郎が眠って、半刻ほどのち、石庵が訪れて来た。案内がてらお麻がつき添っている。

「起きんでもよろしい」

慌てて起きあがろうとする長四郎を、石庵は手で制した。からりとしたよく響く声だ。

小池《こいけ》石庵の歳は五十前後。がっしりと頑丈そうな体つきに、黒々とした総髪を一つに束ねている。

「いや、起きられます」

上半身を起こした長四郎の顔を、石庵はじっと観察した。

「だいたいのところは内儀さんから伺っていますが、改めて訊きます。あなたは宗助さんの目の前で倒れたそうですが、そのときの様子を憶えていますか？」

「ふっと気持ちが悪くなったのです。胸がむかむかして――憶えているのはそれだけです。気がついたときは、床《とこ》に寝かされていました」

「宗助の話では、ばったと倒れた主人に驚いて、胸に耳を当ててみたら、心の臓が止まっていた。そこへたまたまお菊が入って来て、息をしていない主人を見ています」

これは、そつのないおちょうの説明だ。

おちょうが帰宅したのは、長四郎の倒れた直後だから、これは宗助から聞かされた状況である。

「そのとき居合わせた宗助さんとお菊さんにも話をうかがいたいのだが」

「宗助は、実家へ行っております。あれの母親が病気なもので、よく様子を見に行くのですよ。母親思いの優しい息子です。あいにくお菊も使いに出しています。でも二人の話では、いまわたしが言った事のほかはないようです。お菊の報《し》らせで、すぐ表店からも男衆《し》たちが駆けつけていますし、竹園先生もほどなくやって来ました。ですから……」

「よろしい。何か参考になる事でもあるか、と思ったのですが、いや充分ですよ」

「ともかく、主人はいったん死んだようになっていたわけです」

「木野屋さん、いままでに心の臓に異変を感じた事はありませんか」

「何度かあります」

「どのような……？」

「ちょっと苦しくなる程度で、すぐに治ってしまいますので、気にもかけておりませんでした」

「長い間心の臓が止まっていると、そのあと息を吹き返しても、元の体に戻らないものだ。寝たきりになって、自分では何一つできなくなる。そこを考えると、木野屋さんの心の臓が止まっていたのは、そう長い間じゃない。いったんは止まったにしても、ごく微弱ながら、戻っていたのでしょうな」

「手をかざしたくらいではわからない程度ってことですか」

「内儀さんはものわかりが早いですな」

「でも、たとえちょっとの間でも、なぜ息の根が止まったんでしょうか」

「はて、医術といっても治せない病のほうが多い。つまりわからない事だらけなのです」

弱気なのではなく、正直なのだ。

「さて、いまの症状ですが、詳しく話してください」

石庵にうながされ、長四郎はおもむろに口を開いた。

「やたら体がだるく、何もやる気が起こらないのだ。外へ出ても足がもつれるし、急に眼も悪くなった。何かを考えようとすると、ひどい睡魔におそわれる。だから、昼夜のさかいなく眠ってばかりいる。頭の中は重い砂がつまったようで、自分でもどうなってしまったのか、と不安で不安でならんのだよ」

じっさい怯《おび》えきった者の眼で、石庵をすがりつくように見つめていた。

「やはり気鬱の症ですな。無理もありません。たった一人の娘ごを亡くされた悲嘆のあまりでしょう。一日じゅう眠いのも、その辛さからのがれようと、無意識のうちに何かの力が働くのだと思いますね」

「弱虫なんですよ」

おちょうが吐き捨てた。

「そうではありませんよ、お内儀《ないぎ》。ご主人は頑固でしょう。いたく真面目なお人でしょう。責任感の強い働き者でしょう。そういう人は、つい自分を責めて、重すぎる荷を背負ってしまうのです。その荷の重さに耐えかねて、心が折れてしまうのです」

「わかったような、わからないようなところですが、もう一つ、わたしがどうしても承服できないのは、女中のお菊の事です」

夫婦の痴話ごとには我関せず、といった石庵の表情だ。

「亭主《うち》は石部金吉と噂されるほど堅物だったのですが、まるで人変わりしたように、お菊に狂っています。それも気鬱のせいなんですかッ」

「待っておくれ、おちょう。そうじゃないんだ。ときどき頭の中で、お菊、という声が聞こえるんだ。するとついお菊を呼んでいる――」

一種の幻聴であろうか。

「木野屋さんの耳は、聞こえはいいほうですか？」

「はい、先生。よく聞こえます」

「お菊さんとやらの件はともかく、薬を調合しましょう」

ややこやしいのは人間関係だ。まして男女の仲について医者がとやかくできる話ではない。

石庵の専門は本道《ほんどう》（内科）の漢方医だが、長崎への遊学で、外科の技術も習得している。

供の少年が背負ってきた薬籠の中から薬箱を取り出し、石庵は、イチョウ、ウコギ、クチナシ、クワなどを調合し、服《の》み方を指示して帰って行った。

四

小名木川は、深川の真ん中を東西に貫く幅十四間の堀川である。西は大川へ、東は船番所のある中川に通じている。

お麻と栄吉を乗せた猪牙が高橋《たかばし》に差しかかった。空には薄い雲が広がっていて、川《か》面《も》を抜ける風は、すっかり冬の冷たさを含んでいる。

今朝になってお麻は、お初から使いを言いつかった。深川猿江町《さるえまち》にある利根川屋丹二《とねがわやたんじ》の寮へ、重箱詰めの料理を届ける役目だ。

利根川屋の本宅は日本橋材木町にあり、代々江戸きっての材木商である。

その利根川屋にお初が下女奉公に入ったのは、十一歳のときである。十七歳で治助と夫婦になるまで、くるくるとよく立ち働いた。

先代の主人夫婦は、利発で骨惜しみせず、裏表のない明るい性格のお初を可愛がった。十歳年上の丹二も、妹のように接してくれていた。

代替わりして当主になったいまでも、丹二はお初たちの行く末を見守っていてくれる。

〝子の竹〟のある地所は、町年寄の樽屋藤左衛門が幕府から拝領した土地である。

お初と治助が、その日本橋の目抜きに近い浮世小路で商いをするに当たって、樽屋の手代頭である仁右衛門の世話になっている。初めに納める敷金《しきがね》の百両を五年割りにしてくれたのだが、月々の家賃が三両二分かかる。

つまり年末には二十三両二分の支払いになる。使用人五人の賃金も要る。これだけは不義理できないのだが、一度だけ不足金が出た。どうにも金策が立たない。にっちもさっちも行かなくなり、泣きつけるのは、丹二だけだった。丹二は何も言わず、不足金を貸してくれたのである。むろん、金ができ次第、すぐに返却しているが、お初や治助にとって、丹二は大恩ある人なのだ。

利根川屋ほどになれば、深川土橋《どばし》の平清《ひらせい》あたりから極上の料理を取り寄せるのは容易《たやす》かろう。が、お初は月に一度、こうして自分のところの料理をとどけるのを張り合いとしている。

料理人の藤太が腕によりをかけた三段重ねの重箱の中身は、うどの白和《しらあ》え、たたき長芋の芥子《からし》味噌、出汁《だし》巻《まき》玉子、昆布巻き、鯵《あじ》と小ねぎのゴマ油しょうが和え、甘鯛の幽庵焼き、黒鯥《むつ》の味噌焼き、車海老の衣がけ、源氏柿の衣がけ、と賑やかこの上ない華やかさだ。

久しぶりの遠出に、お麻は、朝食に立ち寄った栄吉を誘った。

「昼に間に合うように行くんだよ。何てったたって、料理は出来たてが一等美味しいんだからね」

と、お初に気合を入れられ、行楽気分で米河岸から猪牙に乗りこんだ、その帰りである。

うそ寒い空を見あげていた栄吉の目が、橋上から北詰めの広場へ踏み入った女を捉えた。

「あれッ」

栄吉が思わず立ち上がったために、小舟はぐらりと大きく揺れた。

「危ねえなあ、旦那、落っこちてもわっちは知らねえぜ」

船頭の尖《とが》った声がくぐもったのは、舟が橋の下をくぐったからだ。

頭上が明るくなって、そのときにはもう、女の姿は見えなくなっていた。

「どうしたって言うのよ」

お麻の問いには答えず、栄吉はまだ立ったまま、巧みに小舟のゆれに調子を合わせている。

「あ、そうだ――」

そう手を打った栄吉が、

「おッ――」

再び喚声を上げた。

「座っておくんなせえよッ」

船頭にどやされて、やっと栄吉は腰をおろした。

「栄さん、いったい何なの?」

「そうだ、あれは木野屋のお菊さんだ」

「旦那がぞっこんの女中だね。その女《ひと》を見たのね、それで二度目のおッは何なの」

「お菊さんのあとを追うように、番頭の喜八さんが行ったのだ」

「二人はどこへ行くのかしら」

「あの道の先を左へ曲がっていけば、新大橋を渡れる。小柳町のお店へ戻るつもりなら、その道筋になる」

「その二人に相違ないの？」

「わたしの眼はとんび並だ」

「商家の番頭と女中が打ちそろって、お店の用事で出かけるなんてある？」

「まずないね」

「あの高橋の北詰は常磐《ときわ》町で、たしか岡場所になっている。当然、あいまい宿や出会い茶屋なんかもあるだろうから、密会するにはもってこいだね」

「そう言ゃぁ、二人とも妙にそわそわしていたっけ――」

「何か、きな臭くなって来たね」

きらきらと、お麻は眸《ひとみ》をかがやかせた。物見高さがうずきだしたらしい。

「お菊さんも喜八さんも独り身ならば、不義を問われはしまいが、木野屋の旦那に知れたらただではすむまい」

お菊への執着は、その異様さをきわだたせている。とても喜八を許すとは思えない。

「ひと悶着《もんちゃく》ありそうね」

大川が近くなった。

粉糠《こぬか》雨のちらつきはじめた空低く、白い羽を灰色にけぶらせたコサギが一羽、川面に突き出た松の枝に舞いおりた。

五

「お菊はどうした？」

日がな一日、長四郎は寝間にいる。三度の飯は隣室の居間で摂《と》り、手水《ちょうず》にも立つが、家の外へ出ようとはしなかった。湯屋にも行かないから、お菊に手伝わせて手拭で体をふくだけだった。

「何の用ですか？」

つい、おちょうの声も尖る。

「いや——」

言ってみただけ、という気のない調子で答える。

「おまえさん、しっかりしてくださいな。おまえさんがそんな調子だから家の中がおかしくなっている。どことなく締まりがない。宗助や喜八は、お得意さま廻りで忙しくしているし、大番頭の重三郎《じゅうざぶろう》ひとりでは、隅々まで眼が届きかねていますよ」

木野屋の使用人は、内所に四人、お店に六人いて、大番頭だけが通いである。

「主人がちょいと臥《ふ》せったくらいでがたが来るほど、木野屋の土台はヤワじゃないはずだよ」

「呑気なもんですこと」

いまいましげに、妻は夫をにらんだ。気鬱というのは症状に波があるのか、頭から夜具を被《かぶ》っているかと思うと、けろりとしていてとても病人には見えないときもある。それもあって、ただ怠惰な生活をしていると、おちょうには思われもするのだ。

あきらかな変異は、お菊についてである。まるでうわごとのようにお菊の名を口にのぼらせるのだ。頭の中で聞こえるという、まるで黄泉《よみ》からの声をなぞるように。

そこでおちょうは、お菊を夫に近づけなければよいと考えた。

そのために、本来の女中の仕事よりも他出の用事を言いつけることにした。江戸市中には無数の振売りが商いをしているから、日常に要る食品は居ながらにして手に入る。それでも細々《こまごま》とした用はあるもので、そんなときは必ずお菊の役目とするのだ。

「な、おちょう、わたしはそろそろ隠居したいのだが――」

「いきなり何をお言いです？」

「この歳なら、とっくに隠居していてもおかしくないよ」

「跡継ぎはどうするんです？」

「宗助がいるじゃないか」

「それはお弓が生きていてこその話ですよ。わたしは厭ですッ。赤の他人にこの木野屋をまかせるなんて真っ平ですからね」

「子のない家なら夫婦養子というのもざらにあるさ。それに宗助は十年も婿としてつくしてしてくれたんだ。お弓を大切にしてくれた。そのお弓が死んじまったからって、粗略には扱えまいよ」

「駄目ッ、わたしゃあの宗助をどうも好きになれない――」

「いまさら何を言う。宗助を婿と決めたとき、おまえもたいそう乗り気だったじゃないか。律儀実直な宗助に恩義を感じこそすれ、好かんなどと抜かすのは、人の道にはずれておる。おまえがそんな女だったとは、見損なったぞ、おちょう」

きつく叱られて、おちょうは嬉しそうに夫を見た。長四郎の口調がしっかりしていて、倒れる前の頼もしい夫に戻ったかのようなのだ。

「でも、血が途絶《とだ》えてしまいます」

「お里《さと》がいる。あのお里と宗助をめあわせよう」

「お里さんて、あの出戻りの……」

長四郎の弟にお里という娘がいて、一度嫁いだが不縁となって実家に帰っている三十を出た女である。

「宗助はいるのかい、いるのなら呼んでおいで――」

「はい」

おちょうが台所の前を通りかかると、宗助は茶碗に汲んだ水をのんでいた。出先からちょうど戻ったばかりだ、と言う。

その宗助に
「……というわけだが、おまえに異存があるかね？」

長四郎はおだやかな物言いをした。

「異存などめっそうもない。わたしはお儀父つぁんのお言いつけどおりにいたします」

家つき女房のお弓に死なれて、宗助の内心には不安があったはずだ。婿という立場を解消されて、体《てい》よく離縁となっても尻の持って行きどころがないのだ。それが首の皮が繋がったというわけだから、一にも二にも安堵したことだろう。

「お弓の一年の忌《いみ》が明けたら盃ごとをする。そのつもりでいておくれ」

「かしこまりました」

神妙の面持ちで、宗助は畳に両手をつかえた。

どこに病疾があるのかと思えるほど、明瞭な思考を展《ひろ》げた長四郎だったが、急に疲れたような陰鬱な表情になって、床の中にもぐりこんでしまった。


客の空いている時刻を見計らったかのようにして、木野屋のおちょうが〝子の竹〟へ顔を出した。

お初は、束の間の睡《ねむ》りをむさぼるために二階にいる。出先から戻って来た治助も、遅い昼飯をすませると、二階へ上がって行った。

お初に代わって店番をしているお麻に、

「こちらのご亭主は、お上のご用をつとめておられますよね」

何事かを思いあぐねたように、おちょうは切り出した。

「さようでございます。それが何か——?」

「出し抜けでございますが、お願いの筋がございまして、お目にかかれましょうか？」

「ちょうど帰って来ておりますので——お父っぁん——」

梯子段の下から、お麻は声を張り上げた。

小鼓の音律のような軽い足音をさせて、治助がおりて来た。四十をすぎている治助だが、長年の出商いで鍛えた体軀は引き締まって、持ち前の敏捷な運動能力は衰えていない。

「少しは落ち着かれましたか。木野屋さんについては、このお麻や栄吉さんから、大まかなところは聞いております」

柔らかく、いい声の治助だ。

少しばかりおちょうは、どぎまぎした様子で治助に頭をさげた。

治助の眼は力強く、唇元はきりっとしていて、壮年の活気がつやつやしたその浅黒い面に漲《みなぎ》っている。

おちょうの描いていた手先の印象とかなりちがったものを、治助に対して感じたのかもしれない。

「お弓に死なれて、わたしもどっと力が抜けてしまいました。それに主人は、宗助とお里の祝言《しゅうげん》をすませたら、隠居すると申しております」

「そりゃいい、ご主人の姪ごさんなら至って近い血縁だ、いい縁組じゃございませんか」

「だけどねえ……」

「お気に召さない？」

「意固地な婆ぁとお思いでしょうね。だけどどうもすっきりしないのですよ」

「人間てえ生き物はひと筋縄じゃいかねえもんですな」

「はい、わたしはこのところ胸騒ぎがしてなりませんの」

眉間の皺《しわ》を深くして、おちょうは顔をしかめた。

「原因《もと》はなんです？」

「これといって心当たりはみつかりませんが、ただ家じゅうの空気が、どこかとげとげしく感じます」

「娘さんが亡くなって、まだそう月日が経っているわけじゃない。みんなピリピリしてんじゃねえですか」

「上手《うま》く言えませんが、木野屋全体が危なっかしく思えます」

「やはりご主人の気鬱が、どうしてもみんなの気持ちを晴れさせないんじゃねえですか」

「むろん、それもあります。あの人を見ているとほとほと鬱陶《うっとう》しくなりますが、どうもそのせいばかりではないような――」

「…………」

「また何か悪い事が起きるんじゃないかって、別の災いがふりかかるんじゃないかって、とてもじゃないけど、気が気じゃない心もちで、おいどがおちつきません」

これは長四郎の病がおちょうに感染《のりうつ》って、不安症にとり憑《つ》かれたのではなかろうかと、つい勘ぐりたくもなる。

「それはお困りでしょうな」

「それでいて何もはっきりしたものはありません。ですから困り果てての末、親分さんのお袖にすがってみよう、とお訪ねしたわけです」

大方の町人は、

『岡っ引に家の囲《まわ》りをうろうろされちゃ、目障りだし、いい迷惑』

と来るところなのだが――。

「盗《ぬす》っ人《と》が入ったの、人が傷つけられたというのなら、調べようもあるんですがね」

「駄目でござんしょうかねえ」

何事にも強気なおちょうが、太息とともに丸っこい肩を落とした。

「ま、姿の見えない魚でも、水面を叩けば何らかの動きを見せるもんだ。ようがす。お町の旦那のご用のねえときは、木野屋さんのほうへ目配りをしやしょう」

おちょうの困窮を見かねて胸を叩いた治助だったが、取っ掛かりがからきしない。おちょうの疑惑や不安感からして、まるで根拠のない訴えではないか。

目下《もっか》のところ、木野屋の異状は、主人長四郎の心身症だ。それとてきわめて特異な病状とは言えまい。

人の心は脆《もろ》いものだ。きわめて剛胆そうに見える者でも、泣きどころはある。そこを突きくずされれば――恋人や夫婦や親兄弟の情愛は、何ものにも代えがたい絆《きずな》であり、その絆を断ち切られるほどむごい運命はないだろう。

そのむごさを受け止めかねて、人は狂乱し、己れを見失う。長四郎のような気鬱は、本来あるべき自分に立ち戻るための苦しい戦いなのだ、と治助は考える。

愛娘を喪った長四郎の悲泣ののた打ちも、いずれは静謐《せいひつ》な哀情の念として受け入れられよう。そうしなくてはいけない。

おちょうにとって最も気がかりなのは、夫の発する『お菊』の連発のようだ。妻なら相手を引きむしりたい夫の行状だ。

それにしても、悪所通いもせず、自薦他薦どころか、囲い者には見向きもしなかった、という長四郎は、六十近い老来のいまになって、はたと色に目醒めたのだろうか。

ともあれ、おちょうに襲いかかる不安感の正体とは――。

六

治助は、南町奉行所の廻り方同心、古手川与八郎の手先を勤めている。その古手川の小者である弥一が今朝早くやって来て、同心からの呼び出しがかかったという。急ぎの用向きが出来《しゅったい》したようだ。

昼飯時の客が一段落するのを見計らって、お麻は〝子の竹〟を出た。昨日のおちょうの話では、お町の旦那や手先の治助が介入するような出来事は、何も起きていないと言ってよいだろう。木野屋の内部が何らかの齟齬《そご》をきたしていたとしても、そうした事例はいくらでもあるはずだ。

身内の誰かが死ぬ、というのはその家にとって一大事である。その悲しみはさておき、たいていの場合、大なり小なりごたごたするものだ。

木野屋にとって、いやむしろおちょうにとっての隘路《あいろ》は、お菊だ。何か理由をつけてお菊に暇を出せば問題は解決しそうなものだが、それは長四郎に対しては大鉈《おおなた》を振るう仕打ちに等しい。それによって、長四郎は打ちのめされ、病状が悪化するかもしれないのだ。そう案ずれば、おちょうも二の足を踏まざるをえないのだろう。

治助が動いてくれないのならば、自分が調べてみよう、とお麻は思い立ったのだ。

そこで、お菊の前身をおちょうから聞き出しておいた。

お菊は以前、深川林町二丁目の角屋《かどや》という綿店で女中働きをしていた。

お麻は米河岸から猪牙に乗った。日本橋から大川に出ると、いまにも雪の落ちてきそうな暗い空と、冷たい川風に、お麻は思わず衿元をかき合わせた。

両国橋の手前に、川幅二十間の竪川《たてかわ》が口を開けている。この川をもって深川と本所は分けられている。

竪川に入ると、両岸には竹置場が並び、別名竹河岸とも呼ばれている場所だ。

一ツ目之橋をすぎ、二ツ目之橋まで来て、お麻は舟をおりた。

林町は竪川沿いの深川寄りに、この二ツ目之橋から一丁目から五丁目まで、等間隔の町割が東に向かって並んでいる。

さまざまな商店の連なる一画に、角屋はあった。間口三間の中店である。店の奥には四角くたたんだ紡《つむ》ぎ綿が山と積まれていて、いわゆる小売業である。

「お菊の事ですかい？」

五十年配の店主は、自ら文六《ぶんろく》と名乗りはしたが、いかにも胡散《うさん》臭げな目つきでお麻を見た。

「はい、じつはお菊さんに縁談が持ちあがりまして、いささかなりともお菊さんの人となりを知りたいと、こういう事でございます」

こういう咄嗟の言い訳がすらすらと出る自分に、お麻は我ながら呆れ、いや、機転が利《き》くのだ、と自らをなぐさめた。

「ほう、お菊に縁談ね、それじゃおまえさんは仲人親かね？」

「いえ、その仲人親から頼まれた者です」

文六は落ちくぼんだ目でじろりとお麻を見てから、それでも滑らかな口になった。

「あれは房州女で、漁師の女房だったのが不縁になり、江戸に来て、ウチで働くようになったのが、そうさな、五年ほど前になるかな」

「いまは、神田の木野屋さんにいますが、ご存じですか？」

「知っとるとも。ウチは木野屋さんから綿を仕入れているのだし、その縁でお菊はあちらへ行ったのさ」

「そうでしたか」

「お菊はよく働く女です。木野屋さんでは、古くからいる女中が一人やめたので、その穴埋めにぜひ、と強く望まれたわけです」

「それでご主人は承諾なさった――？」

「若旦那に頭をさげられちゃ、厭とは申せません」

「若旦那……ですか。内儀さんか大旦那さんではなく、ですか？」

「ご新造が病弱なので、働き者のお菊を見こまれたのですよ」

「お菊さんはこちらに四年ほどいた事になりますが、どなたかいい人はいなかったんですか」

「さあ、どうかなあ、わたしは浮いた噂一つも耳にしていませんがね」

文六のお菊への評価はおおむね良好であった。

帰りは歩く事にして、お麻は両国橋を西詰でおりた。

広小路は、相変わらず寒さそっちのけに賑わっていた。

一面に立ち並ぶ見世物小屋や芝居小屋の太鼓の音に、呼びこみの声が渦《うず》をなしている。そこここでは、野天《のてん》芸人がさまざまな芸を披露し、田舎から出てきた人々が右往左往している、江戸一番の歓楽地だ。また並び茶屋に飲食店も沢山出ていて、安いものを提供している。

美味しそうな匂いに、お麻はひどい空腹を覚えた。昼飯抜きだったのだ。薬研堀《やげんぼり》に美味い蕎麦屋があるのを憶い出した。いまは新蕎麦の季節だ。

店に入ると、香り高いせいろ蕎麦を注文した。ここで栄吉が一緒なら、蕎麦前を頼むところなのだが、まだ陽も高いうちに、若い女一人で酒を注文するのは気が引ける。

仕上げに蕎麦湯で口をさっぱりさせて、店を出た。

ここから浮世小路に帰るには、橘町《たちばなちょう》や田所町《たどころちょう》を貫く大通りを直進することになる。薬研堀の向かい側は小禄の侍屋敷の蝟集《いしゅう》する武家地になっていて、少し迂回しなければならない。侍屋敷の立ち並ぶ間を抜けて、横山同朋町の前に出たとき、あらッとお麻は足を止めた。

右手のほうから歩いて来たのは、木野屋の宗助だった。宗助のほうはお麻に気がつかなかったと見え、歩いて来た道の先を右に曲がった。

どこへ行くのかわからないが、お麻の帰り道からさほどはずれた方角ではないから、何気なく宗助のあとを追う形で歩き出した。

ものの二丁ほども行くと、宗助は村松町の露地を入った。入れば裏長屋である。

裏長屋といっても千差万別である。九尺二間の棟割長屋から、二間つづきの割長屋、さらには二階建ての長屋なんてのもある。

宗助が入って行ったのは、こざっぱりと余裕のある造りで、いわゆる貧乏長屋とはちがう。

ちょうど中年の女房が、木戸口へ出て来たのでお麻は訊いてみた。

「右側の三軒目は、どなたがお住いですか？」

怪訝《けげん》な顔で女房はお麻を見返した。

「いま、木野屋の若旦那が入って行くのを見かけたものですから――」

「ああ、宗助さんの事ね。あそこには宗助さんの母親のおもんさんが住んでいますよ」

そういえば、そのような話を以前に、お麻は聞いたような気がする。

警戒を解いたらしい女房は、

「宗助さんは親孝行ですよ。おもんさんが病気がちなものだから、見舞いがてらよく顔を出すようですね。あんな感心な息子がいるんだから、おもんさんも気強いでしょうよ」

急に人なつこい笑みを浮かべた。

孝行息子の宗助に、働き者のお菊。何か綻《ほころ》びがないか、と気負い立っていたお麻だったが、拍子抜けするほど怪しむべきものは何もなかった。

時刻は七つ半（五時）すぎ、早くも薄墨色の暮色が、浮世小路をおおいはじめている。

「うう、寒《さぶ》い」

桶屋の源太だ。木綿縞の袷《あわせ》に半纏を羽織《はお》り、やぞうを極《き》めた姿で走りこんできた。お麻の顔を見るなり、

「熱いのをつけてくれ」

飯台に座るのさえ待ちきれぬ注文だ。

「肴は何にするの」

「とりあえず、付き出しでいいや」

〝子の竹〟では、魚のあらや野菜のくずを上手く使って、酒の付き出しにしている。無賃だ。

「空きっ腹に、いきなり酒を流しこんじゃ、体によくないよ」

「嬉しいねえ、おいらの体を心配してくれるんかい」

源太がはぐらかした。これから、今夜の値の安い料理を、じっくり見つくろう心算なのだ。源太がちらりと見た、板壁に張られた書き出しには、

鰯のぬたなます――二十文
かぶらかにあんかけ――二十四文
鱈どうふ――二十四文
ゆずがま――二十八文
平目煮こごり――二十文
シマあじ刺身――四十文
いさき焼物――四十文
甘鯛幽庵やき――六十文

などとある。ほかにもかす汁や漬物や飯もあって、〆めにも充分だ。

お麻がそわそわしはじめた。

一日に一度は、必ず栄吉が〝子の竹〟へやって来る。朝飯のときもあれば、夕方に顔を見せるときもある。今朝は顔を出していないから、もうそろそろ現われてもいい頃なのだ。

余人はともあれ、そんなお麻の様子に気づくのはお初くらいなものだろう。母親ならではの勘のよさである。

「ほら、おいでだよ」

　えッと振り返ったお麻に、お初は苦笑まじりに、戸口に向けて顎をしゃくった。

　そこにすらりとした栄吉の姿があった。着物の裾を端折《はしょ》り、コリッと固そうな筋肉の足に、水色の腿引《ももひき》をはいている。羽織った半纏の衿に保田屋とあるのは、小間物問屋の名である。栄吉は保田屋から品物を仕入れ、廻り小間物屋の稼業をしているのだ。

　この道に入ってまだ一年足らずだが、かなりの数の固定客を掴んでいた。元は侍だっただけに、折り目正しい立ち居振る舞いや、二十八歳の眉目すがすがしい男振りに、日を追うごとに贔屓の女客が増える一方だ。

　その出商いの格好のままなのは、保田屋へ荷を置くと〝子の竹〟へ直行した、という事だ。

　毎日顔を合わせているのに、そのたび、お麻の胸の内は、処女《おとめ》のようにときめく。温かい湯のようなものが体じゅうに流れるのだ。

　板場では、文平がお燗番をしていた。文平は店番との掛け持ちである。その文平に栄吉の酒を頼んでおいて、板場の藤太には、

「栄さんの肴、適当に見つくろってくださいな」

　そう声をかけたお麻に、

「へい、合点、腕によりをかけまさあ」

藤太はにやりとして見せた。店の連中はみなそれとなくお麻と栄吉の仲を承知しているのである。

飯台に腰をすえた栄吉に酒を注ぎながら、お麻は昼間の自分の行動を語った。

「無駄骨を折っちゃった」

首をすくめたお麻に、栄吉は慰めるように微笑んだ。

「お菊さんがいくら真面目でも、色事は別だと思うな。あの女《ひと》、まだ三十だろう。生身の体が黙っちゃいまい。それになかなか男好きのする顔をしている。笑ったところなんぞ、愛嬌のある猫みたいな顔になる」

「猫が笑うの？」

「たぶんね、身近には独り身の男がいるんだ。馴染んでも不思議じゃないさ」

「喜八さんの事？」

「あの二人は、お菊さんが木野屋に移る前からいい仲だったのかもしれない」

「そうね、きっとそうだと思う」

「もし二人の仲が本当なら、喜八は主人の長四郎さんに対して含むところがあるだろう。恋に上下の差別はないって言うからね」

「旦那さんにお菊さんを奪《と》られたと思ったら、喜八さんはきっと恨む」

その怨念を胸に隠していたら、木野屋の内は、いずれただではすまなくなる。

「そんな空気を感じた内儀さんが、お父つぁんのところへ駆けこんだ――」

家内にはびこる人間関係の、目には見えない軋轢《あつれき》を、おちょうは何かの災いがふりかかりそうだ、と表現したのではないか。口やかましく、出しゃばりで、神経の図太そうなおちょうは、さほど敏感な女だとは見えないのだけれど。

七

紅葉の季節になった。

空は青く澄みあがり、樹々は艶《あで》やかな唐紅《からくれない》に、鮮やかに光る山吹色に、あるいは乾いた代緒色《たいしゃ》に、江戸の町は装いを新たにする。

商いを早めに切り上げてくれた栄吉と連れ立って、お麻は上野山内《さんない》を訪れた。東叡山寛永寺《とうえいざんかんえいじ》は、何といっても江戸一番の大寺である。町の喧騒は遠く、境内は厳《おごそ》かに広い。樹々の数も多い。

人々が浮き立つ春の花見と異なり、初冬の紅葉の美しさに、しっとりとした昂揚感に身が引き締まる。

何より上野山内のいいところは、飲食がご法度《はつと》である事だ。お麻は賑やかな酒席も嫌いではないが、こうしてしみじみとした情感を、栄吉とともに味わえるのは、この上なく大切に思えた。

肌の色が紅葉に映るほど堪能して、二人は上野広小路に出た。空高く、名物の黒門の烏凧《からすだこ》があがっている。赤や黒のこの凧は、一年じゅう空を泳いでいるのだそうだ。

三橋のそばにたむろする辻駕籠を見て、

「帰りは駕籠にするか」

と、栄吉がお麻の足を気づかってくれる。ここは舟運《しゅううん》の不便な場所にある。それで往路も日本橋から歩いて来ている。およそ一里（四キロメートル）の道程《みちのり》。

「病人ならいざ知らず、この世の中脚が達者でなくちゃ、生きていけないでしょ。それに夕方までに戻ればいいのだから――」

寸刻でも長く栄吉と一緒にいたいお麻なのだ。それに歩けば寒さも気にならなくなる。お麻はいったんほどいていた抱え帯を袂《たもと》から取り出し、重ね着した縞《しま》の綿入れの長着の裾を改めてたくしあげた。これで足さばきも軽くなる。

二人は急ぐでもなく、まだ陽の高い下谷《したや》広小路の南端から、御成《おなり》街道へ歩を進めた。

鳥居《とりい》家、小笠原《おがさわら》家、石川《いしかわ》家などの大名屋敷をすぎると町屋になる。この辺りに刀剣屋が多いのは、やはり将軍家御成りの道通りだからなのだろう。

神田川の筋違御門《すじかいごもん》を渡ると、そこは八辻ヶ原である。ここから浅草御門までおよそ九丁（九〇〇メートル）余。神田川沿いのこの柳原《やなぎはら》土手の名物は、古着屋である。道の両側にひしめく見世は、千軒もあるそうだ。

夜になると夜鷹《よたか》の出没する闇になるが、昼間は安手の品を求める客でごった返している。〝子の竹〟への道は、目の前の稲荷の角を右へ曲がって、小柳町と平永町の間の通りを直進すれば行き着く。

その道へ入ったとたん、二人は左の細道から曲がってきた女に出喰わした。

「あら、お菊さん」

お麻の声に、

「まあ、これはこれは――」

と言って、お菊は小腰をかがめた。

浅黒い肌に、下ぶくれの面立ち、衣の上からでも察しがつく、豊満な肢体だ。

「お使いですか？」

「はい、内儀さんのご用です」

お菊はにっこりした。

――猫が笑った！

眼尻が極端にさがり、愛嬌たっぷりの表情だが、細めた双眸に、チカと妖火が灯ったように思えて、お麻の背筋がぞくりとなった。何とも粘っこい色気だ。

二丁目の木野屋の前に来た。

「喜八さんはおいでになりますかね」

さりげなく、栄吉が訊いた。

先日、深川でお菊と喜八の二人を見かけているから、それの連想で、二人が外出のようにかこつけて、忍びあっているのではないか、と疑ったようだ。

「さあ、どうでしょう。お店の事はよく知りませんので――」

さらりと受け流したお菊だが、無関心を装っているとすれば、かなりしたたかだ。

「では、内儀さんにご挨拶をして参りましょう」

「それが、朝から臥《ふ》せっておいでです」

「どうなされました？」

「食あたりでしょうか。朝ごはんのあと、吐いてしまい、それで……」

「それはいけませんね。いくら寒くても物は腐ります」

「ごはんの支度は、玉江《たまえ》さんとおそねさんがやっているから――」

わたしには責めはない、とお菊は強調したいらしい。

「今日は遠慮したほうがいいと思うの」

お麻が栄吉の袖を引いた。

「いえ、訊いて参ります」

木野屋の横露地へ、お菊は走りこんで行った。

お麻はさりげなく表店の様子を窺《うかが》った。紺暖簾の隙間から、喜八の立ち働く姿がちらと見える。お菊との逢引きは、今日はなかったようだ。

「お会いなさるそうです」

お麻と栄吉は、勝手口から招き入れられた。

主人夫婦の寝間つづきの居間に、二人は通された。

すると境の襖が開いて、寝衣の上に綿入れ半纏を引っかけたおちょうが、もそもそと這い出て来た。

襖の向こうは二組の夜具がのべられ、一方の床には長四郎が横臥している。両目を大きく見開いているが、焦点の合わないぼんやりした表情である。

「とんだ目に遭《あ》いなさいましたね」

お麻の見舞いの言葉に
「枕を並べて討ち死にですよ」

自嘲めいたおちょうの声が弱々しい。

「何がよくなかったのでしょうね」

「みなと同じものを食べたのに、わたしだけがあたるなんて、ほんと、いまいましい」

「同じものを食べても、あたる人とあたらない人がいるようですよ。そのときの体の調子によるのだと思いますね。そこのところ、内儀さんは不運だったのでしょう」

「腹が煮えていましたからねえ」

力が入らないのか、おちょうは細声を転がした。

「あんなに怒り狂ってちゃ、胃の腑だって喰いものを受け付けないさ」

床の中で上を見たまま、長四郎は声を投げた。

「だって、わたしはまだ跡取りの話を承諾していませんよ」

ふん、とおちょうはそっぽを向いた。

「あら、そのお話はもう片がついたんじゃなかったんですか」

お麻はそう聞いている。

「主人は、宗助がお弓の亭主として十年間つくしてくれた、とそればっかり言いますけどね、それはそれ、木野屋の跡継ぎはまた別の話ですよ」

痛むのか、腹を抱えながらもおちょうは声を励ました。

「おちょう、いまさら何を言うか。いったんはおまえさんも、うんと言った話じゃないか」

たまりかねたように上体を起こした長四郎が、怒りの目をおちょうに向けた。

「だから言ったじゃありませんか。わたしには妹の子がいる。その甥とお里を夫婦養子にすれば、他人の宗助を跡取りにするまでもない。それなのに、おまえさんは頑《がん》として耳を貸そうとしない。わたしはそんなおまえさんに怒っているんですよ」

「おまえには商いのことはなにもわかっておらん。あの宗助ならしっかりお店を守ってくれる。そうすれば、わたしは安心して隠居できるのだ」

「わたしの甥っ子を仕込めばいいじゃありませんか。とにも角にも、宗助では承服できませんよ」

「おまえがそんなに不人情な女だとは、いまさらながら、わたしは裏切られたような気分だぞ」

「宗助には小店でも持たせて、木野屋から出せばよろしいでしょ」

一種の暖簾分けのつもりなのだろうが、これがなかなか苦労ものなのだ。元のお店の領分を侵してはならない、という厳しい決まりがある。つまり、店を持ったはいいが、同じ町内では商いができない。客や取り引き相手は、新規に開拓しなくてはならない。

これを宗助に当てはめれば、木野屋の跡取りと、暖簾分けされた小店の主人とでは、そこに雲泥の差が生まれてしまう。

小女が廊下に片膝をついた。

「お医者さまがおいでになりました」

その声の終わらぬうちに、石庵が登場した。名医の呼び声の高い石庵ほどになると、多くの患者を抱えている。その多忙さゆえ、わずかな刻《とき》を惜しむように、石庵は常にきびきびと忙しげである。

「お急ぎでなければ、のちほど――」

このまま別れがたいのか、石庵は軽く手を上げてそう言った。

八

お麻と栄吉が台所で待っていると、宗助に送られた石庵が出て来た。

「それで、どんな按配でございましょう」

主人夫婦に寝つかれては、宗助にとっては深刻にならざるをえないのだろう。声が打ち沈んでいる。

「安心なされ、軽い食あたりだ。どんなに気丈でも、体は正直だ。歳相応に老いるものだから、気をつけてやってておあげなさい」

「はい、安心いたしました。それでは施療費でございます」

宗助が紙につつんだものを、石庵に渡した。

名の通った町医に往診を頼むと、かなりの出費になる。診察料、往診料、駕籠代、薬代のすべてで、一両近くもかかった。

これでは庶民には手が出ない。したがって頼りにするのは二十四文（六百円）の灸《きゅう》か、四十八文（千二百円）の按摩《あんま》である。

「出ましょう」

この場では話しにくいようだ。

石庵が先に立って路地口から表通りに出た。そこに法仙寺《ほうせんじ》駕籠と人足が、石庵を待っていた。

この法仙寺駕籠は、往診のための御免駕籠で、庶民用としては最上のものである。流行《はや》り医者の中には、その格式の高さを誇示するように、自家用を所有する者もいる。

駕籠の前で足を止めた石庵は、

「どうも厄介な事になるかもしれません」

「何がどうなったのです？」

宗助に対する態度とはちがう難しい顔の石庵に、お麻は思わず身を乗り出した。

「主人の病状はこのところだいぶ良好になっている。それより問題はお内儀だな」

「は……？」

「毒を口にしたのではないか、と考えられる」

「えッ、毒害ですか」

「診察《みたて》ちがいかもしれん。あの程度の症状では何とも言えんが――」

「毒とすれば、どのようなものですか。斑猫《はんみよう》とか、鳥頭《うず》とかですか？」

「いや、わたしは石見《いわみ》銀山猫いらず、ではないかと踏んでいる。以前にその毒を服《の》まされた患者を診《み》た事があるのでな」

「石見銀山猫いらずなら、町人でも入手しやすい毒ですね」

「さよう、鼠とり薬として売っている」

「あれは、銀を精錬する際にできる砒素《ひそ》という猛毒でしたね」

「よくご存じで――」

石庵が心得顔になったのは、栄吉の前身が侍だった、と気づいたからのようだ。

「しかし、そんなものを服まされて、よく無事でしたね」

「むろん、一度にたくさん服めば、たちまち死んでしまう。朝飯前までぴんぴんしていたお内儀がそれでは、誰だって疑いを持つ。だからごく微量を朝食の何かに入れたのかもしれぬ」

「いったい、誰がおちょうさんを――」

お麻は声を震わせた。

「夫婦の膳を運んだのは女中のおそねだが、朝飯は、女中三人で手分けして、十一人ぶんの支度をするのだそうです。それに台所には、男の使用人も勝手に出入りできるから、その気になれば誰でも毒を入れられる」

「そんな大事を放ってはおけません。死人が出る前に何とかしなくちゃ、ね、先生」

「お麻さんの言うとおりだ。だが、奉行所へ恐れながら、と訴えるには証《あかし》がない。毒だと断定できないのだ。そこでわたしは名案を考えた。木野屋さんは目黒に寮をお持ちだそうだ、寮番の老夫婦もいるから、何の不足もなく滞在できるとの事。主人の気鬱にも、気分転換できる」

「して、おちょうさんは何と……？」

「すぐに出立するそうだ」

「長四郎さん、お菊さんのいない所へ、素直に同道しますかしら」

「強引にでも連れ出す、と病人らしからぬ鼻息だった。そこでだ、主人夫婦の留守になった木野屋に何が起きるか。そこのところを治助さんにひと働きしてもらう、というのはどうかね」

「お父つぁんが、木野屋さんに探りを入れるんですね」

「いかにも――」

石庵の乗った駕籠を、薬籠を背負った供の少年が飛ぶような速歩で追って行った。

青白いもやのような夕色が、江戸の町並みをかすませている。

〝子の竹〟のある浮世小路は、もう目の前だ。商売繁盛の店に帰れば、栄吉と話をする暇はない。それだけに別れがたく、遅れた帰りをお初に叱られるのを承知で、お麻は米河岸にかかる雲母橋《うんも》の上で足を止めた。

「わたし、お菊さんがやはり怪しいと思う」

「お菊さんと喜八さんが人眼を忍ぶ仲だとしても、そう決めつけていいのかな」

慎重な栄吉だ。

「おちょうさんがいなくなれば、お菊さんは我が物顔で長四郎さんをたらしこめる。あの女にいたくご執心の旦那だもの、思いのままにできるんじゃない？」

「うーむ」

「後添えに入れば、旦那を好きなように牛耳《ぎゅうじ》れる。喜八さんを大番頭にだってできるし、木野屋の財は二人のものにできるって寸法よ」

「世の中、そう何もかも上手《うま》くいくとはかぎらないよ」

「そうかなあ」

「もし長四郎さんの病が重くなって、狂老人、呆け老人となっても、木野屋さん夫婦には親類縁者がいる、その人たちが黙っちゃいまい。それにお菊は主人の女房、喜八は使用人。不義密通の咎は重いよ。場合によっては死罪もある」

つまり武家も商家も『不義はお家の御法度』なのである。

「命がけの色恋か」

「じっさいには、吟味までいかない事のほうが多いのだよ」

密通が明白になっても、町人の場合、主人の裁量にまかされて、内済で決着をつけるのだ。その示談金の相場は、七両二分。

「あまり割りのいい話じゃないのね」

「それに、毒を入れたのがお菊か喜八のしわざ、とするのは、あまりにも見えすいたやり口だ、と思う」

早まった当て推量をするよりも、やはりここは治助の探索を待つべきかもしれない、とお麻は冷静になった。

九

ところが、その治助が多忙になった。治助が手先としてついている南町奉行所廻り方同心、古手川与八郎のもとに、ある情報が飛びこんできた。いま江戸じゅうを騒がせている盗っ人一味の隠れ家が突き止められたのだ。となれば捕方一同が総動員される。与八郎の信任厚い治助としては真っ先に駆けつけなければならない。

ならば、お麻が治助の代わりを勤めるしかない。お麻は目立たない格好で、木野屋の斜め前の路地にひそんだ。

木野屋は客の出入りも盛んで、その客を見送りに店の者が出て来るが、他出する者はいなかった。

冬ざれた光はうすら寒く、足元からも寒さが這いあがって来る。たまらなくなって、もう引き揚げようと思いはじめたとき、若旦那の宗助が暖簾を割って姿を現わした。手提げ袋を握って、せかせかと歩き出した。

宗助を追っても仕方ないと、一瞬迷いはしたが、お菊や喜八が出てきそうもないので、念のため宗助を跟《つ》けてみる事にした。手当たりしだいやってみる値打ちはあるかもしれないと思ったのだ。

宗助は小柳町から八辻ヶ原に出て、神田川で猪牙に乗った。川は荷船や小型の船が多く往来している。この混みようは、尾行者にとってありがたい。他の舟にまぎれて目につきにくいのだ。

距離を隔《へだ》てつつ、二艘の猪牙は群青色《ぐんじょう》に流れる大川の水面を滑り、両国橋から新大橋をくぐり、深川の小名木川に入った。

猪牙が停まったのは、右側の海辺大工《うみべだいく》町である。ここには船大工が多く住んでいる。

が、その住居だけではなく、川岸に沿って幾棟もの長蔵《ながくら》が並んでいる。これは蔵の長屋版である。

大川の西側地帯には、屋敷内に蔵を持つ商家も多い。それだけでは不足であったり、火災も頻繁に発生するから、土蔵といえども安心できない。そこで、この長蔵に商品や米を保管しておくのである。

とある蔵の戸口の前で、宗助は立ちどまった。白壁に木野と屋号がある。

待つほどもなく、大八車を曳《ひ》いた男が現われた。男は蔵法師といわれる蔵の管理人である。

蔵から運び出した綿の山を大八車に乗せ、法師に曳かせながら宗助が向かったのは、林町の綿屋の角屋だった。

何の事はない。宗助自らが、取り引き先の角屋へ品物を届け入れただけの事であった。

気負った自分が可笑《おか》しいやら、腹立たしいやら、妙にふてた気分で竪川の三ノ橋を渡りはじめた。浮世小路に帰るつもりだ。

その後も、お麻は木野屋を見張っていたが、何事もなく日はすぎていった。

木野屋夫婦が目黒の寮に移って六日目の朝の事である。

医師の石庵から使いが来た。使いの口上は、

「木野屋夫婦の診察がてら、目黒の寮に参ります。お麻さんも陣中見舞いのおつもりで同道してはいかがかと——辰の半刻（午前九時）お迎えに参上いたします」

というかなり丁寧な誘いだった。

目黒は日本橋からおよそ二里（約八キロメートル）の道程がある。昼飯に客が混み合う刻限までにはとうてい戻れない。

「いいよ、行っておいで。商いのことは心配しなくていい。てヽ、てつと文平の尻をひっぱたきゃ何とかなるさ」

珍しくお初は、機嫌よくお麻を送り出してくれた。

石庵はいつもどおりの法仙寺駕籠だが、お麻には、辻駕籠より上等の宿駕籠をふんぱつしてくれた。

日本橋を発った二丁の駕籠は、東海道への往環をひた走り、高輪《たかなわ》北町へ来ると西へ道筋を変えた。

しばらく武家地と寺社地がつづき、やがて白金《しろがね》町、六軒茶屋町、永峰《ながみね》町をすぎると、行人坂《ぎょうにんざか》である。目黒川へ八十間ほどくだる急坂だ。この高みからは、東西南北、寒

風に晒される冬枯れの田畑が、はるかに望まれる。

目黒川にかかる太鼓橋をわたって直進すると、目黒不動尊に行き当たる。

このお不動さまは、江戸三色不動の筆頭で、縁日や物日など、茶店や露店はもとより、見世物や大道芸人なども出て、人々がむらがり賑わい立つのである。

木野屋の寮は、この不動近くにある。目印は養安院《ようあんいん》という大きな寺で、その南側の門前町に隣接する町屋である。周辺は百姓地ばかりなので閑静この上ない。

木野屋の寮は高い樹木と生垣に囲まれ、冠木門《かぶきもん》を構えている。

手入れの行き届いた小道の先の戸口で、おちょうが出迎えてくれた。

「先生、遠路ご足労さまです。それにお麻さんまでご一緒とは、嬉しゅうございますね」

「内儀さん、体はもうよろしいので――？」

お麻の問いに、

「はい、もう、すっかり――」

にっこりしたあと、声をひそめた。

「石庵先生が大げさに毒だなんて脅すものだから――」

「弘法《こうぼう》にも筆の誤り、と申す」

石庵は涼しい顔をしている。

案内された座敷に入って、お麻はひどく驚いた。

そこには長四郎とおちょうの夫婦のほかに宗助と喜八の姿がある。

床の間を背に、夫婦が並び、片側には宗助と喜八が座している。お麻は石庵の下座に座った。宗助と喜八に向き合う格好だ。

座の空気がどこか重々しい。主人の養生見舞いにしては、固く厳しい表情の宗助と喜八なのだ。

「今日はまたどうしてこれだけの顔ぶれがそろっているのだ」

首をかしげながらも、長四郎は顔色はよく、明るい目の色をしている。声にも張りがあり、商家の主人としての風格を取り戻している。

「じつは重大な用件があり、若旦那には無理矢理おいでいただきました。石庵先生にはわたしからお願いいたしました。なぜなら、旦那さまはご病身の身。容易ならぬ用件をお耳に入れたなら、ご容体に障りかねません。そこで用心のためです」

喜八の話が進むにつれ、宗助の顔は蒼白になっていく。

「わたしは席をはずしたほうがよろしゅうございましょう」

居心地が悪いのは、どうやらお麻一人が部外者のよう、だからだ。

「いや、おちょうが治助さんに頼み事をしたのは聞いている、その行きがかり上、お麻さんにも聞いてもらいましょう」

「喜八、重大な用件とは何なのだい」

じれったそうにおちょうがせかせた。

「はい、お店の恥を晒《さら》す事になりますが、商いの収支が合いません」

宗助の肩が見えるほどに震え出した。

「何だとッ！」

長四郎が目をつりあげた。

商家の経営には多くの帳づけが不可欠である。売掛帳、支払帳、仕入れ帳に使用人や内所の出費など、明細が記入される。そして木野屋では月に一度、大番頭の重三郎と喜八と宗助が、長四郎立ち合いのうえで帳合いをする習わしである。

「八月《はづき》と九月《ながつき》の帳合いでは帳尻が合っていたではないか」

「しかしながら、わたしは仕入れに穴があることに気づきました。つまり仕入れ量と在庫の量が合わないのです。つまり、秘かに品物が持ち出されていたのです」

「盗んだやつがいるのか？」

「若旦那、あなたですねッ」

喜八の鋭い声に、宗助はわなわなと唇を震わした。

「喜八ッ、言っていい事と悪い事がある。よりにもよって宗助に罪をなすりつける気かッ」

「ここ一年ほど、若旦那の他出が多くなりました。むろん、お得意さま廻りなのですが、どうも気がかりです。そこで若旦那のあとを跟《つ》けてみました」

「それで何がわかった？」

「若旦那に女ができたらしい、という事です」

「女か――」

太息とともに長四郎は顔を歪めた。

一年前なら、お弓はまだ生きていた。もっとも病身では閨《けい》の事もままならなかったろう。肉欲をもてあました宗助が、女をこしらえたのもいたしかたないと思いつつ、やはり娘が不憫でならないのは、父親の切ない情である。

「誰だいッ、その女ってえのは――」

おちょうが声を引き攣《つ》らせて、腰を浮かせた。宗助に飛び掛らんばかりの勢いだ。

「若旦那が、松下町の出合茶屋へ忍んで行ったところまでは突き止めましたが、相手の女までは……」

「松下町なんて、ウチの近くじゃないかッ」

「金が要るようになったのは、その女のせいかッ」

「申し訳ございません」

畳に額をこすりつけて、宗助は呻いた。

「宗助ッ、どことどこのお店に穴を開けた？　言ってみろ」

「深川の角屋、鍋《なべ》町の野田屋、本所の叶《かのう》屋でございます」

宗助は勝手に長蔵から品物を取り出し、値を下げて現金売りをしたのだ。取引先には受取証を出しているから、まったく疑われる心配はなかった。

「全部でいくらになる？」

「二十八両二分でございます」

「莫迦《ばか》めッ！」

十両盗めば死罪である。

室内に沈鬱な気配が満ちみちた。

「おまえさん、すぐにも宗助を奉行所に突き出しましょう」

おちょうの鼻息を背に受けて、宗助の五体は哀れにも萎えしぼんでいる。

十

ふと抱いた疑問がある。お麻はそれを口にした。

「喜八さん、わたしはあなたが小名木川の高橋を行くのを見た事があります。あそこは海辺大工町の長蔵のそばですね」

「それなら、若旦那のあとを跟けていたときの事でしょう」

「でもそのとき、あなたの少し前をお菊さんが歩いて行っている。わたしはあなた方二人が示し合わせて会っていたのではないか、と疑いましたよ」

「とんでもないッ、お菊とわたしには何もありませんよ」

血相変えて、喜八は打ち消した。

「待て、お菊が……」

突然、長四郎が両手の指先でこめかみを圧《おさ》えた。

また始まった、とばかりにおちょうは夫を睨みつけた。

「おう、憶い出したぞ、わたしが倒れたときの様《さま》だ。いきなり目の前が真っ暗になった。それっきりだった。次に気がついたときは、家じゅうの者が囲りに集まっていて、そのうち竹園先生が来た」

「そのときからですよ、お菊、お菊と口走るようになったのは——」

うんざり顔のおちょうだ。

「石庵先生、このような事があるでしょうか。いま思うと、倒れたあのとき、わたしの頭の中にお菊、という名がこびりついてしまったようなのです」

「あなたは軽い心臓の病がある。その場合、気を失う事もあるのです。しかし、そう長い間ではない。だからすぐ気がついた。気絶している間、あなたは何かを耳にしたのではないですか？」

「しかし、あのときのわたしは死んだのも同然です。何も聞こえるはずないじゃありませんか」

「それは仮の死の状態です。四、五百回の脈搏《う》ちが止まっても、生き返る人もいます」

「ほう……」

と頷いてから、長四郎はまだ納得できかねるようにつづけた。

「たとえ仮でも死んでいては、何も感じないでしょう」

「わたしは医者として、多くの患者の臨終《りんじゅう》を看取《みと》って来ました。そして驚く事に、心の臓が止まったあとも、耳だけは聞こえているのではないか、と思うときがあります。ある患者が死に臨んだ、とします。その別れの悲しみに夫が、妻が、子が大声で呼びかけます。そのときです、声が届いた、と思えるのは。その手応えが目に見えるわけではありません、感じるのです。医者だからこそ感得しうる、としか言いようがありませんが――」

闇の中を探っていたような長四郎の目に、異様な光が宿った。

「待て、それだッ、きっとそれだッ。待てよ、待てよ。あッ、憶い出したぞ」

長四郎は、怒りとも悲しみともつかぬ形相《ぎょうそう》を宗助に向けた。

『あッ、宗助さん、旦那さまはどうなすった――』

『お菊、義父つぁんが死んでしまったよ』

『えッ、あッ、本当だ、息をしていない』

『喜べお菊、これで木野屋はわたしとおまえのものだ』

息を吹き返した長四郎の頭の中に、お菊という韻《いん》の強い音声だけが、小さな傷のように残った。その言葉の傷が絶えず心を占めつづけ、長四郎の意思に反して口から発せられたのだろう。

「覚悟はできております」

うなだれたまま宗助は声を絞り出した。

「わたしは、おまえがおちょうの毒殺を謀ったとは思わない。おまえはそれほどの悪人ではないはずだ」

小僧に入ってから二十年、宗助はこれまで何の過失もなく奉公して来たのだ。

お菊との関わりは、目をつぶれない事ではなかった。若旦那が、若くきれいな女の奉公人に手をつける、世間にありがちな話であった。

入夫とはいえ、宗助は若主人である。問題の二十八両二分の使い込みも、奉公人が主家の金を横領したのとは異なる。大店の若旦那が、親や番頭の目を盗んで、お店の金に手をつけても、奉行所に訴え出る事はない。どうにも改心しなければ、泣く泣く勘当という仕置きをくだすのだ。

宗助の人柄を買っている長四郎といえども、どうにも許せないのは、宗助とお菊が、自分の死を喜び合った、というところにある。それに対して、

「お弓の死後、お義母さんが親戚から夫婦養子を迎えたい、と話しているのを聞いてしまいました。そんなときです、お義父つぁんが倒れなすったのは。それであのよう

な不埒《ふらち》な事を口走ってしまいました。お義父つぁんが亡くなったいまなら、跡継ぎとしてこの身は安泰だ、と勝手に思いこんだのでございます」

根が真面目で小心な宗助だ。

「申し訳ございません」

と、顔を蒼白にして身をわななかせた。

「おまえさん、このまま宗助を許すつもりじゃないでしょうね」

おちょうがいきり立つ。

「わたしとて心穏やかなわけではないよ。しかし、木野屋の体面も考えなければならない。家内のごたごたが世間に知られては、お店の信用に関わる。商人にとってお店が第一だ。何より優先するのだ」

揺るぎない信念のこもる長四郎の言葉に、おちょうは何にも言い返せなかった。

「宗助、二十八両二分は、おまえにくれてやる。そして、木野屋とはすっぱり縁を切ってもらうぞ、いいな」

温情あふれる裁量に、両手をついた宗助の双眸から大粒の涙がしたたった。

「お麻さん、頼みがある」

「はい、木野屋さん、何なりと――」

「この一件は何とぞ内聞に願います。治助さんにも言わんでもらいたい。何たってお上《かみ》の手先を勤める治助さんだ。耳に入れば聞き捨てならんでしょう」

長四郎がこだわるのは、やはりおちょうが毒を盛られたかもしれない、という点だろう。

木野屋の寮を出てから、お麻は石庵に訊いてみた。

「先生、おちょうさんは本当に食あたりなんでしょうか」

「どうやら、そのようですな」

自分から毒だ、と木野屋夫婦を脅かしておいて、いまの石庵はけろりと澄まし返っている。

——狸め、

こみ上げて来る内心の笑いをとどめて、けっして狡猾《こうかつ》ではなく、清濁併せ呑む石庵の懐は、どこまで深いのだろう、とお麻の興はつのる。

今宵も〝子の竹〟は賑わっている。

店番を手伝うお麻の手がやっと空《あ》いて、栄吉の隣の腰掛けに体をすべりこませた。

「木野屋さんへ行って来た?」

「ああ、商いがてらね」

栄吉が扱う小間物は、男にも女にも用がある。

「大旦那の様子はどうだった？」

「すっかり元気になって、口やかましいおちょうさんにも負けていないね」

「女の勘て凄いね。だって出しゃばりでがさつなように見えていて、おちょうさんは家の中の異変を感じ取っていたんだもの。証《あかし》一つないのにさ」

「女は油断ならないってわけか」

「栄さん、何か疚《やま》しい事でもあるのッ」

「さあ、どうかな、痛え、つねるなよ」

「それより、今夜は、行ってもいい？」

「いいけど……いけない、お初さんが睨んでる」

「わたしたちの話、聞こえるはずはないのに」

「恐い恐い、女の勘てやつかもしれない」

店の片隅から、くしゃみの連発が鳴りひびいた。

「正《しょう》さあん、おつもりになさいよ」

高らかなお初の通告だ。

左官の正一のくしゃみは、これ以上呑むなという知らせである。

明日からは十一月《しもつき》になる。吹きつける木枯らしが、戸口の油障子をかたかたと鳴らし、浮世小路は今夜も更けてゆく。

第五話　神おろし

一

一面の血しぶきか、と見紛《みまご》う蘇芳色《すおういろ》が、奈おをたじろがせた。その赤朱色《あかくす》の重なりは、めらめらと燃えあがらんばかりに、室内に満ちている、

十二畳の寝間は、手の込んだ欄間《らんま》に高いあじろ天井。襖も品よく渋い京唐紙とし、華美を省《はぶ》いた落ち着きのある仕様になっていた——のだが。

「こ、これは……！」

朱色の正体は、衣装箪笥や長持《ながもち》や鏡台などの家具調度を覆《おお》いつくす布であった。高《こう》麗縁《らい》の畳は、どこでどう入手したのか、これもまがまがしいほどの赤い薄縁《うすべり》に占拠されていた。

うしろから、

「夜具も真っ赤だ」

父親の千兵衛がいとも情けない声を出した。

「まあ、何て艶《なまめ》かしいこと」

つい口がすべったが、娘としては慎むべきだったかもしれない。

「莫迦言うな。何やら怖ろしくて、わしは夜もおちおち寝ておられん」

「いったいどうしたっていうの？」

「小夏《こなつ》の脳みそが御座《ござ》ってしまったようなのだ」

脳裏に狂いが生じたことを、年寄りたちはこう言ったりする。

「小夏さんのしわざなのね」

「うーむ」

「信じられないわ」

小夏はいささかがさつなほど、明るく健康そうな女である。

植木商だった千兵衛は五十歳で隠居し、下谷通新町《したやとおりしんまち》にある松島屋本家は、奈おの弟の千之助《せんのすけ》と千次《せんじ》があとを継いでいる。

隠居と同時に千兵衛は、ここ向島《むこうじま》の小梅村《こうめむら》に別宅を建てた。移り住んで五年、千兵衛は五十五歳になる。

千兵衛の最初の妻は奈《な》よ。奈よは奈おを生んで、じき病没していた。のち、みゆき、を後添えとし、千之助、千次の二子をもうけるも、七年前、流行病《はやりやまい》であっけなくこの世を去っている。

小夏は三ノ輪橋近くで小体《こてい》な煮売茶屋を営んでいて、やもめの千兵衛といつしか理《わり》ない仲になっていた女である。

歳は三十五、奈おとしては上手《うま》く義母と関係が構築できないのは、三歳しか年がちがわないからだろう。義母とも義姉とも友達ともつかない中途半端な、尻の落ち着かなさがある。

「どうもいかん──」

頭をかかえんばかりに、千兵衛は呻《うめ》いた。

「いくら何でもやりすぎね。小夏さんの好みがこんなに悪食《あくじき》だったなんて。それにしてもお父つぁんはあの人の言いなりね。大甘なんだから──」

三ノ輪の店をたたませて、千兵衛と小夏がこの家で共棲《ともずみ》するようになって四年ほどになる。千之助に言わせれば、

『親父は小夏さんに尻小玉を抜かれている』

となる。

「かんじんの小夏さんはどこ？」

「なにやら朝早ように出かけて行きおった」

「行き先を聞いていないの？」

「うーん」

千兵衛が口ごもったそのとき、

「おかえりなさい」

戸口のほうで婆やの声がして、小夏の帰りを知らせた。

すかさず、奈おは隣室の居間に移った。いくら娘とはいえ、夫婦同然の寝間に踏みこんだとあっては、小夏が気を悪くするにちがいない。

「うー、さぶさぶ」

底抜けに元気な声とともに、小夏が顔を出した。

「きれいな鼻緒《はなお》の日和《ひより》下駄があったから、奈おさんだって、ピンと来たのよ」

「この冬はことのほか寒いね、雪は少なくないのに、氷室《ひむろ》とやらに閉じこめられたみたい」

「わしもこんな寒い冬は初めてだ」

盛大に炭を熾《おこ》した火桶が二つ。それを取り囲むように座した三人は、交互にそれぞれの衣服を見やっていた。

小夏は合着の上に棒縞お召しの袷を着て、その上に綿入れの、黒地に雪輪柄の大模様の綿入れ半纏だ。元が小太りだから、丸々と着ぶくれている。愛嬌のある大きな目に、鼻も唇もぽってりとして、歳よりはずっと若く見える。

対して千兵衛だが、濃紺の渋い青海波《せいがいは》の長着に、布子の半纏が暖かそう。股引もはいていて、首には羅紗《らしゃ》の襟巻き、背はさほど高くないが、いまだに固太りのしっかりした体つきだ。高い鼻梁や引き締まった唇の顔はつやつやと光っている。若いときは我意が強かったが、さすがに丸くなった。

その千兵衛の秘蔵っ子である奈おは、臙脂《えんじ》の角菊《すみぎく》の市松模様の小袖、むろん綿入れだ。それに針子織《ななこおり》の半纏。それでも寒い。

江戸の冬は十二月《しわすむつき》一月と寒気の厳しい日々がつづいている。二人の膝の下にかすかな震えが伝わると同時に、空気がゆらいだ。

うん?!

思う間《ま》もなくカタカタと家が鳴り出した。

「地震《ない》だッ」

腰を浮かした小夏が、声を筒抜かせた
すわっと三者三様に身がまえたが、小さな揺れはすぐおさまった。

「当たったァ。当たったァ」

ぺたぺたと火桶のふちを叩いて、なぜか小夏は大はしゃぎである。

意味不明な言葉といい、千兵衛の危惧どおり、小夏の頭はイカれているとしか思えない。寒気とはちがう冷感に奈おの肌が粟立った。

「これ、小夏、しっかりしておくれ、いったい何が当たったって言うんだい」

傍目《はため》にもじれるほど、大の男がおろおろとみっともない。父親の不甲斐なさに、少なからず奈おは落胆し立腹した。

「小夏さん、少々聞かせていただきたいことがありますよ。わたしたちにわかるように話してくださいな。できますか？」

つい高飛車な語調になる。

「あら、なんでしょう？　どんなことでも訊いてちょうだい」

真っ直ぐに、小夏は奈おを見た。嘘も衒《てら》いもない目の色だった。愛嬌のあるその目に、狂気のあやうさは見当たらない。

「お父つぁんが困り果てているのよ。どうして寝間があんなに真っ赤なんです？」

「旦那さまには断わりを入れましたよ。そしたらおまえの好きにしなさい、そうおしやってくれて——」

小夏に蕩《とろ》けている千兵衛のことだ。ついつい言いなりに要求を呑んだのだろう。

「でもね、どう見てもまともな模様替えとは思えません。いくら何でもやりすぎだわよ」

「そうかしら、わたしはよかれと思って、だって、青女《あおめ》さまのお告げにまちがいはないんですもの」

「その青女さまって？　お告げって？」

お父つぁん知っている？　そう問う奈おの目に向かって、千兵衛は首を横に振った。

「旦那さまにはわけもなく言いそびれていたんだけど……青女さまは祈《き》と占いが大いに堪能と評判のお方です」

「女占い師……その人にそそのかされたわけなの？」

「ひどいじゃないの、そそのかされたなんて。あのお方は聖天《しょうでん》さまの生まれ変わり。みんなそう言って帰依《きえ》しています」

「あなたもその生き聖天さまとやらを信じているってことね」

「もちろん。占いはよく当たるのよ」

「それで小夏さんは何を占ってもらったの？」

得たりとばかりに、小夏は膝を乗り出した。

「去年の十二月《しわす》、金蒔絵《きんまきえ》の大切な櫛《くし》を、わたし見失ってしまって。あれは旦那さまにいただいたものだから、家じゅうくまなく探したんだけど、どうしても見つからない。そのとき、青女さまのことを耳にした」

「それで見つかったの？」

「ずばり当てたのよ。驚き、おどろき」

「どこにあったの？」

「お風呂場の棚の上——」

この別宅は、千兵衛が金にあかした造りになったいる。三百坪ほどの敷地は船板塀を建て廻し、趣きのある冠木門、内風呂に内後架《こうか》。座敷は四間《ま》ある、ほかに奉公人用の別棟と外後架があって、市中では望むべくもないゆるやかな日々の暮らしがここにはある。

「たまに当たったんじゃないの？」

「奈おさんらしくもない、ずいぶんねじけた言い方するのね。今日だって大当たりよ。青女さまは、今日は地震がある、とのたまわれた。するとどうでしょう、ピタリと当てられたじゃありませんか」

その女売卜者《うらない》は、小夏の心をわしづかんで、全幅の信頼を一身に集めているようである。

「赤い寝間は？」

「いつも旦那さまに申し上げているように、わたしは旦那さまを心よりお慕いしています。そして、こんなにありがたく幸せな素晴らしい日々がいつまでもつづきますように……そのためには、旦那さまには長生きしていただきたい。八十までも九十までもお元気でいてほしい――」

見れば、千兵衛、ヤニさがっている。

「そのお気持ちは、娘としても嬉しいけれど、それと寝間の真っ赤とはどう……」

「聖天さまのお告げです。寝間を赤い色で満たせば、旦那さまもわたしも病知らずになれる。末永く元気で一緒にいられる。青女さまがそう申されました」

いまの境遇に、小夏が満足しているのは明らかだ。おおらかで単純な性格をむき出しにして、暮らしを楽しんでいる。腹の底に悪意のかけらでもひそんでいようとは、とうてい思えない。真っ直ぐに、青女とやらいう占い師の言葉を信じているだけのようだ。

「温石《おんじゃく》をあたため直してくるわ」

帯の間から布にくるんだ温石を引き出しながら、小夏が席を立って行った。

「悪気のないやつだから、あまり強くも言えんな。そのうち熱もさめるだろう」

理由《わけ》が判明して、千兵衛は嬉しさ半分、当惑半分の間にいるらしい。

「でもさ、お父つぁんが夜もおちおち寝ていられないんじゃや、元気満々どころじゃないでしょ」

「あいつが気狂いではないとわかれば、じたばたすることもあるまい。ただ一つ、気がかりなことがある」

千兵衛が表情を引きしめてつづけた。

「あいつには、ある程度の、わたしに断わりを入れなくとも気がねなく金子《きんす》を使えるようにしてある。あの手文庫――」

床の間の横にある違い棚を指さして、

「つねに一両や二両入れてあるのだが、このところの金使いが目に余る。手文庫はいつもからっぽなのだよ」

「何に使っているのかしら、あ、そうか、その占い師への礼金だわ。ええ、きっとそうよ」

「なるほど。そうなるとあまり深入りせんうちに、眼を醒まさせないといかんな」

松島屋を初代の父親から引き継いで、江戸でも指折りの植木商に仕立てた遣手《やりて》の二代目も、ぐんと年若い女の扱いは、どうも苦手のようだった。

二

立て混んでいた客も引いて、浮世小路の〝子の竹〟の商いも一段落というところ。近くの雲母橋通りで〝奈お松〟という鰻屋をやっている奈おが、ひょっこり顔を出した。

「……というわけなのよ」

少しかすれた奈おの声が、お麻の耳に心地よく響く。

「小父《おじ》さんも、小夏さんにはからきしだらしないのね。まだビシビシ仕事できるのに、早々と隠居なんかするからよ」

手厳しいのは、お麻も奈おに負けじ劣らず、千兵衛が好きだからだ。親しみを込めて毒舌を吐く。

「あのお父つぁんが腑抜《ふぬ》けになるのは、小夏さんについてだけ。ほかは昔とちっとも変わらない。千之助だって頭が上がらないんですもの」

貶《けな》されればつい庇《かば》いたくなるところは、やはり親子の情だ。とお麻は小さく笑った。

「わたしのところ、女中が一人やめてしまったので、半端じゃなく忙しいの」

含みのある奈おの言い方に、

「その占い師を調べたいのね？」

お節介と自認するお麻の思考は、先へ先へと廻りこむ。

「お願いできる？」

「小父さんが誰か雇えばいいのに――」

「わたしも言ってみたのよ。そしたら、おれは小夏を信じているから、そこまでしたくない、だって――」


奈おによると、青女の住み所は神楽坂《かぐらざか》だそうである。

正月も門松納めがすみ、町にはいつもと変わらぬ日常が戻っていた。

福徳稲荷《ふくとくいなり》の裏手に、〝おのこ屋〟という駕籠屋がある。

お麻はそこで駕籠を雇い、日本橋の大通りを神田へ抜け、そこから神田川に沿って牛込御門までやって来た。

そこから神楽坂にかかる。けっこうな急坂だ。

見れば、供の男を連れた鳥追いの姿がある。新調の着物に紅白粉《おしろい》もきつい艶かしさで三味線をかかえている。

鳥追いは、正月元日から中旬までの間、町方に立ち、三味線の弾き語りをして銭を乞《こ》う女太夫で、正月の風物詩の一つである。

毘沙門天《びしゃもんてん》の社頭で、お麻は駕籠をすてた。その先を左へ入った岩戸《いわと》町に、青女は祈《き》禱所《とうしょ》をかまえているという。

この一帯は、大小の旗本屋敷に御家人屋敷の密集する地域である。秋にはそこかしこから虫の音がすだきあがる。貧窮する御家人の内職はさまざまだが、この付近の家では鈴虫、こおろぎを育て虫かごも作り、売りさばいている。

急坂通りの藁店《わらだな》から路地を入ったところに、その仕舞屋《しもたや》はあった。

何のへんてつもない造りの家だが、戸口の引き戸が狐格子になっていて、上部に紙《かみ》垂《しで》のしめ縄が渡されているのが、わずかながら神域めいている。

戸を開けて中の土間に入る。独特なにおいが鼻につく。護摩を焚《た》くにおいだ。

「申し、どなたかおられましょうか」

声が届いたとみえ、薄暗い廊下の奥から、ぬっと現われたのは異形《いぎょう》の男だった。

肩まで垂らした総髪、頭巾《ときん》をつけ、柿色の衣の首に、鈴懸《すずかけ》が下がっている。下は裾細袴《すそぼそばかま》。どこからどう見ても山伏《やまぶし》の風体《ふうてい》だ。

肩幅の広い、精悍な体つき。歳の頃は二十五から三十くらいまで。

「ご用向きは……？」

修験者《しゆげんじゃ》らしからぬ色白の、引きしまった薄い唇、高い鼻、利巧そうな目に感情は見られない。動かない青みがかった目で、お麻をじっとみつめる。

今日はお麻は町女房ふうに、地味な小紋に唐桟縞《とうざんじま》の綿入れ半纏。そこそこ金のありそうな身装《みなり》である。

「こちらの聖天さまは霊験《れいげん》あらたかとうかがい、ぜひともご祈禱いただきたく、まかりこしました」

「どなたの引き合わせですか」

紹介者なしの依頼は断わられそうなので、

「向島の松島屋小夏さんですが」

とっさに、お麻はそう答えていた。

小夏には、ここに来ることは言っていないのだが。

「それでしたら、どうぞお上がりください」

戸口からすぐの部屋に通された。手あぶりもなく、煙草盆が二つ置かれただけの、殺風景な小座敷である、ひどく寒い。

「こちらでしばらくお待ちいただきたい」

襖を閉めて法師が立ち去ると、お麻は耳を澄ませた。どうやら先客がいるらしい。壁を通してかすかな人声や気配が伝わってくる。

しばらくすると客の帰る様子があって、法師が顔を出した。

「お待たせいたしました。こちらへお越しください」

隣室へ案内された。ともに入室した法師が襖を閉《た》てると、密閉された部屋はかなり薄暗くなる。

正面にしめ縄が張られ、その中央に歓喜天《かんぎてん》の、五尺ほどの絵像が架けさげられている。左右の法灯が揺らめく。一方の壁ぎわに几帳《きちょう》があって、その奥にわずかな空間を作っているのは、文机《ふづくえ》でも置いてあるのか。

祭壇を背に、巫女《みこ》が座していた。白い浄衣《じょうい》に緋《ひ》の袴《はかま》。下げ髪を背で一つに結んでいる。

クシュッ、お麻は一つくしゃみをした。体の芯まで冷えてしまっているのだ。

「寒いですか？」

女にしては朗々《ろうろう》とした声だった。

「寒さ暑さに意気地がなくて……」

くしゃみ一つのはしたなさを、お麻は言い訳した。

「わたしは陸奥《むつ》の寒冷地で生まれ育ったせいか、寒さには強い。けれども今年の寒さはさすがにこたえます」

案に相違の気さくな青女を、お麻は凝視《みつ》めた。法灯と燭台の薄くらがりに目もなれてきた。

青女の歳は三十前後。眉太く、張りのある目は黒々とした瞳が大きい。高い鼻が男性的だ。色白で紅も白粉も刷《は》いていないが、なじみのない容貌だった。この青女に比べれば、江戸の女の顔はもっと扁平な造りだ。

肩幅の広い、しっかりした骨格の体つき。座していても、五尺四寸か五寸はありそうな背丈だとわかる。

全体としてはすぐれて美しいのだが、一種勇婦のおもむきがある。

少しの間、よしなし事を話してから、

「お麻さんとおっしゃっていましたね、今日はどのような……？」

青女は本題に入った。

「わたしは父も母も知らないみなし児です。でも会いたい。生きているのなら、何としても会いたいのです。いまどこでどうしているのやら、青女師さまにその事をご祈念していただきご神託をたまわりたい、と参じました」

小夏にただせば、お麻の身許はすぐわかってしまうのだが、あえて作り話をした。深く関わりたくない風儀が青女にはある。それに青女の力量を試すためだ。

体を廻した青女は、祭壇に向かって深々と一礼すると、香炉に護摩木《ごまぎ》を焚《た》いた。そしておもむろに幣《ぬさ》を振り、祝詞《のりと》を唱え出した。

「天清浄、地清浄、内外清浄、六根清浄。清めたまえ、はらいたまえ、われこそは青女聖天なり。おんばさらやに…………そわか」

会話のときとちがって、くぐもり底力のある音声《こわね》だった。

次に合掌した手の上体を前にたおし、全身で力《りき》む。

「うんッ……うんッ…」

見ているお麻が息苦しくなるほどの入魂ぶりである。青女の体から後光が放射されているかのようでもあった。

力みがやんで、青女は肩で大きく息をついた。その体から何かが抜け出て行ったように、急にくたりとなった。

やがて伏せていた体を起こし、青女はお麻のほうを向いて端座した。

「母ごは、無念ながら亡くなっています」

声はもとに戻っている。

「で、お父つぁんのほうは……？」

「わかりません」

意外な答だった。

当たるも当たらぬも占いだから、と客のほうは心得ている。けれども青女の占いは適中の割合いが高い、という。そこが人気なのだが、手練《てだ》れの占い師なら、黒白どちらともつかぬ言辞を弄《ろう》するのが普通である。

そこを『わからない』とは潔《いさぎよ》すぎやしないか。何とでも言い変え、言い抜けができるものを。

「小夏さんは、青女さまの祈禱は、驚くほど霊験あらたかだ、とお言いでしたのに――」

「相すみませぬ。わたしとてはずれる例もあります。わたしは小さい頃より、妙に勘のはじけたところがありました。吉凶を占うほどではありませんでしたが、今日は誰それが来るとか、おっ母さんが落とし物をするとか、よく当てました。長ずるにしたがい、熱心に祈念すると、頭の中に光が生じるようになり、答えがみちびかれるのです。神威のしからしめるところでしょう。でも全部はわかりません。そのときは、正直にお伝えするだけです」

そう言われれば引きさがるほかはない。

「ありがとうございました。また伺ってもよろしいでしょうか？」

「どうぞ」

青女はにっこりとした。

自分が相手にどう見えるか知っている。そんな自信たっぷりな笑顔だった。

「お礼はいかほど……？」

後ろに控えている法師に、お麻は訊ねた。

「はい、三百文ほどご喜捨《きしゃ》ねがいます」

もっとふんだくられるものと覚悟していたお麻は、ちょっと拍子抜けしてしまった。

これなら上等の鰻飯の値と変わらない。

敷居まで膝をさがらせたお麻に、

「明日は大川が凍りつきます」

と、青女が断じた。

青女はお麻の嘘を見抜けなかった。それに大川が凍ったなんて、古老からも聞いた事がない。

やっぱりいんちきなんだ、青女は口から出まかせを言っているにすぎないのだ、と確信をしたお麻の耳に、綺麗な声の鳥のさえずりが聞こえて来た。奥の部屋にでも飼っているらしい。

三

浮世小路の〝子の竹〟は今夜も盛況。客たちの話し声や喰いものの匂いが沸き返っている。

珍しく治助と栄吉がうちそろって帰って来た。

戸口まで出迎えたお麻に、

「そこでばったり会ってな」

治助はどことなく嬉しそうだ。

栄吉は小間物の出商いをしている。呼び売りもするが、多くは決まった得意先廻りである。背中の荷は、親方の保田屋へ置いてから湯屋へ行き、それから夕飯に〝子の竹〃へ寄るのが日課になっている。

治助と並んで立つと、栄吉のほうが二寸ほど背丈が高い。

治助は、南町奉行所廻り方同心の古手川与八郎の手先を勤めている。目明しとか岡っ引とか御用聞きとも呼ばれる稼業である。いわゆるお上《かみ》の威《い》を笠に着る者として、町人たちから敬遠される人種である。

そうした悪評から、何度も目明し禁止令が出されている。

六代将軍家宣《いえのぶ》が、その発令をしたとき、幕府の上層部の歴々は、ごもっとも、と賛成の意を表した。だが、勘定奉行の荻原重秀《おぎわらしげひで》だけは『もし目明しを廃止するとしたら、今後の審理は拷問でやるおつもりか』と疑問を呈した。という。

それだけ目明したちの働きは、功罪相半ばしつつも用を足しているのである。

「おっ母さんの前が空いていますよ」

栄吉がやって来る頃合いを見計らって、お麻は栄吉のために席を一つ確保するのが習わしになっている。

「おれのは――？」

治助が子供みたいに頰をふくらませる。

「並んで座れますとも」

「そうか、ありがてえ」

とたんに、喜色を浮かべるのは、栄吉相手に酒を呑めるのが心楽しいのだ。まるで栄吉が一人娘の婿ででもあるような歓迎ぶりである。

「熱いの、じゃんじゃん持って来とくれ、それから……肴は、いわしのゴマ和え、白魚玉子豆腐、飯《いい》だこ煮、それと……かぶのかにあんかけ……」

書き入れと首っ引きの治助を、

「待ってください。それでは多すぎます」

栄吉が止めに入った。

「いいじゃねえか。今夜はおれの奢《おご》りだ」

「おまえさん、何かいい事でもあったんですか」

入れ込みの奥隅に作った帳場から、お初の声が降って来た。

「何かなくちゃ、奢っちゃいけねえのかい」

上機嫌の治助だ。

酒と料理を二人のところへ運んだお麻が、

「お父つぁん、ちょっと耳に入れたい事があるんだけど――」

と、占い師の青女について話した。

「奈おさんが困っているのはわかるが、お麻、おめえ、妙なことに首を突っこんじゃならねえよ。向こうには松島屋のご隠居がいなさるんだ。内々の事はご隠居が片をつけなさるよ」

治助はお麻を諌《いさ》めた。

「ところが、その小父さんがからきし頼りないのよ。心底小夏さんに惚れているらしく、小夏さんには甘い、甘い、大甘なの」

「羨ましい」

「おまえさんッ」

お初の一喝に、治助はヘッと首をすくめて見せた。栄吉がくすりと笑う。

「明日の朝、大川が凍ったかどうか見に行かなくちゃ――」

日本橋川に面した南茅場町に船宿の〃汐屋《しおや》〃がある。そこの船頭に確かめればわかるはずだ、とお麻は思う。

「蝦夷《えぞ》とやらは知らねえが、池や沼が凍っても、水の流れる川は凍らねえって言われてんだがな」

「占いははずれる事もあるって、本人も言っていた。でも、地震は言い当てた」

「うむ――」

栄吉がちょっと身を乗り出して、

「帰りしな、小鳥の囀《さえず》りを聞いたって言ったね」

と訊いてきた。

「ええ――」

「家の中から……？」

「ええ、どんな鳥か知らないけど、綺麗な声で啼《な》いていたの」

「それだよ。いろいろな生き物が、天変地異を察知すると言われている。小夏さんが行ったとき、その小鳥が騒いだにちがいない。その異変に、青女は地震が起こる、とご託宣をくだし、それが運良く適中したわけだ」

「占いなんてそんなもんだ」

治助の結論だ。

「そうかなあ」

「だからよ、お麻、ここまでの話では、まだおれの出番はなさそうじゃねえか」

神楽坂は藁店の通りに面したその茶屋から、青女の家への路地が目の前に見通せる。店の前に置かれた長床几に、お麻と栄吉は陣取った。栄吉が商いを休んだのは、

「青女の化けの皮をひんむいてやるッ」

と、見えない敵の胸ぐらをわし摑まんばかりのお麻のせいである。

地震が起きた種を理で説いても、青女にどっぷりと心酔している小夏が、そう容易に眼を醒ますかどうか。このままでは奈おの心配、千兵衛の心痛は解消されないのだ。ここは何としてでも奈おの信頼に応えたいお麻である。

その路地には三軒ずつの家が向かい合っていて、突き当たりは寺の塀で行き止まっている。

半刻ばかりの間に出入りしたのは、住人の女房とおぼしき女が二人。ほかに右手一番奥の青女の家に女が一人入って行った。これは加持を受けに来た客であろう。

そしてたったいま、振売《ふり》りの八百屋が、これも青女の家を訪れている。出入りの小商人らしく、もの馴れた様子で勝手口へ廻って行った
八百屋はひと商いすませた頃合に、青女の家から出て来た。天秤棒の前後に下げられた荷籠には、また沢山の大根や人参やかぶが見える。

ぶ厚い半纏に、つぎはぎだらけの股引姿はまだ二十五、六の若者だ。背が低く、横ぶとりした体型だが、その足取りは軽い。二人の正面に見えるその顔は、金つぼまなこにししっ鼻、色黒でとぼけたような表情をしている。ちょっと特徴のある顔だった。

足元から這い上がる寒気に、五体の震えがどうにもならなくなったとき、また一人の女が青女の家を訪れた。

入れ違いに、先の女が出てきた。

「わたしが行く、栄吉さんはあとの女のほうを頼むね」

寒さに耐えきれず、お麻が立ち上がった。女のあとを追って話を聞くつもりなのだ。

神楽坂の通りに出ると、女は辺りにきょろきょろと目を配った。客待ちの辻駕籠を探しているようだ。

その前に、とお麻は声をかけた。

「あの、少々伺いたいことがあるのですが――」

「は、わたしに……?」

女の歳は五十前後、地味だが上等な紬《つむぎ》の綿入れ、羽二重《はぶたえ》の襟巻きをしている。目鼻立ちの小ぢんまりとした、慎ましやかな面立ちだ。

「わたし、知り人から青女師さまの評判を聞きました。ご祈禱による奇瑞《きずい》はいやちこで、占いもよく当たる、と。それでわたしもとやって来ましたところ、あなたをお見かけしました。ほんとにそのように当たるのでしょうか」

悩みのない人間なぞいないし、女同士という気安さもあって、女は同情的な表情を浮かべた。

「わたしは浅草諏訪町《すわまち》に住まいしております、よろしければ、歩きながらお話ししましょうか」

落ち着いた物腰は商家の妻女を思わせる。

「わたし、麻と言います。浅草ならわたしも通り道ですから――」

嘘ではなかった。このあと、栄吉とは向島の松島屋で落ち合うことになっている。

もっとも徒歩では一刻《とき》以上かかってしまう。途中から舟運を使うことになるだろう。

「さとです。家業は酒商を営んでおります」

「どういう経緯から青女師さまの許へ……？」

「宿《やど》（夫）と夫婦となって三十余年。わたしはずっと耐え忍んで参りました。手広く商いをしておりますから、生計《たつき》の心配はありません。けれどそのほかは、まるで地獄のような日々でした。些細な事でも怒鳴り散らし、気に入らなければ手が出ます。あざや生傷の絶え間がありませんでした」

「ずいぶんひどいご亭主ですね」

「それでいて、異常なほど妬心《としん》が強い人です。他出から帰るのが少しでも遅いと、男がいるのだろう、と責め苛《さいな》みます。わたしは心の中で宿を憎みつづけました。殺してやりたい、とまで思うようになりました。でも、そんな恐ろしい所業はできません。といっても我慢もこれまで……そんなとき、青女師さまのことを耳にしたんです」

「呪詛《じゅそ》の祈願ですか？」

「いいえ、とんでもない、何とか心の平安がほしい、救われたい、その一念で青女師さまに苦しみを聞いてもらいました」

「楽になりました？」

「わたしには息子《せがれ》が二人おります。二人とも優しい子です。青女師さまは子たちの手を借りて、わたしが家を出られるようにしなさい。そうご助言くださったあと、驚くべきお告げをなさいました」

「どのような……？」

「宿の身の上に凶兆が現われた。しかもそれは死相である。だから、わたしが家を出るのは踏みとどまりなさい。そうとも申されました」

「物騒なご託宣ですこと」

「ええ、でもそのとおりになりましたの」

「えッ！」

「その日から五日後のことです。宿は湯島天神の高い階段をころげ落ち、そのまま息が絶えてしまったのです」

　水面に弱々しい冬日のちらつく神田川沿いをくだりながら、おさとの口辺《こうへん》に笑みが浮かんだように、お麻には見えた。それが心身の苦痛から解放された笑みならば、女としてわからなくもない。自分にも前夫に同じような所業をされた憶えがあるのだ。

「今日はまたどのようなことで青女師さまのところへ……」

「あれ以来、わたしはすっかり師のとりこになってしまいました。師のおっしゃることにまちがいはないんです。ですからどんなに小さなことでも師のお言いつけどおりにしています。いまは息子二人が商いを継いでおり、礼金が少々かさんでも大丈夫ですわ」

　晴ればれとした目で、おさとはお麻を見た。

「青女師さまのことは、どなたから聞かれたのです？」

「女中です。その娘がどこからか師の評判を聞きつけて来て、わたしに教えてくれたのです」

　つまり口伝えに広まった評判なのだ。

二番手の女を追って、栄吉もまた神田川沿いの道をくだっていた。半刻足らずで、筋違御門に差しかかる。

四

女は川を背にして広小路からの延長の道を鍵の手に曲がり、下谷御成街道に出た。その道を一丁半ほど進み、右側の商家へ入って行く。所は神田花房《はなぶさ》町代地だ。木製の看板に〝茶、大和屋〟とある。間口五間の中店で、卸《おろし》だけでなく、小売もしているらしい。

出迎えた小僧の態度から、女は大和屋の内儀に違いない。

栄吉の思案は、事情を聞くための取っかかりを失っていることだ。こうなる前に、女の帰路の途中で何とかするべきだった。いきなり声をかけては用心される、と慎重すぎたきらいがある。

大和屋の店表に、手代らしいのが出て来た。

「出し抜けながら、お願いがあります」

つかつかと歩み寄った栄吉に、胡散《うさん》顔を向けた手代だが、

「へえ、どのような事で……」

前垂れの膝に両手を当てて、小腰をかがめた。いかにも仕付けのゆきとどいたお店者だ。

「こちらのお内儀《ないぎ》に、神楽坂の青女師さまについて、お教えいただきたいことがございます。ついては、ぜひともお目にかかりたいのです」

「神楽坂の、青女師さま？　はて、わたしにはどうも合点《がてん》がゆきませんが――」

「いいえ、お内儀ならご承知のはずです」

「そうなら、伺って参りましょう」

戻って来た手代の許しを得て、栄吉は横の切戸口から内に入った。入るとすぐが台所で、その上がり框《がまち》に立っているのが、まさしく栄吉の尾《つ》けていた女だ。

見知らぬ来訪者をいちべつし、その人相風体を見定めたらしく、

「おさだ、そこはあとにして、奥の掃除をしちまっておくれ」

井戸端で青菜を洗っている女中を人払いし、やおら、框に座る。

「静《しず》と申します。そちらさまは……？」

無駄のない話の進め方をする。

「栄吉と申します。突然恐縮ですが……」

言いさした客をさえぎって、

「ご用向きをおっしゃってくださいな」

てきぱきした性格らしいお静の歳は、四十前後。平板な顔立ちだが、眉の剃り跡も青々しく、黒髪もたっぷりしている。

「じつは困りごとがありましてね、ある人が青女師さまのことを教えてくれました。そこで先だって神楽坂へ出向きました。そのときあなたをお見かけしたんです。そしてさいぜん、このお店の前を通りかかりましたら、あなたがこちらへお入りになった。それでああこちらのお内儀なのか、そう思ったわけです」

危ない賭けだった。もしお静の神楽坂行きが、今日初回だとすれば、栄吉のついたでたらめは泡となる。

「それで、わたしに何を訊きたいとおっしゃるの？」

「あのお方のお告げを、ほんとう信じてよろしいものでしょうか？」

「わたしは信じています。あのお方はご祈禱や占いだけでなく、日々の相談ごとにも、それは確かな回答をくださる。不安や心配を祓《はら》ってくださる。懐の広い、そして英知の人です」

青女にすっかり傾倒しているらしいお静の断言である。

「そのように素晴らしいお方だと聞いています」

　まずは同調しておいて、いよいよ核心に触れた。

「青女師さまに帰依《きえ》するそもそものきっかけは、どんなものだったのですか？　お差しつかえなければ、お聞かせいただきたい」

「よございますよ。あなたもわたしも青女師さまの弟子みたいなものですもの。つまり同胞ね。ただし家の者には内緒なんです。よけいな心配はかけたくないので――」

　心もち、お静は膝を進めるようにした。

「口外いたしません」

「三月《みつき》ほど前のこと、わたしは紙入れを落としてしまったんです。十八両入っていました。なぜならあれは、ある茶問屋に支払うものだった。いつもは主人か番頭が持参するのですが、その日、誰も彼も都合がつかなくて、わたしが代わることにしました。

　その茶問屋は浅草田原町《たわらまち》にあります。先に用事をすませてしまえばいいものを、せっかくだから浅草寺にお参りすることにしたんです。雷門で駕籠をおり、本堂でお参りし、奥山のほうが賑やかなので、ちょっと足を延ばした。ご存知でしょ、奥山。おでこ芝居や講釈場、見世物などの小屋掛けがあって、鳴物やおはやしについそそられてしまった。供の小僧に団子を買ってやったりして、気がついたら、帯の間にしっかりはさみこんでおいたはずの紙入れがありません」

ひらひらと波うつ薄い唇がよく動く。商家の内儀は、商いについて門外なのが普通だが、しっかり者の女房もいる。むしろ亭主より商才があって、陰ながら実権を手中にしている女もいるのだ。

お静もそうした女の一人なのだろう。

「困られたでしょう」

「探そうにもあの雑踏でしょ。だいいち拾った人はさっさとくすねてしまいます。茶問屋への支払いは、わたしの懐金から出して無事にすませましたが、やはり残念です。そこで青女師さまに占っていただいた」

「どう出ました？」

「浅草寺持仏堂の玉垣の中、つつじの植え込みの根元にある……と」

「あったんですか？」

「持仏堂は本堂の裏手にあって、奥山へ行くのにその前を通ったような気がします。それでも半信半疑でしたが、駆けつけてみると、何ということでしょう。紙入れがあったのです。中身もそっくりそのまま――」

お静の顔は、神効を目の当《ま》たりにした輝きに満ちていた。

栄吉のみぞおちの辺りが、かじかんだ。得体の知れぬものに対する、一種の不安感だ。

世に人智の及ばぬことはある。解明できない事象は山ほどある。

しかし、幣《ぬさ》を振り、祝詞を唱えるだけで、失せ物《う》のありかを的中させることができるものなのだろうか。まるで見ていたようではないか。

「紙入れを落とした際に歩いた道順を、あのお方に話されましたか？」

「浅草寺へお詣《まい》りした、とだけ――」

「持仏堂の前を通ったとは……？」

「話しておりません。ですから決して当てずっぽうではないのですよ」

「霊能力というのは摩訶不思議《まかふしぎ》なものですね」

「でございますね。あのお方はまさしく聖天さまの化身だと思います。今日もご助言をいただくために、神楽坂へ行って参りました」

「困り事でも起きましたか？」

「はい、わたしには下野《しもつけ》（栃木県）に住まいする高齢の母がいます。その母が病を得て、もはや寿命の尽きるのを待つばかりです。その母にせめてひと目なりとも会いたい。主《あるじ》も同道してくれると申します。そこで青女師さまにお伺いを立てに行ったのです」

「どのようなお告げでしたか？」

「月末には寒さもゆるむ。母はそれまで持ちこたえるだろう。出立《しゅったつ》は晦日《みそか》がよい。そうお見立てをくださいました」

お静にとって青女は奇跡の具現者である。その者に何もかも洗いざらいさらけ出し、その指示に従っていれば安心なのだ。

「お内儀はあの方のことをどなたから聞きました？」

「さあ、誰だったかしら、あ、そうそう出入りの物売りだったと思うわ。ウチには表と内所を合わせて十二人の人間がおります。その者たちの三食の賄《まかない》のために、魚屋、八百屋はもとより、豆腐屋、味噌屋、水売りなどさまざまな出商いの人がやって来ます。青女師さまのことを教えてくれたのは、そのうちの誰かでしょう」

なるほど、目の前の切戸口から、そうした小商人たちはやって来るのだ。

五間間口の大和屋の敷地は百坪ほどで、その家屋の四分の一は表店が占めている。残りが家族や使用人たちの生活の場である。

狭いながらも手入れの行きとどいた坪庭もあり、その奥に冬ざれのうすら寒い陽射しを受けて、塗りごめの蔵がある。栄吉の感じるところでは、大和屋はかなり内福そうだ。

五

おさとと別れたお麻は、昌平橋のたもとで猪牙に乗った。夏場なら水上の涼を楽しむところだが、今日のような極寒の日には、水面を渡る風が肌を刺す。

大川を渡り源森《げんもり》川に入る。川の左手の土手の上は、水戸《みと》さまの下屋敷の土塀が延々とつづき、さらに鯉料理などを得意とする料亭が、木立の中に点在している。

もし川の突き当たりを右へ取れば、横川だ。お麻はその突き当たりの船着場から土手に上がった。

この向島の堀川は複雑に入りくんでいて、橋のない場所が多いのは、田地への用水路としての使用が眼目《がんもく》だからだ。

松島屋の寮は、お麻の上がった船着場の近くにある。

堀川の小橋を渡った正面に、黒い冠木門がどっしりと構えている。極上の船板を使った塀が、三十間四方に建て廻されている。

お麻はくぐり門を入った。左にゆるく蛇行する前栽をぬって玄関へ。むろん式台《しきだい》などないが、戸口というには、漆喰《しっくい》ぬりの立派すぎる入口だ。

上がり口の右側が客間で、千兵衛の自慢の造りになっている。

十畳の座敷に入り、西側の襖を開放すると、そこは床緑《ゆかみどり》という趣向なのだ。

床緑というは、庭の真西に夕陽木《せきようぼく》である紅葉《もみじ》や楓《かえで》を植え並べる。たたみつづきの床に漆《うるし》を塗る。真っ向から西陽を向けた木々の葉が、その漆の床に映え写るその美を愛《め》でるのである。贅沢で優雅きわまる造形美だ。

そもそもこの床緑、床紅葉のために、客間や玄関を西に向けて造ってある。

夏か秋、訪れた客のほめそやす嘆声が上がれば、千兵衛の鼻の穴がもぞもぞするのも、お麻にとっては微笑ましい。

その客間へお麻は通された。

時刻も頃合い、千兵衛は小夏に酒の支度を言いつけた。

「まあ、栄吉さんもおいでになるの？　わたし、久しぶりに腕によりをかけてよ。そうだわ、ちょうどよかった。花川戸の魚政《うおまさ》さんに、寒しじみの美味しいのを、それもできたら御蔵しじみを頼んであるの。ほかにもいろいろみつくろって来ます」

何も知らない小夏は大はしゃぎで、下僕の達造《たつぞう》爺さんを連れて出かけて行った。

御蔵しじみは、浅草御蔵の前面の大川で獲《と》れるしじみを言う。一日五升以上獲《と》ってはいけない決まりだから、いたって貴重品だ。値も普通のものが一升十文に対し、これは五倍もする。そもそもが庶民の口には入らないものだが、小夏はどうやら伝手《つて》があるらしい。

お麻は千兵衛に語った。

青女に会ったときの感想、地震を言い当てたとする一件、お麻の父母に関する青女の占いの結果。それに対する栄吉の意見を話した。

さらに最前会ったおさとの証言に入ろうとしたとき、玄関で栄吉の声がした。婆やのおりきが取りついで、栄吉も合流した。

「からっ茶ですまないが、いま小夏が酒の肴を調達に行ってるよ」

冬の日暮れは早い。いつもなら寒さしのぎに熱燗を始めている刻限だから、千兵衛自身が小夏の帰りを待ちわびている。

青女の信奉者であるお静とおさとについて、お麻と栄吉の得た情報を、千兵衛に話すと、

「ずいぶん大胆不敵な女だな、その青女というのは。普通、易者や売卜者《うらないし》は、そこまではっきりした物言いはしない。亭主が死ぬの、落とした大金のありかだの、いくら神おろしでも、赤の他人にわかるはずがないのだ。もしそれが真《まこと》なら、天下が引っく

り返る」

冷静に受け止めた。

「あのように断言して、しかもそのとおりに事が運ぶなんて、あざとすぎる、とわたしも思うのよ。それにもしお告げがはずれたら、せっかくの青女の評判はガタ落ちになる。そんな危ない橋をなぜ渡るの？」

お麻ならずとも、三者共通の大いなる疑問だ。

「お告げどおりになる、と信じて疑っていないのだ」

「くさいですな」

栄吉が口をはさむ。

そのとき、小夏が戻って来た。花川戸は、小舟で大川をひとまたぎの距離だから、町内ほどの手軽さである。

「御蔵しじみは二合しか売ってもらえなかったけど、平目と真鯛のいいのがあったから、爺やに刺身にしてもらいましょう。しじみは酒蒸《さかむし》がいいですね」

四人の顔がそろうのが嬉しいのだろう。いそいそと台所へ行きかけて、小夏は足を止めた。

「そうそう、今朝は千住《せんじゅ》大橋の上で、大川の岸辺に薄氷が張ったって、魚屋の親父さんが言ってた」

「道理で寒いはずだな」

千兵衛が襟元をかき合わせた。

「すぐに溶けたらしいけど、キラキラ光って綺麗だったそうよ」

お麻が喉に何か詰まらせたような顔をした。

「占いでも神のお告げでもなんでもないさ。青女の住んでいた所は陸奥《むつ》の七戸《しちのへ》町なんだろ。江戸では想像もつかない寒冷地と聞いている。ならば川が凍ったこともあるだろう。昨日今日の異常な寒さに、青女の肌は感じ取った。このぶんなら川も凍る、とね」

水辺に生い茂る葦《あし》が澱《よどみ》をつくり、寒烈な大気が大川の水面に氷片を浮かせたとしても不思議ではない、と栄吉は、ともすれば戸惑《とまど》いかけるお麻の迷いを解いてやった。

六

湯島天神の境内から見おろす先に、不忍池《しのばずのいけ》に浮かぶ弁財天《べんざいてん》が望まれる。冬枯れの殺風景ながら、広々と気持ちのいい眺めである。

おさとの亭主関屋喜平治《せきやきへいじ》が転落死したのは、男坂の石段だった。女坂とちがって急坂だった。

坂の途中からは、坂下町に向かって民家もある。

何としてでも青女の化けの皮を剝《は》がさずにはおくまい、とお麻と栄吉が冷たい風の吹きつける境内に立ったのだ。

「石段で足を踏みはずしたって、必ず死ぬとは限らないよね。それも運しだいかしら。喜平治さんには悪運だったけど、おさとさんには幸運に働いた、ってことね」

石段の下をのぞくようにして、お麻は言った。

「そこだよ、青女のお告げどおりなら、喜平治は必ず死ななければならない」

深い示唆を含んだ栄吉の意見だった。

「……栄さん、読めたッ。喜平治さんは殺されたんだッ。信者たちに、青女の霊力を信じこませるために――」

「おれもそう思う。むしろそのほうが自然だし、辻褄《つじつま》が合うよ」

「この石段のてっぺんから突き飛ばされた喜平治さんは、死の底へもんどり打って沈んでしまった」

「残虐非道なやつらだ」

栄吉が吐き捨てたとき、石段の途中の民家から一人の老婆が出て来た。それを見た二人は石段を駆けおりた。

「昨年の秋のことですが、わたしの知り合いがこの石段を落ちて亡くなりました。ご存知でしょうか」

呼吸の乱れ一つなく、お麻が声をかけた。

「ええ、ええ、憶えておりますとも、家の者《もん》はみな前後なく寝とりましたが、わたしはお眼々ぱっちりですわ」

腰の曲がったわりに、活《い》きのいい言葉がぽんぽんと飛び出す老婆だった。

「たしか、五つ半頃でしたね？」

「そんなもんだった。年寄りはいったん寝そびれるとなかなか寝つけなくてね。そんなときだった、叫び声を聞いたんだよ」

「どんな……？」

「ふた言、み言、怒鳴ったような声のあと、わあッという、声を限りの叫びだね。それからは何も聞こえなくなった。人の体が石段をころげ落ちても、さほど音は立てないもんだ。ごろごろ落ちながらでは、声も出せないんじゃないか」

老人性呆けなどまったく縁のなさそうな、老婆の推察である。

「それからどうなすったの?」

「ごろつきの喧嘩なら巻き添え喰っちゃかなわんから、しばらく様子を見てから、外へ出てみた。そしたら、石段の上で提灯《ちょうちん》が燃えつきかけていて、この下のほうに男がのびていた。それで番屋へ走った。というわけさ」

「お役人は不慮の災難で片づけたそうね」

「たっぷり入った財布も盗られていないってのが、その訳だね。でも、わたしゃ土地の親分さんに言ったんだよ、おかしいって。でも取り合ってもらえなかった。ふん、人を年寄りだと思って莫迦にしてやがるんだ。歳は取りたくないもんだ、若いうちだよ何事も、ね、別嬪《べっぴん》さん」

よく見れば、深く刻まれた皺《しわ》こそあれ、若いときはさぞや、と思われる整った目鼻立ちをしている。若さと美貌にめぐまれて、青春を謳歌した女《ひと》だから言える台詞《せりふ》である。その対極にある不運な女は『若いうちだよ、何事も』と言える輝かしいものなど持っていない。

「その人は門前町の料理茶屋を出て、境内を突っ切ったんだろうが、そうする人がいるんですか?」

老若女二人の会話に栄吉が割りこんだ。

「夜は真っ暗闇になるんだが、たまにいるんだよ、そういうせっかちなのが。門前町には駕籠屋もあるけど、上野浅草方面なら歩いても四半刻余り。この石段を抜けるのが近道だといっても、大して変わりゃしないのにさ。おや、好いたらしい男だこと」

アハハハ、と往年の美女はあけすけな笑い声を立てて栄吉を見た。

「美味しい蕎麦が食べたいわ」

お麻の要望で、二人は、不忍池の南側の池之端仲町へやって来た。表通りには錦袋円《きんたいえん》本舗、袋物問屋、武具、書籍、文房具などの高級店が並び、横町の奥には陰間《かげま》茶屋が隠微ながら怪しげな媚態のごとく戸口を開閉させている。

表通りの蕎麦店は、小ぶりな飯台をいくつも置き並べて、そば前をゆっくり楽しめる配慮がしてある。

「寒いから熱燗、でも昼間だから一本ずつ」

慎ましやかなお麻である。

箸休めにはもってこいのかまぼこと金山寺《きんざんじ》味噌が運ばれてきて、猪口の酒を含むと、下《くだ》り酒のいい香りが鼻にぬける。

「あらッ！」

お麻の視線の先を見やった栄吉も、

「おや、あれは……」

口ごもる。

斜め奥の飯台に、二人連れの男が蕎麦をたぐっていた。

先日、お麻が会ったときの、肩までの切りさげ髪を、いまは後ろで一つに結んでいる。身につけている物も山伏の装いではなく、目立たぬ町人姿だが、見紛《みまご》うことなく青女の助手を勤めていた男だ。

雄偉な体格に、高い鼻、険《けん》のある利口そうな眼、ぐっと引きしぼった唇など、いかにも度胸の据《す》わったような風貌だ。それだけにどこかぎらりとしたものを感じさせる。

何かの折、青女が男を道岩《どうがん》と名指ししていたのをお麻は思い出した。

「おれは道岩とは初めてだが、片っぽうのチビは覚えているよ」

栄吉に言われるまでもなく、お麻は、

「あの顔は一度見たら忘れないね」

片唇で笑った。

金つぼまなこにししっ鼻。色が黒く横ぶとり、素っとぼけた剽軽玉《ひょうきんだま》だが、目配りはすばしっこそうな、振売りの八百屋である。

「あの八百屋は青女のところに出入しているのだから、道岩とも顔見知りで当然だけど、二人が角《つの》つき合わせて蕎麦を食べているのは解《げ》せないね、栄さん、どう思う？」

「それを突き止めようじゃないか」

ひそひそ声のお麻と栄吉を尻目に、道岩と八百屋が店を出て行く。

「行くぞ」

「あいよ」

お麻は道岩に顔を知られている。お麻は羅紗《らしゃ》の襟巻きをはずすと、御高祖頭巾《おこそずきん》ふうに被った。女の冬装束としてはごく一般的だ。これなら近づいても見破られる心配はない。

不忍池の水がそそぐ忍川の上に三本の橋が架かっている。三橋《みつはし》という。中央の橋が将軍用で幅六間。囚人は幅二間の東橋、葬礼は西橋と決められている。

道岩と八百屋は下谷広小路の三橋の前で、別れた。すたすたと歩き出した道岩が、ついと足を止めて振り返った、そして、

「おい、てつ――」

と、八百屋を呼ばわった。

小犬のように駆け戻ってきたてつに何事か耳打ちすると、再び道岩は背を向けて歩

いて行った。

とりあえず、道岩が山伏という表の顔を持っていることは知れている。こうなると、てつという八百屋の素性のほうが謎めいてくるのだ。

つぎはぎだらけの股引に、尻をはしょった布子、上に職人のような半纏を重ねて、てつはのんびりと左右を見廻している。

下谷広小路は、明暦《めいれき》の大火後に設けられた火除け地で、両側に寛永寺の門前町が開けている。浅草、両国に次ぐ繁華な場所である。

七

広い通りには、物詣でや江戸見物の人々で、寒さもものかは大いなる賑わいだ。またそうした客目当ての土産物屋や飲食店が軒を並べて呼びこみに余念がない。

てつはそうした人々の流れに身をまかせている。あっちへふらり、こっちへふらり。とある小間物屋の店先は、ことのほか人だかりがしている。目の色を変えた女客たちの、あれやこれやの品定めだ。

その中に、てつがすっと半身《はんみ》を入れた。

「やッ！」

一人の女客の袂《たもと》に手を伸ばしたてつの動きを、栄吉は見逃さなかった。袂から引き抜いたてつの手が女物の紙入れを握っている。紙入れは素早くてつの懐中へと消えた。

「見たぞッ」

と、

「わたしも」

お麻もうなずく。

巾着切《きんちゃっきり》と出商いの八百屋のどちらが本業なのか、それにしても見事な手ぎわであった。

「とっ捕まえるか」

「栄さんなら容易《たやす》い御用だろうけど、番屋へ突き出しても、ただの巾着切として一件落着になってしまう。そうすると道岩とのつながり、青女との関わりが闇の中に消えてしまうと思うのよ。掏《す》られたお女《ひと》には気の毒だけど、もう少してつを泳がせてみたらどうかしら」

お麻がそう言う間にも、人の群れから離れたてつは、ゆっくり歩き出した。一つの仕事を終えたからには、とにもかくにもいったんその場を離れるはずだ。

ところがてつは、奇妙な行動に出た。

広小路を真っ直ぐに横切ったのだ。そこに書林《しょりん》がある。いや書林に用があるわけではなさそうだ。そこからは道の反対側になる小間物屋がよく見える。

書林の前を行ったり来たりしながらも、てつの眼は小間物屋にそそがれている。五間ほど離れた同じ側にいるお麻と栄吉も、てつを注視している。

小間物屋に群がる人々の間から、中年の女がすっと出て来た。供らしい小女《こおんな》もついている。

「あれだッ」

お麻が袖を引いた。

「うむ、そのようだ」

女は太織縞《ふとおりしま》の袷に、黒衿をかけた綿入れ半纏を着ている。その紺色の袂に見憶えがある。絶妙な動きをしたてつの手が、あの袂から紙入れを抜き取ったのだ。

女に言いつけられた小女が、かがみこんだ地面のあちこちに目を配っている。紙入れのないことに気づいた女は、もしやそこいらに落としたのでは、と思ったようだ。

間もなく、女は諦めたのか上野新黒門町のほうへ歩き出した。

すると、てつも動いた。女のあとを追いはじめたのだ。

当然、お麻と栄吉もそのあとにつづく。

女は、湯島天神裏道のさらに裏の中坂《なかさか》を上がり、いくつかの角を曲折してのち、本郷通りに出た。ここは中山道へかかる道であり、旅人や荷駄の往来も盛んである。聖堂のほうから上がってきた道の両側には、本郷六丁目まで大小の商家が並び建つ。

お店から走り出て来た小僧に出迎えられて、女が入って行ったのは、一丁目の線香問屋の笠原屋《かさはら》である。

不慮の災厄にあい、出先で一文なしになった女のとる道は、否応なく我が家へ悄然と戻るしかないのだろう。

とすれば、女は笠原屋の内儀と断じてよさそうである。

てつは？　と見れば、向こうもひとり合点よろしく、うんうんと小さく頷きながら踵を返した。両手をやぞうに極《き》め、身軽な足どりで神田川に出るとそのまま上流に向かう。

水道橋を過ぎ、小石川御門もやり過ごす。

――神楽坂の青女のところか。

そう考えたのはお麻と栄吉の早のみこみだった。神田川に沿って聖堂から上流は、牛込御門まで広範な武家地がつづいている。ただ一カ所、町屋がある。揚場《あげば》町である。

ここは船による荷揚げ場になっていて、陸揚げの船はここまでしか遡上できない決まりになっている。

てつの棲家はその揚場町の裏長屋にあった。何のことはない、青女のところとは近隣の距離である。もし急な繋ぎの用ができたとしても、便利この上ない場所だ。

「あぁ、足が痛い」

歩きつかれたお麻が駒下駄をトントンと踏み鳴らす。

「このままてつに張りついてもいられない。いったん戻るか?」

「あい、でもその前に、花房町のお静さんに確かめたいことがあるのよ」

最前、笠原屋の内儀とおぼしき女《ひと》が、てつに紙入れを掏られた。掏摸《すり》ならその場から遁走するはずが、てつは逆に害を受けた女のあとを尾け、その素性を知り得ている。

これは何を意味するのか。

お麻の意図するところを、栄吉は即座に汲みとっていた。

「よし、駕籠だ」

すかさず、栄吉は走った。神楽坂の入り口に客待ちの辻駕籠がたむろしている。

さすがに茶商の内所だ。とろりと甘い茶に、冷たくかじかんでいた手指がほぐれる。

「して、ご用向きは……？」

屈託のない、そして明るい表情のお静だった。

「内儀《おかみ》さんに、青女師さまのことを教えたのは、出入りの小商人《こあきんど》でしたね」

この場は栄吉の出番だ。初対面のお麻より、二度目の栄吉のほうが話は早い。

「そうでしたね」

「八百屋ではなかったでしょうか」

「どうだったかしら……」

「愛嬌のある、ずんぐりした男です。歳の頃は二十四、五――」

「言われてみれば……そう、そう、初めて見る顔でしたね」

通常、物売りは毎日同じ時刻に同じ道順で商いをする。だから売り手も買い手も顔馴染みである。

「どうやって入って来たんです？」

「魚屋と入れちがいに、ひょいと顔を出しましてね、売れ残りを安くするから買ってくれ、と申しましてね。いつもの八百屋が来たあとなのでいらないって断わったんですよ。そしたら座りこんで世間話ですよ。面倒なので買うことにしました。だって、ただ同然の値なんですもの」

「その後も、その八百屋は来ていますか？」

「いいえ、あれっきり。妙といえば妙ですね」

口ではそう言いつつも、お静にはさして気がかりなことではないらしい。お静の意識としては、毛ほどの損害もこおむっていないのだから。


翌日である。

江戸の朝は早い。東の空が白みかけると、人々は動き出す。商家の小僧などは、まだ暗いうちに起きて雑用に当たるし、外売りは明《あけ》六つ半には家を出て、商品を仕入れ、町々に繰り出していく。

七つ（八時）、笠原屋の表店の大戸が開いた。暖簾や看板が外に出され、来客を待つばかりだ。

栄吉の予想が見事に適中した。

本郷一丁目の通りに、かつぎの小間物屋が現われたのだ。横幅のある体軀に、風呂敷包みを背負っている。

「櫛イ、簪イ、元結《もっとい》イ、丈長《たけなが》ァ、紅に白粉イ、小間物ォ、いろいろォ――」

見かけによらず、よく通るてつの呼び声である。

昨日、大和屋を出たあと、栄吉とお麻が額を寄せて先見を読んだのはこうであった。

――お静の事例と照らし合わせれば、てつは必ず笠原屋の内儀のところへ現われる。そして商いのかたわら、世上の評判として、よく当たる女占い師の話をする。特に失せ物を見つけるのは得意中のとくい、などと吹きこむ。昨日、紙入れを失くしたばかりの女《ひと》だ。その気をそそられずにはおるまい。さらに、失せ物を探すなら、一刻も早く占い師の御加持を求めるのがよい、などと釘を打つことも忘れないだろう。

――それにしても小間物屋とは考えたものだ。お内儀は昨日、目当ての買い物があっても、それが買えずに帰ったのだから、てつの呼び声を聞けば、内所へ呼びこむ、と目算したのだ。

てつが家と家の間の、細い路地へ入って行く。内所へ通じる木戸口がそこにある。

本郷通りを行き交う人の数も多くなって、道路の反対側で眼を光らせている栄吉の存在に、てつが気づく様子もなかった。

小半刻も経って、足取りも軽いてつが露地から出て来た。剽軽顔《ひょうきん》が間延びしていて、首尾の上々をうかがわせる。

てつのうしろ姿を眼で追いつつも、栄吉は動かなかった。

八

それからさらに小半刻余りして、笠原屋の路地口に、宿駕籠が止まった。さっき小僧が駆け出して行ったのは、このためだろう。

駕籠に乗ったのは、昨日てつに紙入れを掏られた女だ。

「ここのお内儀はおりょうさんて言うんだろう」

見送る小僧をつかまえて、栄吉がかまをかけた。

「ちがわい、おえんさんだよ」

十二、三の小僧はまだ他愛ない。

てつの目論見《もくろみ》どおりとすれば、おえんの向かう先は青女のところだ。笠原屋から青女の家まで、およそ三十丁（三キロ）ほどだ。江戸の女なら、ちょいとそこまで、の距離を駕籠にしたのは、心急ぐおえんの心情を見る思いだ。栄吉の快足が駕籠を追って神楽坂までやって来た。

以前張りこんだことのある茶屋で青女のところから出てくるおえんを待つことにした。床几のところに立てかけられたよしずは、冷たい風を吹きぬかせるが、向こうからの目隠しになる。

湯飲み茶碗を両手でかこい、温かい茶をありがたく口に含んだときだ。

眼の前の路地から出て来たのは、おえんではなくてつだった。おえんの先廻りをして、青女に会っていたのだろう。

急拠、栄吉は予定を変更した。

青女一党にとって重要な小道具であるおえんの紙入れ。いまだにてつはそれを懐中にしている、と踏んでいる。

てつは、おえんが何をさておき青女のところへ馳《は》せ参じると読み、その読みどおりになったのを見届けると、次の行動に移る手筈なのだろう。

後方に栄吉がぴたりと尾けているとも知らず、短足を快調に飛ばして、てつがやって来たのは、案の定、下谷広小路だった。

午《ひる》にはまだかなり間のある時刻ながら、盛り場はもうかなりの人出があった。

その人々の間を、てつはすいすいと縫い、例の小間物屋の店先に立った。店の戸口は三間、その右が一間の板壁になっていて、前に天水桶が山なりに積んである。

敏捷に、されどいかにもさりげなく、てつは天水桶と板壁の隙間に手を差し入れた。

そこから何かを取り出したのではなく、女物の紙入れを落としこんだのだった。

そのあと、てつは栄吉の視界から消えた。

さほど刻を待たずして、下谷御成街道の方角から、一丁の駕籠がやって来た。小間物屋の手前で止まる。おえんがおり立つ。

目立たぬように、栄吉はおえんのそばに寄り添い、

「おえんさん、ちょっと……」

袖をつかみ、そのまま店の中へ引き入れた。

人は自分の名前を知る者には、警戒心を抱かぬものだ。その顔に見憶えがなくとも、はて……？　と脳裏に一瞬の空白が生じる。そこに栄吉は一石を投じた。

「お内儀の紙入れのことです」

「はぁ……!?」

おえんは、ぽかりと朱唇を開けた。

「仔細はのちほど話しますが、よく聞いてください」

女たちの艶かしいさんざめきをよそに、栄吉はおえんの耳に囁いた。

何事か？　おえんの目が問う。

「昨日、あなたはここで紙入れを掏り取られたのです」

「まあ……！」

「占い師青女の託宣もそうでしたね？」

「はあ……」

「ただし、それは掏られたのではなく、あなたが落としたのだ、と。そうでしょう？」

「そのとおりですわ。でも、どうしてそれをあなたが知っておられるの？」

「見ていたからです。一部始終をね」

「何だか狐につままれたみたい――」

「これからあなたは紙入れを拾い、まっすぐお帰りください。なあに、大丈夫。何の心配もありません」

　驚愕から醒めてみれば、この一連の出来事の秘された事情を知りたくなるのは人情だろう。

「あなたのおっしゃるとおりにいたしましょう。ですから、必ずこの謎を解き明かしてくださいね」

　そろそろ四十に手が届くかというおえんは、たっぷりと脂肪のついた豊満な体をしている。目じりや顔に小皺もみえるが、つやつやした白い肌に、若さの名残りがふんわり匂っている。

「すぐに参ります」

　そう言って栄吉は自分の名を告げた。

　持ち前の硬骨漢ぶりが蘇《よみがえ》って、千兵衛が眼をいからせた。

「太ぇやつらだッ」

　お麻と千兵衛を前にして、栄吉が事の次第を話し終えたところである。

「まともなお店なら、客寄せに引札《ひきふだ》（広告チラシ）をばらまくところだけど、占い師の客寄せは、当たるという評判だわね。だから、てつがその作り事をした。それがお静さんやおえんさんの例なのね。そして評判が評判を呼び、信者が集まって来る。小父さん、小夏さんもその手にまんまと乗せられたってわけよ」

「お麻さんの言うとおりなんだが、どうしたもんかなあ」

　植木屋らしい武骨な手で、千兵衛は顎《あご》を撫でている。

「奉行所へ、お恐れながらと訴え出ようか？」

「訴え出ても手証がないよ。誰かが、損害をこおむったとして訴え出なければ、お役人は動いてくれないさ」

　栄吉の反論に、

「そうね、小夏さんが大枚の金子《きんす》を使ったとしても、それは小夏さんが喜んで差し出しているんでは、訴えようがないしね」

すぐにお麻は自分の意見を引っこめた。

「しかしだな、人心をたぶらかすとは不届きじゃないか」

「だから、たぶらかされた、と気づいた人が、かくかくしかじか、と訴え出なければ埒《らち》が明かないのよ、小父さん」

「深く帰依した信者の心は、青女っていう占い師に牛耳《ぎゅうじ》られてるってことか」

「あやつられ、信じこんでいるから、いくら言《こと》の葉《は》をつくしても、小夏さんの目を醒まさせるのは難しいんじゃないかしら。ところで、小夏さんは……？」

「買い物があると言って、浅草へ出かけている。もう半刻もすれば戻って来るだろう」

腕を組んだ千兵衛は、思案投げ首といった体《てい》である。

たくさんの荷物を達造爺やに持たせて、小夏が帰って来た。

玄関へ走り出て迎えた栄吉に、

「あら、栄さん、いらしてたの」

小夏が明るい声を投げた。

「それより小夏さん大変だッ。千兵衛さんが倒れなすった」

「ええッ！」

塗り下駄をおっぽり出して、小夏は上がり框へ飛び上がった。

「旦那さまァ、旦那さまァ」

金切り声で叫びつつ、廊下を走り、寝間へ飛びこんだ。

千兵衛が夜具にくるまれて横たわっている。この部屋は三方を赤い布で被ってあるので、外光が入らない。そのせいで角行灯に灯が入っている。その明りが、千兵衛の異様な顔色を照らし出している。赤黄色く、まだらにそまっているのだ。

枕元ににじり寄った小夏が、はっと息を呑み、体を硬直させた。

「いったい、どうなすったんでしょう？」

栄吉を見上げ、おろおろと声を震わせる、

「客間で話しているとき、いきなり倒れなすって、それきり、息はしているんだが、こちらの呼びかけに応えない。目も開けない。どうやら気を失ったままらしい」

「どうしましょう、どうしましょう」

頭に血がのぼった小夏は、半狂乱に千兵衛の体を揺すり立てる。

「およしなさい。そんなことしたら、かえって悪くなる。いまお麻さんが石庵先生を呼びに行っているから、少しは落ち着きなさい」

小池石庵の施療所は、日本橋高砂町にある。本道（内科）はもとより、外科の腕も立つ。

縁あって、お麻を中心とした人脈に親交がある。むろん、千兵衛や小夏とも知己《ちき》の間柄であった。

薬籠を背負った少年を従えて、石庵を連れたお麻が戻って来た。

寝間に入った石庵は、てきぱきと千兵衛の体を点検しはじめた。脈をとり、体のあちこちを撫でたり叩いたり、瞼《まぶた》まで裏返して調べた末、

「これは難しいな」

おもむろに呟いた。

ひえッ！　と小夏が悲鳴を上げる。

「うーむ、わたしにもわからぬ」

たとえ判断がつかなくとも、誇り高き医者は、わからぬ、とは言わないものだ。

「診断がつかないのですか？」

焦りきった声でお麻が訊く。

「このような病状を、わたしはこれまで見たことがない」

「お江戸で一番の名医と評判の石庵先生でもおわかりにならないとは――」

「ところで小夏さん、道々お麻さんから聞いたんだが、この赤い布を張り巡らせてあるのは、千兵衛さんの達者長寿を願ってのことだそうだね」

「はい、大切な大切な旦那さまですもの」

「ところが千兵衛さんは得体の知れない病に憑《と》りつかれてしまった。これではあなたの千兵衛さんを思う気持ちは、水の泡だ。それにこの状態は体によくないよ。心にも悪い。この真っ赤な部屋が、千兵衛さんの体に悪い作用を及ぼしたのだ、とわたしは思うね」

「そ、そんな……旦那さまの病はわたしのせいだったのですか」

わっと両手で顔を被った小夏の丸っこい肩がむせびあがっている。

「人はさまざまなものを信仰する。しかし小夏さん、あなたはご自分の心を信じるべきだ。千兵衛さんの長寿を願い、この世で一等大切な人だ、と思う気持ちは誰よりもお強いようだ。あなたにとってその強い気持ちに勝る信仰はないのではないかな」

響きの深い、よく透る石庵の声は、小夏の胸底に沁み透ったのではないだろうか。

部屋の隅で成り行きを見守っていた栄吉が変な咳をした。それは思わず吹き出しかけた笑いを体《てい》よくごまかしてのもの、とお麻には聞こえた。

九

「いろいろご心配をおかけして……ほんとにお恥ずかしいやら申し訳ないやらで、こうしてお詫びに参りました」

角樽《つのだる》一荷を達造爺やに持たせて、小夏が〝子の竹〟へやって来た。

「で、小父さんのご様子はいかがです？」

「石庵先生の薬餌《やくじ》が効いたようで、二日寝ただけですっかり元気になりました」

「そう、それはよござんした」

「気絶して横になっている旦那さまの、あのときの顔色には、腰が抜けそうになったけど――」

お麻はおして笑いを嚙み殺した。

小夏は青女をいたく信奉している。生活のあれこれを洗いざらい相談し、仰いだ指示に対して、みじんも疑っていない。

青女の託宣は造り事の嘘を並べたものだ、といくら説いてもその信念はゆるぎそうもない。

力ずくで説得にかかっても、かえって小夏の心情をこじらせ、逆効果を呼びかねない。

そこで千兵衛、お麻、栄吉の三人がひと芝居打つ算段をしたのだ。のちほど石庵にも一役買ってもらう。

血色のいい千兵衛の顔のままでは病人らしくない。陽に灼《や》けた浅黒い肌を青白くさせるのは難しい。ならばいっそ小夏を驚愕させる色にしよう。それには笹紅だ、となった。

笹紅は何度も塗り重ねることによって、玉虫色になる。お麻の指が、千兵衛の両頬と額に紅をほどこすと、何とも不気味で病的な顔色になったのである。

石庵が駆けつけ、いよいよ芝居は最高潮。栄吉など、必死に笑いをこらえていたが、出色《しゅっしょく》なのは千兵衛の名演技だった。あの元気闊達な男が、身じろぎもせず気を失ったふりをしつづけていたのだから。

「ともかく、元気になって何よりでした」

「自分で言うのも何だけど、身にまとわりついていた重っ苦しいものがはがれて、体も心もずいぶんすっきりしているの」

もともと童顔ではあったが、いまは乙女のように輝いた表情をしている。

「小父さんも喜んでいるでしょうね」

「……だけど、一つ気になることがあるの？」

まだ何かあるのか、とお麻は眉宇《びう》をくもらせた小夏をみつめた。

「この前、新和泉《いずみ》町の〝風花屋《かざはな》〟というお店に、夜盗の押しこみがあった、と聞いたの」

「そう、だからお父つぁんたちも大忙しで動いているようね」

「まだ、捕まっていないんでしょう？」

「ええ、そうらしいのね」

「あのお店は、さして大きな構えじゃないけど、扇子や袋物を商っていて、近くには芝居小屋もあるから、客足は引きも切らない様子ね」

「つまり、たっぷり溜めこんでいたってわけね」

足を棒にして探索中の治助だが、夜遅くまで帰りを待っていたお麻に、その事件のあらましを話してくれた。それによると――。

賊の入った日は、店主夫婦は店にいなかった。そろって小田原まで遊山《ゆさん》に出向いていたのだ、という。

住みこみの使用人たちも、賊の侵入を朝まで誰一人気づかなかった。それほど手際のよい仕事をしたのである。あたかも、家の中の様子を知りつくしたかのようで、戸閉まりや金箱のありかを見通して仕事にかかったらしいのである。

「その風花屋のお内儀はおふでさんというのだけど……」

「小夏さんの知り合いなの？」

「それが、出会ったのは青女のところなの」

「えッ！」

「悪い夢から醒めてみれば、風花屋へ押しこんだ盗っ人の事が、わたしの頭から離れないのよ」

「おや、今度はまたどのようなご用向きで……？」

お麻の顔を見るなり、大和屋のお静はめりはりのある明るい声を出した。

「いつでしたっけ、母ごのお見舞いに下野《しもつけ》へ行かれるのは？」

「明日の晦日《みそか》ですわ」

明日は新月の前日だから、夜の底にうごめく夜盗にはもってこいの暗い空になる。

「一日だけ引き延ばせませんか？」

「なぜです？　晦日に出立、というのは青女師さまが決めてくだすったことです。それを変えるなんて縁起の悪い。妙なことをお言いの方だ、あなたは――」

　お静は愚かどころか、むしろ頭の冴えた活気のある女だ。しかし、占い師に心酔し、思考のすべての動きを、自分ではそれと知らずに青女に操られている。それで、どこの馬の骨ともわからぬお麻ごときの言《げん》には耳を貸しそうもない。

　そこでお麻は辛抱づよく説得にかかった。

　まずは、おえんの例を引き合いに出す。

「――青女の占いが的中したわけではないのですよ。すべてでっちあげて、あなたやおえんさんをまんまと手中に収めたのですよ」

「よくもそんなでたらめを……」

　お静はムキな目を尖らせた。

「先日、風花屋というお店に押しこみがありました。そこのお内儀も青女の信者です。さ、これからが肝要になります。お静さん、青女はあなたに家の中の様子を訊ねませんでしたか？　間取りとか、家具調度の配置とか、夜間の出入りはどうなっているかなどです。さらにはもっともらしい口実をつけて、金箱のありかなどです」

「何事も商売繁盛、家運上昇のためには、青女師さまのお言いつけどおりにしなければなりません。でも、洗いざらい喋ってはいないと思いますわ」

自信なげな語尾だった。

「内儀《おかみ》さん、よく思い出してくださいな」

励ますように、お麻は言った。

「いつでしたか、青女師さまに御祈禱いただいているときです。いつもより香炉で焚かれる護摩木の煙が盛大でした。そのうち、わたしの頭がぼんやりしてきたのです。耳の奥でぼそぼそした声が聞こえたり、眼の前に赤や黄色の光がパチパチと弾《はじ》けたりして、そして青女師さまが何かおっしゃいました。それに向かって、わたしも何事かを答えたような気がします。でもほんとうに憶えていないのです」

語り終えたお静の眼が、不審と恐怖のためか、せわしく泳いでいた。

もしや、とお麻は考えた。

清国《しんこく》渡りの芥子《けし》の実を、護摩の中に焚きこむと、その煙によって幻覚や幻聴に襲われることがある、という。当然、思考や感覚が麻痺するだろうし、当人の意志とは関わりなく、問われれば素直に答えてしまうかもしれない。

「おそらく、風花屋のお内儀の場合も同様だったのだろうと思いますよ。そして小田原への遊山をすすめられた。日にちも決められてね」

「では青女師さまたちが押しこみの犯罪人なのですか！」

「明日、あなた方ご夫婦を出立させて、夜になったらお店に押し入る算段でしょう」

真実をつき突きつけられ、その衝撃に、お静の全身がおこりのように震え出した。

「ど、どうしましょう」

「明日、あなた方はそ知らぬ顔で家を出るのです。その事を確かめるために、てつが見張りに立つにちがいありません。あなた方は千住辺りまで行って、そこから家に戻ってください」

「大丈夫でしょうか？」

「心配御無用、奉行所の捕方の手配は、抜かりなくやってごらんに入れます」

お麻は胸を叩いた。


栄吉と力を合わせて探り出した始末（情報）によって、青女一味の押しこみの計画を、お麻は確信した。その計画が実行されるのは、明日の夜であろう。

事の次第は、まず治助にもたらされ、すみやかに古手川与八郎のもとに注進された。

押込み強盗については町奉行所の支配ではなく、火付盗賊改方がその任に当たるのだが、

「何も火盗の手柄にすることたあねえ」

と、与八郎は強気に出た。

よって、一月《むつき》三十日の夜、南町奉行所の捕物出役《とりものしゅつやく》である。大和屋を包囲する召捕方《めしとりかた》の与力、同心、その組下の者総勢十五名が、闇の中に息をひそめていた。

上野の鐘が四つ（十時）を知らせるや、地の底から三つの黒い影が浮かび上がった。

影たちは音もなく木戸口のほうへ廻りこむ。

影の一つが蹴鞠《けまり》のように跳ね上がり、軽々と板塀を越えて消えた。消えるやいなや、内側から木戸が開けられ、残る影二つも忍び入った。

ほぼ同時、いっせいに捕手が大和屋になだれこむ。抵抗する間もあらばこそ、青女一味は大和屋の庭先であっけなく捕らえられたのであった。


春まだ浅き二月《きさらぎ》の夜、浮世小路を吹き抜ける風は、かたくなに冷たい。

〝子の竹〟の客の入りは半分ほど。夕飯の客は引け、残っているのは酒好きばかりだ。

栄吉の猪口に酒を注ぎながら、

「やはり首謀者は青女だった。あれは妙な女だな。天変地異の大事はともあれ、身辺の細々した事なら、霊力が閃《ひらめ》くのは本当らしい。ほれ、虫の知らせって言うだろう。

まあ、あれの類《たぐい》らしいがね」

治助は感心したように言った。

「せっかくの才を悪事に使ってしまったんですね。そこらの大道易者なんぞより、よっぽど人の役に立ちそうなのに——」

生真面目な栄吉らしい意見だ。

「あの人たちの生国は、どこなの？」

青女や道岩の彫りの深い異相を思い浮かべながら、お麻は訊いた。

「蝦夷のどこやら、と言ってたな。まだ幼い頃、青森の七戸町に移り住み、長じて全国の廻国を始めたそうだ」

「てつは——？」

「下野《しもつけ》無宿、みなし子だそうだ」

「酒商の関屋のご亭主が、湯島天神の石段を転げ落ちて死んだ一件については——？」

「道岩のしわざだった。すっかり観念したとみえ、あっけなく白状したそうだ。おさとの亭主は、外出する女房のあとを跟《つ》けて、青女の家をつき止めたらしい。妬心の強い男だったそうだから、てっきり女房に男でもできた、と思ったのかもしれねえな」

「厭だねえ、男のやきもちなんてみっともない」

「それよ、よしゃあいいのに、亭主が青女の家の回りをうろついたもんだから、うしろ暗い青女のほうとすりゃ、目障りだ」

「それで殺《や》っちまった――」

「祈禱や占いの謝礼ではあきたらず、手っ取り早く大金をせしめようと押込みを働いたんだ。人の欲ってえのは計り知れねえな」

やれやれと治助は首を振った。

「青女と道岩は夫婦だったの？」

精悍で風采のよい道岩と、妖しい美貌の青女が夫婦であっても、いささかの不思議はない、とお麻は思うのだ。

「そこが青女の妙なところなのだ。あの女、男に対して一生不犯《ふぼん》を誓ったって言うじゃねえか」

そう言ってから、治助は立ち上がった。厠のようだ。それを見計らったように、

「お麻、もしおまえに別の好い男《ひと》ができたら、わたしはみっともなくともやきもちを焼くよ」

真剣な目をして、栄吉がささやいた。

お麻の胸中に、歓喜の光がはじけ飛んだ。

「嬉し……」

後方がちょっとざわついて、

「そこの二人、酒呑んで喧嘩するんだったら、出入りはお断りだよッ」

お初の啖呵《たんか》がびしっと飛んで、始まりそうな騒ぎは出鼻をくじかれたようだ。

初更《しょこう》（八時）を告げる石町《こくちょう》の鐘が、夜気をふるわせながら冴えわたって来た。今日の商いも無事にすみそうだ。

時代小説

二見時代小説文庫

浮世小路《うきよこうじ》 父娘捕物帖《おやこどりものちょう》 黄泉《よみ》からの声《こえ》

著者 高城実枝子《たかぎみえこ》

発行所 株式会社 二見書房
東京都千代田区三崎町二－一八－一一
電話 〇三－三五一五－二三一一［営業］
〇三－三五一五－二三一三［編集］
振替 〇〇一七〇－四－二六三九

印刷 株式会社 堀内印刷所
製本 ナショナル製本協同組合

落丁・乱丁本はお取り替えいたします。
定価は、カバーに表示してあります。

 ISBN978－4－576－15147－2
http://www.futami.co.jp/

べらんめえ大名　殿さま商売人1
沖田正午［著］
父親の跡を継ぎ藩主になった小久保忠介。財政危機を乗り越えようと自らも野良着になって働くが、野分で未曾有の窮地に。元遊び人藩主がとった起死回生の秘策とは？

ぶっとび大名　殿さま商売人2
沖田正午［著］
下野《しもつけ》三万石鳥山藩の台所事情は相変わらず火の車。藩主の小久保忠介は挫けず新しい儲け商売を考える。幕府の横槍にもめげず、彼らが放つ奇想天外な商売とは!?

運気をつかめ！　殿さま商売人3
沖田正午［著］
暴れ川の護岸費用捻出に胸を痛め、新しい商いを模索する鳥山藩藩主の小久保忠介。元締め商売の風評危機、さらに鳥山藩潰しの卑劣な策略を打ち破れるのか！

悲願の大勝負　殿さま商売人4
沖田正午［著］
降って湧いたような大儲け話！　だが裏に幕府老中までが絡むというその大風呂敷に忠介は疑念を抱く。東北の貧乏藩を巻き込み、殿さま商売人忠介の啖呵が冴える！

剣客大名 柳生俊平《としひら》　将軍の影目付
麻倉一矢［著］
柳生家第六代藩主となった柳生俊平は、八代将軍吉宗から密かに影目付を命じられ、難題に取り組むことに…。実在の大名の痛快な物語！　新シリーズ第1弾！

公家武者 松平信平《のぶひら》　狐のちょうちん
佐々木裕一［著］
後に一万石の大名になった実在の人物・鷹司松平信平。紀州藩主の姫と婚礼したが貧乏旗本ゆえ共に暮せない。町に出ては秘剣で悪党退治。異色旗本の痛快な青春！

姫のため息　公家武者 松平信平2
佐々木裕一［著］

江戸は今、二年前の由比正雪の乱の残党狩りで騒然。背後に紀州藩主頼宣追い落としの策謀が……!? まだ見ぬ妻と、舅を護るべく、公家武者松平信平の秘剣が唸る！

四谷の弁慶　公家武者 松平信平3
佐々木裕一［著］

結婚したものの、千石取りになるまでは妻の松姫とは共に暮せない信平。今はまだ百石取り。そんな折、四谷で旗本ばかりを狙い刀狩をする大男の噂が舞い込んできて…。

暴れ公卿　公家武者 松平信平4
佐々木裕一［著］

前の京都所司代・板倉周防守が狩衣姿の刺客に斬られた。狩衣を着た凄腕の剣客ということで、疑惑の渦中の信平に、老中から密命が下った！シリーズ第4弾！

千石の夢　公家武者 松平信平5
佐々木裕一［著］

あと三百石で千石旗本！そんな折、信平は将軍家光の正室である姉の頼みで父鷹司信房の見舞いに京へ…。松姫への想いを胸に上洛する信平を待ち受ける危機とは!?

妖《あや》し火　公家武者 松平信平6
佐々木裕一［著］

江戸を焼き尽くした明暦の大火。千四百石となっていた信平も屋敷を消失、松姫の安否も不明。憂いつつも庶民救済と焼跡に蠢く企みを断つべく、信平は立ち上がった！

十万石の誘い　公家武者 松平信平7
佐々木裕一［著］

明暦の大火で屋敷を焼失した信平。松姫も紀州で火傷の治療中。そんな折、大火で跡継ぎを喪った徳川親藩十万石の藩士が信平を娘婿にと将軍に強引に直訴してきて…